英国小说
城市书写研究

Writing Cities:
A Critical Study of
British Fiction

吴庆军 著

清华大学出版社
北京

本书封面贴有清华大学出版社防伪标签，无标签者不得销售。
版权所有，侵权必究。举报：010-62782989，beiqinquan@tup.tsinghua.edu.cn。

图书在版编目（CIP）数据

英国小说城市书写研究 / 吴庆军著. —北京：清华大学出版社，2024.4
ISBN 978-7-302-66062-0

Ⅰ. ①英… Ⅱ. ①吴… Ⅲ. ①小说研究－英国－现代 Ⅳ. ①I561.074

中国国家版本馆CIP数据核字（2024）第072270号

责任编辑：	王　琳
装帧设计：	傅瑞学
责任校对：	王荣静
责任印制：	杨　艳

出版发行：清华大学出版社
　　　　网　　址：https://www.tup.com.cn，https://www.wqxuetang.com
　　　　地　　址：北京清华大学学研大厦A座　　　邮　　编：100084
　　　　社 总 机：010-83470000　　　　　　　　　邮　　购：010-62786544
　　　　投稿与读者服务：010-62776969，c-service@tup.tsinghua.edu.cn
　　　　质量反馈：010-62772015，zhiliang@tup.tsinghua.edu.cn
印 装 者：涿州市般润文化传播有限公司
经　　销：全国新华书店
开　　本：170mm×240mm　　印　张：12.25　　字　数：182千字
版　　次：2024年5月第1版　　　　　　　　　印　次：2024年5月第1次印刷
定　　价：118.00元

产品编号：100880-01

前言

城市书写作为一种文学批评方法，是 20 世纪晚期学界在空间批评研究的基础上，以城市小说中的各种空间为研究对象，分析小说中的各种空间蕴含的社会、文化、权力和身份认同等内涵的研究，阐释城市空间在主题阐释和人物塑造中的叙事意义。城市书写中的"城市"是一种能动的空间，是一部作品中场所、地方和景观的组织、布局及其叙事功能的统称。城市书写中的"书写"是后现代语境下的叙事、建构和印记功能。雅克·德里达（Jacques Derrida）将书写定义为一切产生记忆的事物或行为。小说作者在文本中对城市空间进行地点选择、景观布局，以及赋予场所一定的"言说"功能，在这一层面上，空间具有了叙事功能，能够产生思想情感和社会文化的印记。小说中的城市空间不再仅仅是"了无一事"的容器，而是作者进行人物塑造和思想阐释的重要书写策略和手段。在这一意义上，文学作品中的城市具有了书写意义和叙事功能。

城市书写的理论基础是空间批评。在传统的文学批评中，文学作品中的空间仅仅被认为是一种静态的、承载作者叙述内容的"容器"，空间所承载的话语和叙事等功能在文学批评中常常被忽视。西方文艺理论在 20 世纪经历了多次"转型"，其中"空间转型"成为 20 世纪西方文艺理论的重要里程碑。空间批评是 20 世纪 80 年代后逐渐形成的批评理论。文学批评理论的"空间转型"将目光聚焦于文学作品中的"空间性"，空间研究一时成为跨越人文、历史、政治及社会学等多学科的研究焦点。城市空间在城市书写研究语境下是蕴含丰富社会文化内涵的空间表征，是思想情感和文学艺术的叙事手段。

城市小说自其诞生之日起，逐渐成为最为重要的文学题材。英国18世纪的亨利·菲尔丁（Henry Fielding）、维多利亚时期的查尔斯·狄更斯（Charles Dickens）、20世纪的弗吉尼亚·伍尔夫（Virginia Woolf）等人的伦敦城市小说，以及中国作家老舍、邓友梅、汪曾祺的京味小说，皆是以城市为主要叙事空间的文学作品。文学作品中的城市作为一种书写方法和叙事手段，在文本中的各种城市空间中印记作者的创作思想、历史的文化认同、社会运行机制及时代的精神风貌，城市书写成为文学作品不可或缺的创作手段。城市书写在空间批评和文化研究等基础上逐渐形成一门跨学科的文学批评方法。

文学作品的城市书写研究更加注重汲取文化研究和文学研究中的理论内涵，在城市书写中融入学界前沿研究内容。城市书写在空间批评的理论基础上，逐渐融入更为丰富的文化研究内容，吸收了后现代的文化研究、身份认同、女性主义等众多理论，对传统的城市书写的时空观进行解构和扬弃，形成以城市多维文化为特征的完整、系统的当代文学批评方法。城市书写研究受到20世纪一些后现代空间思想的影响。当代理论家亨利·列斐伏尔（Henri Lefebvre）、弗雷德里克·詹姆逊（Fredric Jameson）等将城市书写引入后现代理论范畴。詹姆逊提出了空间替代时间彰显城市书写的后现代特性，列斐伏尔的空间文化生产以及福柯的权力话语丰富了城市书写的话语建构特征。总之，在传统意义上，文学作品中的城市空间被赋予了越来越浓重的后现代空间建构意义。

近年来，城市书写研究开始受到人文社会科学越来越多的关注，也成为文艺理论和文学批评中的一个核心关键词，具有极强的理论穿透力，并被有效地融入权力话语和文化杂糅等研究论题。米歇尔·福柯（Michel Foucault）的权力话语为文学作品的城市书写研究注入了新的维度。城市是社会生活的集合，文学作品中的各种城市景观、街道、图书馆、监狱和法庭等既是小说叙事的主要空间节点，同时这些场所和地方在作品中的空间组织布局、情节安排及思想艺术表征的处理中，会融入当时社会的权力运作机制，蕴含着一个社会的权力话语。狄更斯小说中的监狱、法院及救济工厂等场所和景观在小说城市书写中的布局和表征形成了英国维多利亚时期社会权力运作机制的话语体系。英国小说中的城市书写记录了不同时代的社会发展，同时也印记了英国不同社会阶层在权力上的交锋与思想上的冲突。

英国小说城市书写研究关注英国城市题材小说中城市空间在人物塑造和主题阐释中的意义。英国的城市小说起源于18世纪，从菲尔丁到狄更斯的城市题材小说，大多以英国伦敦等城市为故事发生地，这一时期的城市小说采用现实主义的创作方法，城市书写成为揭示社会现实和表达作者艺术理念与思想情感的叙事手段。20世纪以后的英国城市小说受到现代主义叙事思想及后现代创作思想的影响，小说中的城市空间被注入了现代主义叙事技巧和后现代艺术思想，城市书写作为艺术创作手段进一步得以丰富发展。20世纪英国主要出现了詹姆斯·乔伊斯、弗吉尼亚·伍尔夫、乔治·奥威尔等作家，他们的作品带来了现代主义城市书写策略、理念和思想。这些作者在小说中对城市的多维社会文化进行解读，其中融入了作者的城市理念、创作方法及主题思想。詹姆斯·乔伊斯（James Joyce）意识流小说《尤利西斯》（*Ulysses*）和《芬尼根的苏醒》（*Finnegans Wake*）使传统意义上的叙事变成蒙太奇、碎片化叙事的城市书写。英国小说中的城市书写通过景观呈现、漫游叙事、碎片化叙事等多种书写方法将英国社会中的权力机制、文化杂糅、精神异化等多维社会文化信息印记在文本中。与此同时，20世纪后期以毛翔青（Thimothy Mo）、维·苏·奈保尔（V. S. Naipaul）等为代表的英国少数族裔作家开始在英国文坛崭露头角，他们的创作为英国城市小说带来了多维的文化色彩，小说的城市空间书写呈现出不列颠文化与少数族裔民族文化的杂糅叙事。少数族裔的文学创作丰富了英国小说城市书写的文化认同，为英国小说城市书写注入了杂糅叙事的城市书写方法。

英国小说城市书写研究聚焦城市空间在小说叙事和主题阐释中的意义。本书首先结合国内外最新资料对城市空间研究进行了梳理及总结，并系统分析了英国小说中的城市空间特征及其城市书写的主要策略和方法。英国小说的城市书写印记了英国社会的历史发展，本书分别从英国社会的权力空间、权力话语与权力规训三个方面阐释英国小说城市书写中的权力机制，从叙事杂糅和文化杂糅两个视角阐释英国小说城市书写中的杂糅创作艺术，从精神异化的表征和叙事建构两个方面阐释城市书写中的精神异化。英国小说城市书写研究以城市书写为理论基础，吸收空间批评研究及文化研究的批评方法，注重文本中空间的社会、文化及后现代属性，阐释了英国小说城市书写中所蕴含的社会文化内涵，探究城市书写在小说情节发展、人物塑造及主题阐释的意义，或可为英国小说研究提供一个新的研究视角。

目录

第一章 文学的城市空间研究 // 1

 第一节 当代空间批评与城市空间 // 1

 第二节 城市书写及其属性 // 19

第二章 英国小说的城市书写策略 // 31

 第一节 英国小说的城市空间 // 31

 第二节 英国小说城市书写方法 // 49

第三章 英国小说城市书写中的权力机制 // 59

 第一节 英国小说中的权力空间 // 60

 第二节 城市书写中的权力话语 // 69

 第三节 城市书写中的权力规训 // 87

第四章　英国小说城市书写的杂糅印记 // 106

第一节　城市书写的叙事杂糅 // 107

第二节　城市书写的文化杂糅 // 123

第五章　英国小说城市书写与精神异化 // 142

第一节　精神异化的表征 // 142

第二节　精神异化的叙事建构 // 159

结语 // 173

参考文献 // 176

后记 // 187

第一章
文学的城市空间研究

　　城市空间在文学研究中多年来一直被学界所忽视，批评家关注小说中城市的背景作用，很少关注到城市空间已成为一种多维的社会、文化和历史的构建者。城市小说中的城市空间包括城市街道、景观、建筑、机构等各种场所，背后蕴含着多维的社会文化意义，小说中的城市空间在一定程度上发挥着"主观能动性"，城市书写成为小说的一种重要的叙事手段。随着空间批评的兴起，小说的城市空间研究逐渐成为文学批评领域的一个前沿批评方向。英国城市化的进程不仅带来了发达的生产力和城市社会，与此同时也带来了城市化进程中的诸多社会问题。英国小说家感受到英国城市中的各种社会现象，也体会到社会城市中各种尖锐的矛盾和冲突，于是城市毫无疑问成为英国小说重要的素材，英国小说的城市空间书写成为重要的创作艺术。

第一节　当代空间批评与城市空间

　　20世纪后期的人文学科界各种思想、理论和"转向"纷纷涌现，这一时期学界经历了引人注目的"空间转向"。"空间"从来没有像当代学界这样受到关注，"空间"不再仅仅是地理学领域的专属，而逐渐彰显其多维属性，开始受到人文社会科学越来越多的关注。在传统的文学批评中，评论家关注文学作品中的人物和故事情节等要素，空间在文学作品中的研究价值和意义被远远低估了。当代空间批评学者菲利普·E. 韦格纳

(Phillip E. Wegner)就指出,"空间在传统的文学研究中被视作呈现人物的舞台和背景,其重要性远远低于人物"❶。20世纪70年代以后,在后现代思想理论的影响下,传统的"空间"理念开始受到挑战。韦格纳进一步指出,"在最近25年,由于正在形成的跨学科体系聚焦于'空间''场所'和'文化地理学',因此'空间的'传统观点日益受到越来越多的质疑"❷。学界在20世纪后期进入"空间转向"时期,其显著特征就是空间的文化建构作用日益受到重视,在20世纪后半叶形成了跨学科的空间研究热潮。

随着空间研究逐渐从空间的自然属性转向其社会和文化属性研究,空间研究理论和方法也日益成熟。当代空间研究和文学批评开始进行学科交叉融合,当代学者在空间的社会研究和文化研究基础上,运用空间研究中的相关分析方法对文学作品进行剖析,关注空间的建构意义。一时间,空间成为文学批评领域重要的核心关键词。

在众多体裁的文学作品中,城市文学是空间批评重要的研究对象。城市作为文学作品中最重要的空间之一,不仅仅是小说中的背景地,更是蕴含有历史、文化和社会政治信息的载体。一些学者开始关注小说中的城市,探究城市作为一个重要的空间整体,阐释作者在叙事中如何建构思想、文化和身份认同。城市空间研究也逐渐发展成为一种跨学科的文学批评方法。当代批评家在此基础上开始关注城市空间在小说叙事中的社会文化建构意义。为了更为清晰地认识小说城市空间的意义,需要对城市空间研究的社会和文化内涵作一个系统的分析概述。

一、城市空间的社会定位

城市作为一个庞大的生活空间和复杂的社会体系,其本身具有显著的社会属性,城市空间的社会属性长期以来被学界忽视,城市仅仅被看作生活的场所和社会制度的承载者,而城市作为政治权力、社会体系的参与者这一点直到当代空间批评理论兴起时才逐渐得到学界的重视,当代空间

---

❶❷ WEGNER P. E. Spatial Criticism: Critical Geography, Space, Place and Textuality[C] // WOLFREYS J. Introducing Criticism at the 21st Century. Edinburgh: Edinburgh UP, 2002: 180.

批评为城市空间的社会属性定位奠定了理论基础。

空间理论源于对传统空间理念的解构,从而更加关注空间的社会属性,空间研究的早期奠基者主要有亨利·列斐伏尔(Henri Lefebvre)、米歇尔·福柯(Michel Foucault)等学者,他们主要从社会学角度展开空间研究,将空间从地理学研究中的"地点研究"区别出来,给空间以"社会定位"。他们分别从城市、建筑和住宅等角度阐释了空间的社会属性和意义,其中亨利·列斐伏尔的空间思想为城市空间的社会定位提供了坚实的理论铺垫。列斐伏尔在1974年出版的《空间的生产》中,率先提出了"空间是一种(社会)产物"❶的观点,他指出,空间"不是物质中的一种物质,也不是多种产品中的一种,它囊括所有被生产出来的事物,并包含有这些事物间相互依存、相互并置的关系——它们间的(相对的)秩序以及/或者(相对的)混乱"❷。由此可见,在列斐伏尔看来,空间不是被动地容纳各种社会关系,空间本身是一种强大的社会生产模式、一种知识行为,空间是实践者同社会环境之间活生生的社会关系。在此基础上,列斐伏尔在《空间的生产》中提出了著名的"空间三一论",即"我们所关注的领域是:第一,物理的,包括自然和宇宙;第二,思想的,包括逻辑抽象和形式抽象;第三,社会的。换言之,我们关切的是这样一种逻辑——认识论的空间,社会实践的空间,感觉现象所占有的空间,包括想象的产物,如规划与设计、象征、乌托邦等"❸。

列斐伏尔的空间理论打破了传统的空间二元论,为空间批评研究奠定了坚实的理论基础。"空间三一论"指出任何空间都由相互关联的三个母体构成,分别是"空间实践(spatial practice)""空间表征(representation of space)"和"表征空间(representational space)"。"空间三一论"突破了空间的物质属性局限,空间具有的3个相互交融的维度,既相互区

---

❶ LEFEBVRE H. The Production of Space[M]. Donald Nicholson-Smith.Trans, Massachusetts: Blackwell, 1991: 26.

❷ LEFEBVRE H. The Production of Space[M]. Donald Nicholson-Smith.Trans, Massachusetts: Blackwell, 1991: 73.

❸ LEFEBVRE H. The Production of Space[M]. Donald Nicholson-Smith.Trans, Massachusetts: Blackwell, 1991: 11.

别,又相互联系,分别代表了空间的3个层面,即感知的(perceived)空间、构想的(conceived)空间和实际的(lived)空间。其中"空间实践"是感知的空间,它是一种物质化、经验的空间,"包括生产与再生产,以及具体的地方和每个社会形态特征相一致的空间体系。空间实践确保了连续性和一定程度上的稳定性"❶。在这个意义上,空间实践就是现实世界中的各种具体有形的空间,是人类社会进行日常生活、社会生产的载体和中介。空间实践也是过去所有空间学科关注的焦点。"空间表征"是指特定的构思空间的方式,是一种精神的空间。它是"概念化的空间,是科学家、设计师、城市学家、各种政治技术专家、社会工程师们的空间,它是某种有着科学精神的艺术家——他们把实际的空间和可以感知的空间看作构想的空间"❷。空间表征与生产这一空间的社会生产关系、秩序紧密相关,从而控制语言、话语、文本和逻各斯,是认识论的本体,支配着空间知识的生产。由于空间表征体现的是占统治地位的精英们构想出来的空间,因此它常常规定、约束着一个空间的发展,成为某个特定"空间实践"的规划蓝图。"表征空间"在列斐伏尔看来是实际生活的空间,既非纯物质的空间也非构想的空间,它既与前两种空间相区别,又将二者包含在内。它体现了空间的社会性,是二者在社会生活中的具体化。列斐伏尔指出,表征空间"是直接通过相关意象和象征物存在的空间,因此它是'居住者'和'使用者'的空间,但也是一些艺术家,诸如一些作家和哲学家的空间,他们描写并渴望超越其描写的一切。这就是由人支配的空间——因此是一种体验的空间——想象力试图改变并进入的空间"❸。

列斐伏尔的"空间三一论"极大地丰富了空间批评的理论维度和研究视野。当代空间批评学者韦格纳在对列斐伏尔的空间理论研究后指出:"'表征空间'是体现个体文化经历的空间,包括组成这一空间所有的

---

❶ LEFEBVRE H. The Production of Space[M]. Donald Nicholson-Smith.Trans, Massachusetts: Blackwell, 1991: 33.

❷❸ LEFEBVRE H. The Production of Space[M]. Donald Nicholson-Smith.Trans, Massachusetts: Blackwell, 1991: 38.

符号、意象、形式和象征等"❶。当某个物质空间，如家庭、学校或者监狱，在某位个体居住者进入后，就成为展现这一个体居住者社会文化经历的表征空间，换言之，这位居住者的思想、文化或者情感，必然与这个物质空间及其背后蕴含的社会文化乃至权力机制发生融合、交锋乃至冲突。我们在查尔斯·狄更斯（Charles Dickens）、夏洛蒂·勃朗特（Charlotte Brontë）小说中的慈善学校、救济工厂乃至监狱中看到主人公的思想行为与这些城市空间中无形的权力之间的冲突与抗争，正是城市的"表征空间"功能。因此，小说中的城市空间蕴含有多维的历史文化印记，当这些印记同小说故事情节、人物个性成长、主题阐释产生影响时，城市空间就具有了表征意义。

"空间三一论"可以说是学术上的一次重大突破，因为传统的空间研究认识论聚焦具体有形的空间，即强调空间的物质性，而空间的社会、思想和文化属性则常被忽略。空间作为社会发展的事物，其所蕴含的思想、社会和文化内涵是超越物质的精神属性，成为文化研究语境下重要的当代研究客体。列斐伏尔的这一观点打破了西方长期以来关于空间的物质空间和精神空间之间对立的二元思考模式。列斐伏尔批判了主观唯物主义和客观唯心主义的局限性，前者过多地强调了物质空间，而后者则过多地强调了精神空间，在此基础上，列斐伏尔强调了空间的社会性。列斐伏尔把社会的维度引入空间研究中，指出空间不仅是物质存在和精神存在，更是一种社会关系的集合体，是与人类生产生活实践和社会关系联系紧密的实体。

列斐伏尔的"空间三一论"为后续空间研究，特别是城市空间研究奠定了坚实的理论基础。此后，列斐伏尔在其《书写城市》中强调了城市空间所具有的社会属性这一鲜明特色，进一步强调了城市的社会属性❷，城市空间在社会历史发展中不仅记录了重要的历史和社会事件，更为重要的

---

❶ WEGNER P. E. Spatial Criticism: Critical Geography, Space, Place and Textuality[C] // WOLFREYS J. Introducing Criticism at the 21st Century. Edinburgh: Edinburgh UP, 2002: 182.

❷ LEFEBVRE H. Writings on Cities[M]. Trans. KOFMAN K, LEBAS E, Oxford: The Blackwell Publishers, 2000: 101.

是城市空间印记下这些人们在社会历史事件背后所生产出来的社会关系、权力话语、文化和身份认同等多维要素。列斐伏尔强调了城市空间的社会属性，即城市不仅仅是社会的产品，同时也创造了社会。

与此同时，当代社会权力等研究为空间批评融入权力话语等研究视角，丰富了空间的话语和符号建构意义。学者米歇尔·福柯则从政治和权力视角诠释了空间的权力与话语意义，进一步丰富了城市空间的社会构成。福柯从现代资本主义社会制度的角度分析空间的社会属性，他认为空间是一个权力场所。在福柯看来，空间既非了无一物，亦非物质形式的容器，它存在于人们所生活的物质世界，同时也嵌入了纷繁复杂的社会关系，而在这种关系中，福柯尤为强调城市空间中的权力关系。他指出空间是权力机构控制民众的一种方式："空间是任何公共生活形式的基础，空间是任何权力运作的基础。"❶ 福柯认为在权力社会中，每个人都生存在一个巨大的、封闭的、复杂的等级结构中，人们因而长时间地被操纵和监督。他以监狱和兵营为例分析了现代社会以空间为形式的权力运作方式，指出一个罪犯在监狱中被置于永久的"可视范围"之内，受控于一个看不见的权威之下，由于不知自己何时处于监视之下，他们就习惯于自我监督。福柯认为人们生活在一个个纪律约束和惩罚的空间之中，空间是权力实践和纪律约束的重要场所和媒介，这些空间在人们周围比比皆是：如城市中的学校、军营、医院等。在《规训与惩罚：监狱的诞生》（*Discipline and Punish: The Birth of Prison*）一书中，福柯借助监狱这一具体的空间形式，阐释了监狱作为一个上层建筑的"权力符号"的意义。他指出监狱是对罪犯进行规训和惩罚的工具，现代社会除了监狱之外，学校、医院、兵营乃至疯人院都可以视作一种特殊的城市空间，一种规训人们行为和思想的空间，现代城市社会就是通过这一系列的纪律和约束旨在"生产出顺从、有经验的个体，听话的个体"。❷ 福柯认为人们所生活的这个空间就是

---

❶ FOUCAULT M. Discipline and Punish: The Birth of Prison[M]. Trans, Alan Sheridan, New York: Vintage, 1977: 13.

❷ FOUCAULT M. Discipline and Punish: The Birth of Prison[M]. Trans, Alan Sheridan, New York: Vintage, 1977: 138.

由若干权力和关系组成的,"每一个个体都被投入到了各种权力的包围之中"❶,因此空间是一个权力冲突、交锋和角斗场所。福柯的权力空间理论丰富并拓展了列斐伏尔的社会空间理论,凸显了城市空间纷繁复杂的社会关系。

空间的社会定位完成了空间研究从地理研究向社会学研究的转型,将关注空间的自然属性转向关注其社会属性,空间的社会定位对城市空间研究具有开创性和里程碑式的作用,这一定位对20世纪后期西方后现代思想和理论产生了深远的影响,为城市空间的多维研究奠定了坚实的理论基础,拓展了空间研究视野。

二、城市空间的文化关注

从20世纪80年代起,城市空间研究伴随着当代空间批评的发展开始注重文化研究,这一阶段的主要代表人物有斯蒂芬·科恩(Stephen Kern)、爱德华·索亚(Edward Soja)、大卫·哈维(David Harvey)、迈克·克朗(Mike Crang)及菲利普·E.韦格纳等多位学者。他们的共同之处就是强调城市空间的文化定位,强调文化是"一整套的思想观念和价值观念,它们使不同的生活方式产生了意义"❷。空间研究对文化的关注是空间社会属性的延续,它不再仅仅关注社会生产,而是开始关注文化研究中的哲学、政治、身份、宗教、历史以及后现代等诸多领域。城市空间研究的文化关注主要聚焦于空间的文化意义,如城市建筑设计理念及城市景观布局等。科恩在其著作《时空的文化:1880—1918》中指出:"不同的文化有自己独特的空间观念(和时间观念),它表现为象征意义并且涵盖生活的方方面面。这一空间观念或广度观念是文化的'首要象征',是政治机构、宗教神话、伦理观念、科学准则及绘画、音乐和雕塑方式的内在原则。"❸科恩还以古代埃及、中国和希腊独特的城市建筑

---

❶ FOUCAULT M. Discipline and Punish: The Birth of Prison[M]. Trans, Alan Sheridan, New York: Vintage, 1977: 24.

❷ 克朗. 文化地理学[M]. 杨淑华, 宋慧敏, 译. 南京: 南京大学出版社, 2005: 2.

❸ KERN S. The Culture of Time and Space: 1880-1918[M]. Cambridge: Harvard UP, 1983: 138.

及其文化为例进行了阐述。科恩列举了意大利现代画家翁贝托·波丘尼（Umberto Boccioni）的绘画作品《闹市噪声穿透房屋》（*The Noise of the Street Penetrates the House*），从未来主义画家的角度揭示现代都市空间中的文化要素对人们思想和情感的影响。科恩的空间思想不仅关注古代城市建筑及不同民族建筑风格中的哲学思想，并且关注文化视野中的建筑和景观，对现代空间进行了深入的文化阐释，为空间的文化研究及文化地理学的发展奠定了一定的理论基础。

迈克·克朗的城市空间文化研究较科恩的城市空间思想更为具体，他对城市建筑、景观、住宅等具体空间形式中的文化要素作了更为具体的分析。克朗在《文化地理学》中着重阐述了城市空间的文化定位，认为空间是赋予了深刻文化意义的"文本"。克朗强调"城市不仅仅是故事发生的场地，小说中的城市地理景观描述是作者对社会和生活的认知"[1]。他认为社会的意识形态和人们的价值观念会通过地理景观得以保存和巩固。克朗进一步指出"地理景观是人们的生活能力在实践活动中所形成的与其文化相一致的产物"[2]，因此地理景观是一个具有意识形态和价值观念的象征系统，现实社会中的家庭住宅、宫廷建筑、田园景观都能被人为地赋予象征意义。我们通过分析地理景观的空间格局和造成这种格局的实践活动，就可以了解景观空间所渗透的宗教观、宇宙观和生活观念等。克朗以中国的皇家行宫——河北承德避暑山庄为例进行了说明。避暑山庄外部拥有环绕一周的宫墙，内部是众多的湖水和花园。克朗认为按照中国古代的风水学，山代表男性，水代表女性，因此这座皇家建筑体现了中国古代的阴阳平衡说，同时湖中的9座小岛将湖面分割成8个小湖，反映了世界由九山八海构成的佛家思想。因此景观中的田园和住宅成为一种可以解读的"文本"，蕴含着丰富的民族特征及宗教信仰等文化意义。

随着城市空间研究的不断深入发展，众多学者不断从后现代文化视角阐释空间的多维属性，这些研究进一步夯实了空间的社会文化属性，拓展了空间批评的研究视野。近年来，爱德华·索亚、大卫·哈维和

---

[1] CRANG M. Cultural Geography[M]. London: Routledge, 1998: 50.

[2] CRANG M. Cultural Geography[M]. London: Routledge, 1998: 27.

弗雷德里克·詹姆逊（Fredric Jameson）等学者从后现代视角阐述了城市空间的文化属性，拓宽了空间研究的文化视野。索亚的空间理论主要集中体现在他的"空间三部曲"中，即《后现代地理学：社会批判理论中空间的再确认》(*Postmodern Geographies: The Reassertion of Space in Critical Social Theory*)、《第三空间：去往洛杉矶和其他真实和想象地方的旅程》(*Third Space: Journeys to Los Angeles and Other Real-and-Imagined Places*) 和《后大都市：城市和区域研究》(*Postmetropolis: Critical Studies of Cities and Regions*)，其中以第二部为其理论的重点。索亚的都市空间理论深受列斐伏尔的影响，他在列斐伏尔的"空间三一论"的基础上提出了第三空间理论。索亚的"第三空间认识论"是对传统的第一空间和第二空间认识论的解构和重构。他指出第三空间既不同于第一空间的物理空间，也不同于第二空间的"构想的空间"——精神空间，而是一个解构的、多维的、开放的城市空间。

爱德华·索亚第三空间理论立足于后现代空间的解构思想，其研究主要聚焦城市空间的两个方面，其一是空间的开放性。所谓开放性，就是空间的组织和建构方式不再拘泥于传统的空间理念和空间思维模式，而是用一种开放、解构、重构的理念去思考空间。这一点索亚在《第三空间：去往洛杉矶和其他真实和想象地方的旅程》的开篇就清晰地指出："在《第三空间》中我的目标可以一言以蔽之，这就是鼓励你用不同的方式思考空间的意义和意味，思考地点、方位、景观和城市等相关概念，它们组织构成了人类生活与生俱来的空间性"。❶ 城市空间的开放性是索亚对列斐伏尔空间思想的继承和发展，在索亚看来，城市空间是人们身边各种场所、地点和景观的哲学概括。人们身边存在着各种各样的城市空间形式，如建筑、街道、场所、景观、教堂、学校等，我们都可以从空间的角度去审视、思考和解释它。城市空间可以包罗万象，这就是空间思维的开放性最直接的例证。城市空间是一个充满"无限想象力的宇宙"，包括人类自身的存在方式在内都是空间性的。

---

❶ 索亚. 第三空间：去往洛杉矶和其他真实和想象地方的旅程 [M]. 陆扬，等译. 上海：上海教育出版社，2005: 1.

索亚空间思想的第二个特征聚焦城市空间的社会文化多维性，这一属性与列斐伏尔的"空间三一论"相辅相成。在索亚看来，城市空间的社会文化多维性指第三空间融汇一切：主体性与客体性、抽象与具象、真实与想象、可知与不可知、重复与差异、精神与肉体、意识与无意识、学科与跨学科等。列斐伏尔强调了空间的社会属性，索亚进一步丰富了列斐伏尔的空间思想。索亚指出："我们生活的空间维度，从来没有像今天这样关系着实践和政治。无论我们是有意应对日常生活中与日俱增多的电子传媒纠葛，寻求政治方式来解决日益增长的贫困、种族和性别歧视及环境恶化等问题，还是试图理解全球范围头绪纷繁的地理政治冲突，我们日益意识到我们生来就是空间的存在，积极参与着我们周围无所不在的空间性的社会建构。"❶ 索亚的这段话说明城市空间包罗社会中各种各样的文化现象，同时我们自己也是这一城市空间文化建构的客体和主体，城市空间是多维社会文化要素的集合体。可见索亚的"第三空间"理论呈现出极大的开放性，这些理论倡导重新思考空间和社会存在的辩证关系，丰富了空间的文化属性和内涵，进一步拓展了空间研究的文化视角，为城市空间的文化研究奠定了理论基础。

弗雷德里克·詹姆逊的研究聚焦后现代文化，其空间研究注重城市空间的后现代属性。詹姆逊主要关注后现代文化视野下的城市空间，认为城市一方面变得越来越现代化，另一方面又变得越来越陌生化。虽然都市鳞次栉比的高楼大厦和繁华忙碌的生活节奏使人激动，然而生活在琳琅满目的商品世界中的人们难以实现思想情感的相互交流，彼此之间备感孤独和情感疏离，空间在一定意义上颠覆最初的属性，置身于一个后现代感强烈的空间之中的人们，其思想意识可能产生一定程度的疏离感与异化感。詹姆逊认为最能体现后现代空间理念的当属由约翰·波特曼（John Portman）设计并于1976年建成的洛杉矶威斯汀博纳旺蒂尔酒店（Westin Bonaventure Hotel，又译作波拿文都拉饭店）。

詹姆逊在其后现代城市空间阐释中，对这座饭店进行了细致的分析。

---

❶ 索亚. 第三空间：去往洛杉矶和其他真实和想象地方的旅程 [M]. 陆扬，等译. 上海：上海教育出版社, 2005: 1.

詹姆逊认为这座建筑最大的空间特征是其自身所表现的后现代特征。首先这座建筑凸显后现代城市风格的"表面化"与建筑物最根本的"实用性"背道而驰,这座饭店不再像传统的西方哥特式建筑或巴洛克建筑那样具有凸显其壮观的建筑风格,整座建筑物的外墙完全由玻璃幕墙覆盖,致使传统建筑的空间厚度被简约成一个透明的"空间",空间物质性显然被削弱。笔者于 2017 年到访过这座饭店。饭店建于 20 世纪 70 年代中期,建筑主体由 5 个玻璃幕墙组成的圆柱形塔楼并置在一起,彰显后现代空间特性。这座饭店的 3 个入口也完全颠覆了传统的空间组织形式,传统门廊式入口的空间设计理念不复存在。饭店的 3 个入口并非设置在一层,而是将客人通过不同的路径分别引入地下一层、二层和六层,这种奇特的入口设计让这座建筑显得无可捉摸。而且这座饭店的内部空间和楼梯、电梯的设计在遵循传统建筑的空间组织方式的同时,彰显出空间的相互交叉重叠的后现代风格。设计者对入口的设计理念和整座大楼的空间组织彰显出标新立异的后现代特征,置身其中最大的感受是失去方向感。这座饭店旨在强调"这座大楼并不希望融合为城市的一部分,而是想成为城市的对等物、替代物或替身"❶。詹姆逊指出这就是后现代文化的一种象征,即以"无形"胜"有形",以"不规则"超越"规则"。这座颇具后现代风格的建筑,为了迎合设计上的标新立异,同人们的使用价值观和欣赏价值观背道而驰,以其光怪陆离的外表、内部碎片化及无方向感的设计理念,凸显了后现代城市异化疏离的特征。

当代空间思想愈发关注城市空间的后现代和超现实特征。波拿文都拉饭店采用的空间透明、并置和交错彰显出后现代空间思想和设计理念。该饭店由圆柱形的塔楼组成,4 个塔楼环绕在中心塔楼周围,饭店共有 1000 多个房间。波拿文都拉饭店这种玻璃幕墙、透明的电梯和旋转餐厅将会把人们带入一个光影交错的空间中,置身其中"就完全失去距离感,使你再不能有透视景物、感受体积的能力,整个人便溶进这样一个'超级空间'之中"❷。因此在波拿文都拉饭店这个超空间中,来访者丧失了其空间定

---

❶ 詹姆逊. 后现代主义与消费社会 [M]. 胡亚敏,译. 北京:中国社会科学出版社,2000: 178.
❷ 詹明信. 晚期资本主义的文化逻辑 [M]. 北京:生活·读书·新知三联书店,1997: 227.

位能力和图式认知能力，根本无法描绘它的形状并且无法辨别方向，究其根源就在于这个后现代超空间与人们熟悉的形式和功能统一的现代空间完全不同。超空间颠覆了传统的时空观，摒弃了方位、距离、时间等约束，超空间强调的不是一个实在的空间，而是"一个充斥幻影和模拟的空间，一个纯粹直接和表面化的空间，超空间是空间的模拟，对它而言，不存在原始（本初）的空间，类似于与它相关的'超现实'，它是被再现和重复的空间"❶。总之，波拿文都拉饭店作为一个超空间是后现代文化的体现，它摒弃了传统空间厚重的历史感和时间感，强调空间的复制与表面性及其由此产生的"现实存在"。詹姆逊一贯强调的后现代特性，同哈维强调的"时空压缩"和空间的复制与拼贴可谓所见略同。同样爱德华·索亚在评论这座建筑空间时指出："波拿文都拉饭店集中展现了一个后资本主义时代城市空间的重构：即碎片并且正在碎片化，同质性并且正在形成同质性，这个空间是方向迷失的集合，既令人好奇又不可捉摸，似乎开放得足以使一切尽收眼底，但是它却不断地收缩。一切想象到的东西在这个虚幻但实际存在的空间看似都能找到，但又难以找到。它使有效的认知功能模糊，拼凑的表象化特征使其失去了相互协调性。对那些不经意步行到这里的人来说，从地面进入饭店是几乎不可能的，而一旦进入其中立刻又变得令人畏惧，来访者只能任其摆布，如果没有饭店工作人员的帮助将无法走出去"。❷

空间成为当代学界跨学科的核心关键词，各个学科的理论家从不同的角度展开空间研究。吉尔斯·德勒兹（Giles Deleuze）、雷蒙·威廉姆斯（Remond Williams）等学者也分别从文化特别是后现代文化角度对城市空间进行了研究。他们的研究进一步丰富了城市空间的文化内涵，超越了物质空间与精神空间二元对立的空间思维，其理论呈现出极大的开放性。这些学者的观点和理论不仅强调了城市空间的文化属性，而且从多方面拓展了城市空间认识的广度和深度，为文学作品中的城市空间研究提供了多维

---

❶ 霍默. 弗雷德里克·詹姆森[M]. 孙斌，等译. 上海：上海人民出版社，2004: 172.

❷ SOJA E. Postmodern Geographies: the Reassertion of Space in Critical Social Theory[M]. London: Verso, 1989: 243-4.

度的理论基础与阐释方法。

三、文学作品的城市空间关注

20世纪90年代，学界对城市空间的关注开始同文化地理学、文化研究、文学研究等学科相互融合，正是在这一背景下，文学作品中的城市空间成为主要关注客体之一，文学作品的空间批评成为当代西方文艺理论的重要组成部分。尽管詹姆逊、索亚及克朗的研究主要聚焦于实体空间的研究，但与此同时，他们无一例外都曾涉足文学作品中的空间研究。与此同时，西方社会的城市化进程也使城市成为小说空间的重要组成部分，一些小说家的作品聚焦于一座城市，并且对城市的书写成为作者揭示小说主题的重要手段，如查尔斯·狄更斯、弗吉尼亚·伍尔夫（Virginia Woolf）和多丽丝·莱辛（Doris Lessing）等作家关注英国城市伦敦，詹姆斯·乔伊斯（James Joyce）等爱尔兰作家关注城市都柏林，维克多·雨果（Victor Hugo）关注法国的巴黎等。还有维·苏·奈保尔（V. S. Naipaul）等一批英国少数族裔作家，他们的创作以英国之外的亚洲和非洲等域外国家为创作素材，他们笔下的域外城市，如印度的某些城市——孟买等都成为一些英国小说家关注的内容。这些小说多以城市空间书写为特征，描写了不同地域空间的文化杂糅特征，文学作品中城市空间的研究也成为空间批评的研究焦点。

文学作品中城市空间的研究关注各种城市空间所蕴含的政治、权力、身份、宗教、现代性与后现代性等多维社会文化属性，其中城市空间的身份属性是学者们关注最多的内容。空间批评学者吸收借鉴了后殖民及女性主义理论，将文学批评、文化地理学及空间研究结合在一起，探究文学作品中各种城市空间中的身份认同，其中具有代表性的学者包括菲利普·韦格纳、爱德华·萨义德（Edward Said）、迈克·克朗等。他们在对文学城市空间的文化研究中，将城市空间的身份特征凸显出来，关注的焦点转向对其主体性的研究，注重空间的自我、身份认同的研究，提出了文学作品中"他者空间"的概念，使文本中的城市空间具有了身份印记。克朗指出："我们简便地运用空间总结其他群体的特征，即根据其居住地对'他们'

进行界定,又根据'他们'对所居住地进行界定……空间对于界定'他者'群体至关重要,这种身份认同以一种不平等的关系建立了起来,这一过程通常被称为'他者化'。"❶

20世纪后半叶的后殖民思想影响波及西方人文社会科学研究的各个领域,其丰富的蕴含及强烈的批判意识也受到城市空间研究的青睐,其中以爱德华·萨义德的《东方主义》(*Orientalism*)为典型代表。后殖民批评旨在从文本中发现一种文化在同另一种文化的交锋中总是处于中心或优势的地位,而另一种总是处于边缘或劣势的地位。在城市空间研究中则表现为某个城市景观、城市空间布局及其蕴含的文化、文明、知识、艺术等在对比中常处于"他者"的地位。克朗也指出,"他者"可以表现在领土、城市和空间的描写上,"东方和西方不仅仅是字眼,而是名称,是用来建构身份属性,并能够形成领土的专属名词,西方通过审视东方构建他们自我,这些领土也只有在西方的审视下才被凸显出来,而东方只有通过这种审视才得以存在"❷。因此西方的视角是通过类比东方建立起来的,东方也正是在这种类比中存在的。在这种关系中,西方的知识体系成为某种"权威",东方成为边缘化的、负面的"他者"。"西方对东方的恐惧、排斥和贪婪构建了他们想象中的东方地理,从而增加了他们东方地图的维度。"❸西方潜意识的欧洲中心主义和宗主国思想使城市空间具有了"他者"化的色彩。由此可见,克朗在城市空间研究中将"他者"概念运用到城市景观的研究中,通过分析城市和建筑等空间所负载的文化信息,探究中心与"他者"的交锋,进而深入发掘东西方文化的差异及其根源。

城市空间研究在身份认同理论的基础上,进一步指出了城市景观中的性别属性问题。西方妇女的地位处于性别和种族相互矛盾的关系中:一方面,她们的白皮肤被用来证明种族的优越;另一方面,其性别又使她们居于从属地位。这个问题吸引了众多学者,克朗指出文学文本中关于女性的空间,也具有明显的"他者"空间特性。克朗分析了亨利·赖德·哈哥德(Henry Rider Haggard)的小说《奈达和百合》(*Nada and Lily*)中城市空

---

❶❷ CRANG M. Cultural Geography[M]. London: Routledge, 1998: 61.

❸ CRANG M. Cultural Geography[M]. London: Routledge, 1998: 66.

间的性别认同。《奈达和百合》以一只狼抚养了两个被遗弃男孩为故事背景创作而成,这部作品中的女性被叙述者喻为一种邪恶的、混乱的、易变的力量。克朗认为在这类作品中,一些地方和场所被叙述者进行了女性化的空间建构,而成为为男人提供表演的空间建构物。这些小说创造了一个男性主宰的城市空间,在这个空间中,男主人公们用果敢机智的行为证明自己的价值,女性在这个男性主宰的空间中完全处于从属地位。文本中男性空间同女性空间形成的交锋,是中心与"他者"的空间冲突,体现的是男权思想的压制。克朗还通过英国小说家多丽斯·莱辛的小说《四门城》(*Four-Gated City*)中的若干城市空间分析指出:小说会揭示城市里的性别空间,作家通过文本中的街道、商店、休闲场所等构建城市空间,展现给读者一个包含"理性知识和控制、男性的权力、经济的繁荣与困境以及性别欲望等相互交织在一起的地理学"[1]。可见小说中的城市空间总是渗透着知识、性别、经济及权力的各种相互关系,因此通过对城市景观的空间解读,能够更深层次地揭示空间的各种社会文化意义。

迈克·克朗通过阐述现代性对文学城市空间的影响,指出现代性带来了不同的认识世界的方法。19世纪小说中的城市空间主要表现为表征叙述,这种小说叙事形式在20世纪出现了新的变化,很多作品中的城市空间往往以碎片化的建构方式出现,这些变化使文学空间成为空间批评的研究热点,典型的有马塞尔·普鲁斯特(Marcel Proust)、詹姆斯·乔伊斯和弗吉尼亚·伍尔夫等。在他们的作品中,传统的时空观念被打破,空间形式更加变幻不定、不可捉摸,这一方面说明现代生活节奏的加快,另一方面说明现代作家一直在探索小说空间叙述形式上的创新和突破。在乔伊斯的《尤利西斯》(*Ulysses*)和多斯·帕索斯(Dos Pasos)的《曼哈顿的变迁》(*Manhanttan Transfer*)中,两位作者抛弃了传统的时空表现手法,运用了现代主义绘画中被称为拼贴画的叙述技巧,分别通过都柏林和纽约两座"碎片化的城市空间"深层次揭示人物的心理空间。克朗指出文学空间的碎片化不仅提供了认识景观、地点和人物风情的窗口,同时也展示了身份、历史、文化重要的空间建构作用,进而也成为认识文化和社会的重要

---

[1] CRANG M. Cultural Geography[M]. London: Routledge, 1998: 53.

途径。

关于文学作品城市空间书写中的拼贴技巧，大卫·哈维也曾对空间中的拼贴艺术进行过阐述。在《后现代的状况：对文化变迁之缘起的探究》中，哈维通过对现代都市和现代主义小说进行类比指出，"拼贴画"是当代社会的文化和商品的多元性所形成的拼贴特征已经渗入文学作品的时空关系中，"分裂的空间模式突破了后现代小说空间透视与叙事的连贯性，采取了外来啤酒与本地啤酒共存的相同方式，本地就业在外来竞争的重压之下崩溃，世界上异彩纷呈的空间在晚间集合于电视屏幕上，形成了各种意象的拼贴画"❶。近年来，詹姆逊和哈罗德·弗洛姆（Harold Fromm）等学者从全球化和生态等角度阐述了城市空间的多维属性，提出了诸如文学空间的全球化、生态伦理和消费功能等观点和理论。这些理论倡导重新思考空间和社会存在的辩证关系，他们的理论和观点丰富了城市空间的多维属性和内涵，进一步拓展了文学城市空间研究的领域和角度。

近年来，国内文学作品中的城市空间研究正在不断发展，国内学者的研究主要分为以下几个阶段：第一阶段开始于20世纪晚期，主要是国内学者对城市空间研究理论的引入，特别是文化地理学的介绍和研究。南京大学出版社2003年翻译出版了英国学者迈克·克朗的《文化地理学》❷（2005年进行了修订），同时期中国台湾巨流出版社也编译出版了克朗的《文化地理学》❸，克朗的《文化地理学》成为当时国内了解空间研究的一部重要著作。在此前后国内一批学者陆续展开了对空间批评理论的介绍和引入，其中包亚明教授在其主编的《现代性与空间的生产》❹等著作中对亨利·列斐伏尔和大卫·哈维等西方学者的空间思想和理论进行了介绍和梳理。陆扬教授先后发表了《空间理论和文学空间》❺《析索亚"第三

---

❶ HARVEY D. The Condition of Postmodernity: An Enquiry into the Origins of Cultural Change[M]. Oxford: Blackwell, 1992: 302. 哈维在这里用的"后现代小说"是postmodern，而不是postmodernist，笔者认为这是一个年代概念，在一定程度上同现代主义小说并不冲突。

❷ 克朗. 文化地理学 [M]. 杨淑华，宋慧敏，译. 南京：南京大学出版社，2003.

❸ 克朗. 文化地理学 [M]. 王志弘，余佳玲，译. 台北：巨流出版社，2003.

❹ 包亚明. 现代性与空间的生产 [M]. 上海：上海教育出版社，2003.

❺ 陆扬. 空间理论和文学空间 [J]. 外国文学研究，2005, (4): 31-37.

空间"理论》❶和《社会空间的生产——析列斐伏尔〈空间的生产〉》❷等文章,这些文章介绍了国外空间批评的重要理论及观点。陆扬教授在这一领域的研究对中国学者运用空间理论具有一定的引导作用。此外,朱立元教授主编的《当代西方文艺理论》❸和赵炎秋教授主编的《文学批评实践教程》❹等都将空间批评(理论)作为文学批评方法列入单独的章节进行了介绍。其中朱立元教授在其《当代西方文艺理论》中对空间批评进行了系统的阐述,该书是国内较早将空间批评纳入文学批评视野的一部教材。赵炎秋教授主编的《文学批评实践教程》还对相关学术专著作了细致分析,并配有详细的研究范例。

第二阶段主要是国内学者应用空间批评理论对城市空间的文化现象和文学作品中的城市空间进行解读和分析。这一阶段从 21 世纪初开始,在 2004 年之后发展较为迅速,其中包亚明的《游荡者的权力:消费社会与都市文化研究》❺以文化为根基,以后现代为切入点,在对西方空间思想和理论介绍、梳理的同时,对中外城市规划、城市景观从文化角度作了深入的分析和阐释。汪民安、陈永国和马海良主编的《城市文化读本》❻则从空间的角度探究了城市的文化内涵。陶东风和周宪主编的《文化研究》丛刊第 10 辑❼系统地介绍了列斐伏尔和哈维等学者的空间理论,并在此基础上对中国本土的建筑、城市空间作了较为深入的空间分析,尤其是周宪教授从空间速度的角度对空间蕴含的政治要素进行了深入的分析。

2010 年之后,国内出现了一批运用空间批评对文学作品进行空间分析的文章和博士、硕士学位论文,城市空间研究得到进一步深化和发展。张德明的《旅行文学、乌托邦叙事与空间表征》❽等文章从空间书写的角

---

❶ 陆扬. 析索亚"第三空间"理论 [J]. 天津社会科学, 2004, (2): 32-37.

❷ 陆扬. 社会空间的生产:析列斐伏尔《空间的生产》[J]. 甘肃社会科学, 2008, (5): 133-136.

❸ 朱立元. 当代西方文艺理论 [M]. 上海:华东师范大学出版社, 2005.

❹ 赵炎秋. 文学批评实践教程 [M]. 长沙:中南大学出版社, 2007.

❺ 包亚明. 游荡者的权力:消费社会与都市文化研究 [M]. 北京:中国人民大学出版社, 2004.

❻ 汪民安, 陈永国, 马海良. 城市文化读本 [M]. 北京:北京大学出版社, 2008.

❼ 陶东风, 周宪. 文化研究(第 10 辑)[C]. 北京:社会科学文献出版社, 2010.

❽ 张德明. 旅行文学、乌托邦叙事与空间表征 [J]. 国外文学, 2010, 30(2): 58-65.

度分析了具体的城市文学作品。此后，国内学者针对英美文学中的空间书写和城市书写的研究愈发丰富，如吴庆军的《英国现代主义小说的空间解读》❶、周小莉的《卡尔维诺小说的空间试验及其空间观》❷、张甜的《索尔·贝娄城市小说研究》❸、吴庆军的《城市书写视野下的英国现代主义小说解读》❹、丁冬的博士论文《感知城市的多重维度——论保罗·奥斯特的城市书写》❺、王爱军的《从〈人群中的人〉的城市书写解读爱伦·坡的荒诞意识》❻、董洪川的《城市书写与现代性批判：论艾略特的早期诗歌》❼和杨金才的《关于新世纪美国小说城市书写研究的设想》❽。这些研究向城市书写研究注入了多维的文化阐释理论，丰富了城市书写研究方法。近年来，国内学者在空间批评理论框架下，陆续出版了英美文学城市书写主题的学术专著。这些著作结合相关的文学与文化研究理论，从更细微的视角阐释文学作品中的城市书写及其意义，代表著作有陈晓兰著《性别·城市·异邦：文学主题的跨文化阐释》❾、尹星著《女性城市书写：20世纪英国女性小说中的现代性经验研究》❿、焦敬敏著《看不见的城市：北美华文文学城市叙事研究》⓫和刘白著《美国非裔文学中的城市书写研究》⓬。总之，随着城市书写在国内研究的逐渐展开，相关学术研究正在不断丰富和深化。

---

❶ 吴庆军.英国现代主义小说的空间解读[J].外国文学，2010(5): 143-150.
❷ 周小莉.卡尔维诺小说的空间实验及其空间观[J].外国文学，2011, 31(1): 60-67.
❸ 张甜.索尔·贝娄城市小说研究[D].南京大学，2012.
❹ 吴庆军.城市书写视野下的英国现代主义小说解读[J].外国文学研究，2013, 35(4): 131-137.
❺ 丁冬.感知城市的多重维度：论保罗·奥斯特的城市书写[D].南京大学，2015.
❻ 王爱军.从《人群中的人》的城市书写解读爱伦·坡的荒诞意识[J].外国语文，2016, 32(1): 30-35.
❼ 董洪川.城市书写与现代性批判：论艾略特的早期诗歌[J].外语研究，2017, 34(2): 95-101.
❽ 杨金才.关于新世纪美国小说城市书写研究的设想[J].外国文学，2023(3): 24-31.
❾ 陈晓兰.性别·城市·异邦：文学主题的跨文化阐释[M].上海：复旦大学出版社，2014.
❿ 尹星.女性城市书写：20世纪英国女性小说中的现代性经验研究[M].北京：清华大学出版社，2015.
⓫ 焦敬敏.看不见的城市：北美华文文学城市叙事研究[M].贵阳：贵州大学出版社，2020.
⓬ 刘白.美国非裔文学中的城市书写研究[M].长沙：湖南师范大学出版社，2021.

第二节　城市书写及其属性

城市作为现代社会发展到一定阶段的重要产物，容纳了社会进程中的多维历史文化积淀，城市街道、景观、建筑、地标等作为城市文化的承载者，印记着历史、现在，也昭示着未来。小说家笔下的城市是对现实城市的再现，他们将城市景观、城市记忆、社会文化等要素巧妙地构成一个有机整体，在城市书写中赋予更深的历史文化内涵，赋予更深刻的社会意义。

一、城市书写

城市书写词语属于后现代语境下的文化研究范畴，它是根据雅克·德里达（Jacque Derrida）等西方后现代学者的"书写"定义引申而来。书写最初是指运用文字对情景和事件进行的记录。传统的书写理论一直在自身构建的逻各斯中心内徘徊，认为言说和语音在前，言说是一种在场，而书写是一种不在场，因而书写处于次要地位。但德里达认为书写并非居于声音和言说之后的被动地位，他指出书写不仅可以记录历史，也可以产生意义。在此基础上，他提出了"延异"（differance）的理念，解构了语言的逻各斯中心，提出了自己的书写理念：即书写"已超越了能指表面和所指表面本身。'书写'表示一切产生记忆的东西，不管它是不是文字形式，即使它在空间上的分布有异于言语顺序。比如电影、舞蹈、绘画、音乐及雕塑等，甚至可以指运动书写，从现代军事和政治统治技术的角度来说，还可以有军事书写和政治书写"[1]。因此，德里达等后现代思想家打破了语言逻各斯对书写的束缚，为小说中的城市书写研究奠定了理论基础。

德里达的书写理念强调了书写的记忆功能，小说的城市书写实际上是指小说文本中的城市空间的社会文化记忆功能和符号功能。小说中的城市书写可以简约成一个由符号组成的文本系统，这些能指符号就是文本当中

---

[1] DERRIIDA J. Of Grammatology[M]. Trans. Gayatri Chakravorty Spivak. Baltimore and London: The John Hopkins University Press, 1997: 9.

城市中的各个场所和景观，其所指就是背后蕴含的社会意义。城市书写超越了能指符号本身，城市书写是作者运用城市景观的表征、叙事和建构功能，在文学作品中诠释城市空间的社会文化意义。由此可见，城市作为一种空间形式，其书写就是通过空间的社会文化表征和印记等功能阐释小说的创作主题。小说中的城市书写不仅仅是景观的展现，而是将城市理念、城市记忆、社会文化等要素巧妙地构成一个有机整体。在景观选择和组织中，小说中的城市空间被赋予更深的历史文化内涵。小说中的城市书写可以穿越时空，从中不仅可以看到当时的城市景观，同时还能探究城市景观中的社会、历史和文化沉积。城市书写是小说家有意识或无意识地将一座城市的社会文化情结在文本中的再现，就如人们可以通过伦敦奢华的白金汉宫、雄伟的议会大厦、密集交织的伦敦地铁网及静静流淌的泰晤士河发现其背后的社会、历史和文化积淀一样，这些建筑和市政设施背后映射出英国历史上繁荣的社会经济和激烈的政治交锋。

自20世纪70年代开始，学术界以亨利·列斐伏尔为代表的空间批评学者展开了系统的城市研究。列斐伏尔指出，"城市是一部作品，近乎于是一件艺术品而非一件简单的产品。倘若城市和城市的社会关系是生产出来的，那么它就是人类在不断地生产和再生产出新的人类，而不是物品的生产"。[1] 显然，列斐伏尔开始注重城市的社会属性。列斐伏尔进一步从语言学层面对城市进行解读，他指出城市的符号学阐释具有重要的理论和实践意义，"（城市）可以从语言学的概念，如能指、所指、指涉关系和意义层面来解读，因此，城市完全可以理解为一个独特、具有各种价值观念、由符码指涉关系及其意义所形成的系统"[2]。列斐伏尔的空间及城市理论为当代城市研究的社会学转向奠定了理论基础，并吸引了一批学者开始关注文本中的城市研究。20世纪90年代前后，一批欧美学者开始关注城市研究，其中英国杜伦大学（Durham University）的迈克·克朗博士等学者

---

[1] LEFEBVRE H. Writings on Cities[M]. Trans. KOFMAN K, LEBAS E, Oxford: The Blackwell Publishers, 2000: 101.

[2] LEFEBVRE H. Writings on Cities[M]. Trans. KOFMAN K, LEBAS E, Oxford: The Blackwell Publishers, 2000: 114.

开始关注文学文本中的城市研究。克朗指出，文学作品中"重要的不是城市或都市生活的精准描述，重要的是都市的符号意义及都市景观的象征意义"[1]。而近些年来的学者主要从文化地理学和空间批评角度解读作品中的城市，指出："城市观念、城市街道、建筑及其人口以文本的形式存在于19世纪以来众多作家的作品中，城市具有文本特性是指城市是由众多潜在的、可供解释的符码和象征物组成的集合，这一点是城市具有文本性的前提之一。"[2]可见城市犹如文本一样，是一个符码系统，文本中的每个符码代表城市中的街道建筑、景观场所、河流桥梁及市政设施等，这些符号形成了一个有自身规律的文本系统。更确切地说，城市这个特殊文本是由所有能产生文化蕴含的"城市符码"组成的。"城市就是能指符号，其所指就是我们所寻找的（即物质层面的'现实'）。"[3]

城市在英国小说中不仅是一种能够产生意义的能指符号，其背后也蕴含有内涵丰富的所指内容，这些内容就是城市中沉积的社会文化和历史信息。一般来说，城市街道、景观、建筑、地标等作为城市文化的承载者，印记着历史、现在，并昭示着未来，小说家笔下的城市是对现实城市蕴含的社会文化的再现。如现实主义作家查尔斯·狄更斯小说中的伦敦街道店铺、救济院、学校及监狱，都成为狄更斯展现伦敦在维多利亚时期贫穷、剥削、堕落和腐败等主题的重要元素。其小说中的伦敦展现在人们面前就犹如一个城市文本，是一个蕴含丰富信息的能指符号系统。在这个系统中，街道店铺、救济院、学校及监狱等都代表不同的能指符号，其中救济院成为压迫与哀婉的能指符号，监狱则是这一系统中象征权力的能指符号，其背后的所指就是不同的社会现实。城市文本的符号意义对于不同的作家会有较大的差异。现代主义小说家弗吉尼亚·伍尔夫同样青睐于伦敦，其多部作品的背景均选定在伦敦。如果说狄更斯城市书写中的伦敦

---

[1] CRANG M. Cultural Geography[M]. London: Routledge, 1998: 50.

[2] FRISBY D. "The Metropolis as Text: Otto Wagner and Vienna's " Second Renaissance[C]// Leach N. The Hieroglyphics of Space: Reading and Experiencing the Modern Metropolis. New York: Routledge, 2002: 15.

[3] LEFEBVRE H. Writings on Cities[M]. Trans. KOFMAN K, LEBAS E, Oxford: The Blackwell Publishers, 2000: 113.

是由压迫、剥削和哀婉组成的符码系统，那么伍尔夫的《达洛维夫人》（*Mrs. Dalloway*）和《岁月》（*The Years*）等小说中的伦敦城市书写则是一个充满了迷茫挫折、精神焦虑和女性感伤的符码系统。可见在英国城市小说中，城市文本就是一种蕴含现代社会多维社会文化要素的指涉系统，小说家正是通过城市书写展现代社会的精神风貌。

需要强调的是，城市书写不等同于城市描写，城市描写与城市书写既相互区别又存在一定的联系。一方面，城市描写有别于城市书写，前者注重展现某些个别的景观、场所和地点，重点在于小说细节中的环境展现，城市描写并不关注小说整体的故事情节及景观布局；城市书写是作者在小说中对一座城市的多维社会文化解读，其中融入了自己的城市理念、创作方法及主题思想，小说中的景观同小说情节有着紧密的关系，城市书写抓住了城市特定社会语境下的城市特征，使之成为小说主题阐释的重要组成部分。换言之，城市描写是微观的、局部的；城市书写是宏观的、整体的。另一方面，城市书写与城市描写又相互融合，城市描写是城市书写的重要组成部分，在某种程度上城市书写是小说中作者对一座城市的深层次的理解，城市描写的细微之处正是作者城市书写理念的体现。

二、城市书写的多维属性

在英国文学史上，一些作家有着浓厚的城市情结，他们往往出生在城市、成长在城市并且成名于城市题材的文学创作。这些小说家在作品中对某个城市格外青睐，将这座城市的城市景观和历史文化融入小说创作中，并使城市书写成为揭示小说主题的重要元素。在这些小说家的作品中，城市不仅仅是一个简单的故事发生地，它融入了作者深厚的思想情感。作者在小说中，借助城市书写将一座城市在特定历史语境下的社会文化信息构建到了小说文本中，因此在创作中，他们力图通过城市书写表达更为深刻的社会文化意义。

1. 城市书写的社会属性

社会属性是文学作品中城市空间的重要特征。文学作品总要构建在一定的社会空间中，即小说的社会语境。这一社会语境是小说社会属性的具体体现，作家都会在小说的城市书写中展现当时的社会生活。

首先，文学作品中城市书写的社会属性表现为社会语境的再现。一些特定历史语境下的社会信息必然会被作家镶嵌在文本的城市书写中，因此文学作品中的城市空间已不仅仅是一个简单的故事发生地，而是作为一种社会要素表现为社会语境的再现。比如19世纪英国小说家查尔斯·狄更斯将其大部分小说建构在伦敦，小说中的城市书写不仅记载了维多利亚时期语境下的社会风貌，而且作为一种能动要素成为小说主题阐释的重要手段。在《荒凉山庄》(*Bleak House*)中，狄更斯笔下的伦敦是工业革命时期城市的代表，城市景观笼罩在雾霾之中，凸显了工业革命在城市中的沉积：

> 到处是雾。雾笼罩着河的上游，在绿色的小岛和草地之间飘荡；雾笼罩着河的下游，在鳞次栉比的船只之间，在这个大（而脏的）都市河边的污秽之间滚动，滚得它自己也变脏了。雾笼罩着埃塞克斯郡的沼泽，雾笼罩着肯特郡的高地；雾爬进煤船的厨房；雾躺在大船的帆桁上，徘徊在巨舫的桅樯绳索之间；雾低悬在大平底船和小木船的舷边；雾钻进了格林威治区那些靠养老金过活、待在收容室火炉边呼哧呼哧喘气的老人的眼睛和喉咙里；雾钻进了在密室里生气的小商船船长下午抽的那一袋烟的烟管和烟斗里；雾残酷地折磨着他那在甲板上瑟缩发抖的小学徒的手指和脚趾……煤气灯的光芒在雾气中摸索着，看起来就像泥土松软的田地上，农夫所见的那个朦胧的太阳。❶

这段全景式的城市书写展现了当时的社会语境：一方面，这部小说创作时期正值英国工业革命的巅峰，当时的英国号称为"世界工厂"，小说中的城市书写凸显了工业革命在城市中的历史沉积，工业化进程中的雾气、蒸汽动力的轮船及路边的煤气灯都是19世纪英国社会的缩影；另一方面，它从文学的视角展现出英国工业革命给社会带来高度发展的同时，

---

❶ 狄更斯.荒凉山庄[M].黄邦杰,陈少衡,张自谋,译.上海：上海译文出版社,1979: 4-5.

其带来的环境污染已经成为当时英国社会的顽疾。狄更斯在小说伊始的这段城市空间书写显然是当时社会工业化进程的缩影。从整本书的叙事效果来看,这段城市书写是狄更斯用来暗喻英国司法体制的腐朽与堕落。小说第一章的伦敦城市书写作为暗喻揭示英国司法系统的腐败,目的在于突出展现法律的延宕和腐败正像这雾气一般,四处弥漫,深入伦敦城市及其社会生活的每一个角落,侵入到了男女老幼的日常生活之中。

文学作品中城市书写的社会属性还表现为深层次社会关系的揭示。城市书写中的城市景观作为创作艺术手段,还被用来展现或建构一座城市的权力运作机制。上述例证已经表明了狄更斯运用城市书写揭示英国腐败的权力机构像烟雾一样弥漫于整个社会。《简·爱》(Jane Eyre)中的洛伍德学校很明显是一个包含伦理道德和意识形态冲突的空间,小说中简·爱的反抗精神同维多利亚时期社会准则之间的交锋构成了一个独特的空间,空间书写成为作者塑造人物的一个重要手段。同样在乔治·奥威尔(George Orwell)的《一九八四》(Nineteen Eighty-four)中,奥威尔对空间的权力冲突作了细致展现,空间成为控制冲突的权力场。在《一九八四》中的大洋国这个城市空间中,最高领袖"老大哥"是这个社会的权力中枢,有着洞察一切的"双眼",全体人民的生活甚至思想都处于其监视之下。小说中充当监视职能的是电幕,它被安置在城市生活的各个角落,无论在办公室、住所,还是各种公共场所,都处于电幕的监视之下,人们几乎没有任何隐私,正如福柯所言,"最佳的规训手段就是可以随时监视一切"❶。因此当上层建筑的权力机制进入空间之后,空间也就成为训诫的工具。奥威尔的《一九八四》不仅对城市空间的权力冲突作了细致展现,而且进一步揭示了思想空间中的权力控制,在这部作品中,统治者、荧光屏、思想警察、思想罪、表情罪成为控制思想空间的权力手段。可见,文学作品中的城市空间隐含有某种权力的运作方式和机制,其表现或许是激烈的斗争,或许是平静的运行,它生动地展现出现代人在这种机制下的生存状态。同样,城市空间中的权力冲突及其权力机制在

---

❶ FOUCAULT M. Discipline and Punish: The Birth of Prison[M]. Trans, Alan Sheridan, New York: Vintage, 1977: 173.

当今社会依然存在，民众依然对此倍加关注。英国《每日电讯报》(*Daily Telegraph*)在 2008 年 7 月 23 日的报道中称，闭路电视监视系统已经遍布英国城市角落，甚至装到了电影院，这已经涉嫌侵犯了人们的隐私权。可见社会的权力运行机制总会依存在空间中，尤其是各个城市空间中，因此城市书写中也总会蕴含有一定的权力运行机制。

由此可见，文学作品的城市书写具有根深蒂固的社会属性。文学作品中的城市书写蕴含有丰富多维的社会信息，它是一个指涉系统，它不仅仅是社会物质要素的展现，同时也蕴含着深层次的社会关系。因此，文本中的不同社会关系在城市书写中的样态及其相互关系成为空间批评解读的研究重点之一。

2. 城市书写的文化认同

文学作品中无论是景观环境还是城市空间，都隐藏着多重的文化蕴意，也因此具备了一种广泛的文化属性。文学作品中的各种空间叙说具有文化建构的能动力量，因此文学作品中的城市、家庭、街道、自然景观等不同形式的空间可以看作一个文化指涉系统。城市书写的文化属性表现为小说中的城市空间、家庭环境等空间表征所具有的社会性、文化性、历史性、政治性及各种空间所渗透的思想意识或价值观念。文学作品中城市书写的文化属性表现为特定文化现象在作品中的反映。文学作品中的城市书写常常蕴含着某个特定历史时期特有的文化气息。迈克·克朗指出"地理景观是人们通过自己的能力和实践塑造出来，以符合自己文化特征的产物"[1]。在这里，地理景观被视为具有价值观念和文化意义的象征系统，城市景观、家庭住宅和宗教建筑被赋予象征意义，文学作品中的城市空间具有同样的功能，渗透着文化传统价值观念等文化意义。

英国小说的城市书写彰显出显著的英格兰文化属性。下面继续以狄更斯的《荒凉山庄》的开头为例说明城市书写的民族文化认同。英国伦敦以长年有雨而著称，并且在城市化进程中，城市快节奏的生活、雨中摩肩接踵般的节奏在小说的城市街头的描写被深深地印记下英国工业化进程中的

---

[1] CRANG M. Cultural Geography[M]. London: Routledge, 1998: 27.

"英格兰"文化色彩：

> 这里是伦敦。米迦勒节开庭期刚过，大法官正坐在林肯法学会的大厅里。这十一月的天气实在太糟糕了。就像当年大洪水刚从地球表面退却那样，街道非常泥泞……从烟囱顶冒出来的烟低垂着，黑漆漆的，就像飘洒的蒙蒙细雨，煤烟很大，就像飘荡在天空的鹅毛大雪……那些步行的旅客，打着伞，挤来挤去，似乎都染上了坏脾气。他们想在街道的某个角落歇一歇脚，但实在没有地方可以驻足。一破晓（如果说老天可以破晓的话），成千上万的其他旅客就一直这样你来我往，挤来挤去，想在街角这些地方歇歇脚。他们在一层层逐渐坚硬的泥巴上面踩上新的泥巴，这些泥巴紧紧地贴着路面，似乎在那儿等着收复利呢。❶

在这段城市书写中，英格兰多变的天气和匆匆的行人过客成为英格兰文化的显著特征，雨伞之间的"挤来挤去"、匆匆的"坏脾气"和"没有地方可以驻足"，这是英国工业化和城市化进程的背书，城市的生活不再有威廉·华兹华斯（William Wordswoth）笔下的田园风光，而是伦敦城市生活的快节奏。这是英格兰文化在城市书写中的彰显。此外，英格兰文化还有一个重要的特征——英式幽默。在这段城市景观呈现的最后，作者仍没有忘记增添上一把英式幽默："这些泥巴紧紧地贴着路面，似乎在那儿等着收复利呢。"既是幽默，也暗含讽刺。狄更斯赋予了非生命的"泥巴"以有生命力的副词"perniciously"（顽强地）描述泥巴紧紧地贴着地面，同时也暗讽就连城市中的泥巴都沾染了金钱的"攫取欲"。这段描写充分展示了狄更斯的小说创作艺术，他将英格兰的地理、社会及幽默的文化特征融入城市书写之中。

城市书写中的文化认同并非一成不变的英格兰文化特征。英国是一个多种族和多文化的社会，英国文学的英格兰文化属性到了 20 世纪逐渐发展为多种族的世界文化特征。从 19 世纪开始，伴随着英国从不列颠岛到世界

---

❶ 狄更斯. 荒凉山庄[M]. 张生庭, 张宝林, 译. 广州: 花城出版社, 2015: 1.

各地殖民地的建立，英国文学创作的文化认同由英格兰文化特征走向多元文化特征，给英国文学带来了不同地域文明带，也带来了世界文化的多样性，它们也呈现出不同的特征。英国小说的城市书写被作家赋予不同的文化认同特征，在一些作品中潜移默化地印记下文化之间的冲突。

19世纪末，欧洲列强不断瓜分其他大陆，成为世界霸权。欧洲中心主义思想潜移默化地影响着欧洲作家和批评家，引入了一个非西方的"他者"观念。"他者"是一种鲜明的特征，这种特征是一种归属性，如肤色、性别等，这种特性的分类并非完全是先天的。欧洲人认为一切欧洲以外的民族、社会、文化相对于欧洲都是低等的，成为西方文学中的"他者"。"他者"观念论证了西方文化与殖民历史的关系。200年来，西方人一直以为自己的文化优越性是天经地义的，西方被称为自我，而东方则被贴上了"他者"的标签。这样的一种文化身份特征必然也会出现在文学作品的城市书写中，如爱德华·摩根·福斯特（Edward Morgan Forster）的《印度之行》（*A Passage to India*）卷首对昌德拉普尔城印度人居住区的描述中，这座承载了数千年印度文明的小城被描写成凋敝和肮脏之城，其中还充斥着死亡和恐惧。而在同一个城市的英国殖民者的居住地却呈现的是截然相反的景观：

> 印度人的居住区遮住了宽阔、多变的恒河。这儿街道鄙陋，寺庙冷清，虽然也有几所漂亮的住宅，然而不是隐蔽在花园之中，就是隐蔽在幽深的巷子里。巷子里污物成堆，除了应邀而来的客人之外，无人不望而却步……树木都像是用泥做成的，居民走在街上则好像泥土在移动。在这儿所看到的一切，都是那么卑微而败落，那么单调而无生气……从这儿来看，昌德拉普尔却完全像另外一个地方，简直就是一座花园之城……这些树又遮住了那印度人居住区。那些树长在花园中，从古老的水塘里得到滋养……特别是雨季之后，无论什么东西从树下走过，都能被遮蔽起来，无论何时，甚至在它枯萎或落叶的时候，都是为居住在这

个高地上的英国人美化着这座小城。❶

显然这种城市书写深刻揭示了福斯特空间书写中的异域文化色彩，在这段描述中，福斯特的宗主国视角清晰可见，他力图以一种"公正的"视角展现一个"真实的"印度，但是由于其自身的宗主文化身份，使得他自然而然地把欧洲以外的印度文明和空间视为"他者"。这正如爱德华·萨义德所言，"东方不仅与欧洲地理相连，它也是欧洲最大、最富有、最古老的殖民地。它还是其文明和语言的源泉，文化对立面和其最为深刻和反复出现最多的他者意象"❷。从中可以明显读出小说城市书写中的殖民印记。此外，这种文化认同之间的冲突在一些少数族裔作家的作品中，则会同时出现宗主国和殖民地两种鲜明不同的城市书写，都展现出城市书写中作者复杂的文化认同焦虑。

3. 城市书写的精神属性

城市不仅仅是建筑和景观，城市因为有人类的生产和生活才有了灵性，才有了精神。英国城市小说书写了英国城市化进程。在城市化进程中，日益发达的社会生产力对传统的生活方式、思想情感及家庭关系等都带来了前所未有的影响，给城市社会也带来了精神世界的种种危机。英国小说的城市书写表现为人物的精神异化。精神异化并非现代主义时代的产物，在英国维多利亚时期的小说中就已出现端倪。狄更斯的《董贝父子》（*Dombey and Son*）讲述了董贝在城市化进程中精神异化的演变过程。为了自己的财产和子嗣，董贝被金钱的攫取欲所左右，他几乎对一切都有一种疯狂的占有和控制欲：

> 董贝先生决心要向她显示自己是至高无上的。除了他的意愿之外，不许有别的意愿。他愿意她骄傲，不过她只能以他为骄傲，而决不能对他骄傲。当他独自坐着，心肠变得愈来愈硬，他

---

❶ 福斯特. 印度之行[M]. 杨自俭, 邵翠英, 译. 南京: 译林出版社, 2003: 3-4.

❷ SAID E. Orientalism[M]. London: Penguin, 1977: 1.

常听见她出门和回来的声音，在伦敦城里各处过她的社交生活，全然不顾他的喜怒好恶，好像把他当成一名马车夫似的。尤其她对待他那副冷峻、骄傲、漠视一切的样子（这是对他确定不移的骄傲品性的篡夺），比其他任何态度都令他更加感到刺痛；他下定决心要使她在高贵、庄严的意志面前，俯首帖耳。❶

精神异化作为城市书写的属性特征，表现最为显著的当属现代主义小说。詹姆斯·乔伊斯是20世纪现代主义作家，其小说以反映现代社会精神危机而著称。乔伊斯的《都柏林人》(Dubliners)以城市都柏林为背景，小说由15篇故事组成，展现了都柏林的日常生活和社会风貌。乔伊斯的创作根植于爱尔兰民族思想的肥沃土壤之中，乔伊斯认为现代社会中爱尔兰人精神迷失、情感扭曲并且思想异化，爱尔兰庸俗卑琐的社会习气也使乔伊斯深恶痛绝，因此整部小说中的都柏林充斥着昏暗、衰落、荒芜、窒息的景象。乔伊斯曾经说过，他的目的是为自己的国家写一部道德文化史，而都柏林集中体现了现代西方社会普遍存在的瘫痪状况。乔伊斯指出："我选择都柏林为背景，是因为这座城市是瘫痪的中心"❷。因此在乔伊斯的《都柏林人》中，15篇故事集成一体编织出都柏林一幅令人窒息的空间：杂乱的街道、幽黑的夜晚、恐怖的阁楼、阴沉的严冬，特别是那种弥漫在都柏林城市中的压抑和挫败感，突出了这一城市空间瘫痪的文化意义。这种文化意义是20世纪初欧洲普遍存在的文化危机感，它包括宗教的瘫痪、人际关系的疏离、人们的迷茫等。

乔伊斯的这15篇故事就如同是一个整体的空间隐喻，它的每一篇故事都在展现荒原的一个侧面，小说中的城市书写深刻揭示了爱尔兰历史文化中的"精神瘫痪"。在《都柏林人》中的《阿拉比》(Araby)这篇故事中有一条被称为"里士满北街"的死胡同，没有出口的街道和一幢幢阴森冷清的房屋勾勒出都柏林压抑、迷茫的城市空间。作品的主人公是一位情窦初开的少年，他渴望在阿拉比市场为自己心爱的姑娘买件礼物，但他在阿拉比集

---

❶ 狄更斯. 董贝父子[M]. 薛鸿时，译. 北京：人民文学出版社，2015: 463.

❷ LIZ A. W. James Joyce[M]. New York: Twayne Publishers, 1996: 49.

市受到的却是无情的嘲弄。《阿拉比》中的街道、住宅、花园构建出一个忧郁、窒息、荒芜的城市空间。小说透过都柏林城市书写中的荒芜特征,把阴沉的景观空间、已故的司铎、杂乱的房间、荒芜的花园同瘫痪的宗教紧密联系起来,展现出深刻的文化和宗教内涵,城市书写成为揭示小说主题的重要手段。同样,《都柏林人》的开篇《姐妹们》(The Sisters)及《死者》(The Dead)等其他作品毫无例外地通过城市书写展现出都柏林多层次、多角度的阴沉、忧郁、荒芜的气息。在这些城市书写中有一种强烈的文化气息,体现了人们思想情感的迷茫、疏离、宗教瘫痪的文化特征。

第二章
英国小说的城市书写策略

维多利亚时期英国城市小说开始兴起,并兴盛于19世纪后半叶,其后对整个20世纪的世界文学产生了较为深远的影响。在英国工业化进程中,城市逐渐代替乡村成为人们生活的中心。与此同时,随着英国城市化进程的迈进,各种社会问题也纷至沓来,集中体现为各种社会危机。英国小说家认识到城市所蕴含的多维社会文化历史意义,城市题材毫无疑问成为现代主义小说家的关注重点。与此同时,很多英国作家在创作中都体现出一种浓厚的"城市空间意识",他们运用各种城市书写策略,不仅将小说背景设置在城市,更重要的是小说中的城市书写已成为其作品不可或缺的一部分。

第一节　英国小说的城市空间

一、英国文学的空间文化演变

文学具有文化特征,一个民族的文学在文学传统、故事原型及空间书写都有自身的民族文化特征。文学是民族文化的结晶,文学样态和创作范式成为不同时期民族文化的建构力量,文学叙事在空间书写中讲述民族故事,表征民族文化。英国文学叙述和印记了英国历史与文化的演变,不同时期的英国文学的空间书写先后呈现出英格兰性、不列颠性和世界性三个阶段。

英国文学在不同历史时期呈现不同特征。早期的英国文学在空间叙事中呈现出显著的"英格兰性"（Englishness）。英格兰性是英格兰空间、文化、历史和传统的集合。英格兰占据英伦三岛最大的地理空间，是不同文化角逐与融合的"竞技场"。英格兰的空间虽然未发生变化，但是由于英格兰的主导文化发生了变化，英国文学中的英格兰性也发生了相应演变。英格兰最早的定居者是凯尔特人（Celts），他们当时并不擅长书写，其早期文学基本都是口头文学。公元43年，罗马人开始统治英格兰，时间长达近400年。在此期间罗马人修建了众多的要塞城堡和道路，社会文化影响深远。至今英国许多地名仍带有"chester"或"cester"，如曼彻斯特（Manchester）、科尔切斯特（Colchester）和莱斯特（Leicester）等城市均在罗马时期的城堡或要塞基础上建造而成，此外英国当代的许多高级公路也大多建造在罗马时期的路基之上。此后，公元6世纪前后来自欧洲大陆日耳曼部落的盎格鲁-撒克逊人（Anglo-Saxon）将凯尔特人驱逐到苏格兰等偏远地区，此后盎格鲁-撒克逊文化成为"英格兰性"的文化基础。1066年，法国的诺曼底公爵率领联军横渡英吉利海峡，在黑斯廷斯打败英王哈罗德二世，这场战役将英格兰带入了中世纪的诺曼底王朝。此后几百年，法兰西文化及罗马天主教成为英格兰民族认同的核心内容。法语一直是英国王室和贵族使用的语言，盎格鲁-撒克逊英语只在农村偏远地区使用，直到15世纪，英国国王亨利五世（Henry V）才成为第一位讲英语的英国国王。1534年，亨利八世在新兴资产阶级的呼声中，推动宗教改革建立了英国国教。英国国教的建立使英国王权彻底摆脱了罗马天主教会的控制，进一步确立了民族文化的"英格兰性"。"随着历史记忆和民族传统的不断积累，英格兰的文化亲和与感知也不断强化。"[1]安东尼·史密斯进一步指出，英格兰性是英格兰文化、民族向心力和英国国教等要素在共同的文化、祖地和传统的基础上所形成的民族文化共同体。因此，英格兰性在相当长的一段时间内诠释了英国早期的文化认同，同时也印记在英国文学的创作之中。

早期英国文学作品从诗歌、小说到戏剧，无论是文学创作背景、叙事

---

[1] SMITH A. National Identity[M]. Harmondsworth: Penguin Books, 1991: 56.

空间，还是人物事件及文学思想都具有典型的盎格鲁－撒克逊特征，这也成为早期英国文学民族认同英格兰性的主要特征。一方面，早期英国作家的空间书写呈现出鲜明的英格兰文化特征；另一方面，英国作家通过超越英格兰地理空间书写表征文化的英格兰性。

最早文字记载的英国文学作品是日耳曼血统的盎格鲁－撒克逊人的史诗《贝奥武甫》(Beowulf)。尽管这部作品在空间书写上表现的是斯堪的纳维亚岛上丹麦英雄故事，但是作品传承了地道丰富的盎格鲁－撒克逊民族文化，因为《贝奥武甫》"使用了古老的日耳曼诗歌语言"[1]，作品在修辞艺术方面运用了"双词比喻"（kenning），如"sea wood"（海中木头）代指"战船"。这部作品开始以口头流传为主，是英国文学的始祖，早期英国异教与基督教融合的过程在其中被清晰地印记下来。史诗中有异教思想的体现——充满对原始超自然神秘力量的崇拜；而对恶魔格兰戴尔（Grandel）是该隐（Gain）后代的描述显然是受到了基督教义的影响。《贝奥武甫》中的异教与基督教的融合也成为早期英国文学民族文化的重要内涵，传承了"英格兰性"的文化基础。早期英国文学中的"英格兰性"最显著的空间书写莫过于杰弗里·乔叟（Geffeory Chaucer）的《坎特伯雷故事集》(The Canterbury Tales)："人们渴望朝觐已久，去朝觐遥远海岸的圣人，被各地的人们所敬仰，人们各自从英格兰远方的边际，向着坎特伯雷进发，去朝觐神圣和关爱众生的殉难者……"[2]乔叟的《坎特伯雷故事集》吹响了以英语书写英格兰文学空间的号角，是中世纪英格兰文化兴起的重要标志，并且为现代英语的发展奠定了重要的文化基础。

在英国文学作品的空间书写上，苏格兰形象在文艺复兴之前很少进入英国文学的叙述视野。1603年，由于伊丽莎白一世死后无嗣，苏格兰的詹姆士六世继任为英格兰詹姆士一世后，苏格兰开始逐步进入英国文学的叙述视野。荒凉、野蛮与落后是苏格兰在早期英国文学中的总体意象，文艺复兴时期的文豪威廉·莎士比亚（William Shakespeare）在戏剧中总是将苏格兰和荒蛮联系在一起。《麦克白》(Macbeth)虽然以苏格兰王室

---

[1] 李赋宁. 英国文学论述文集[M]. 北京：外语教学与研究出版社，1997: 10.

[2] 罗经国. 新编英国文学选读[M]. 北京：北京大学出版社，1996: 31.

为背景，但是荒蛮的高地、残暴的弑君和变幻莫测的女巫叙述了一种"他者"化的苏格兰意象。苏格兰在英格兰性中的"他者"地位在英国文学叙事中不断演变，这种现象一直持续到 18 世纪。1755 年，塞缪尔·约翰逊（Samuel Johnson）编纂出版英国历史上第一部字典，尽管这时英格兰和苏格兰已经合并，但是这部字典中的一些词条内容却充斥着对苏格兰"傲慢的"俯视。比如字典中"燕麦"（Oat）一词的词条解释为："一种粮食，在英格兰一般喂给马吃，但在苏格兰却依靠它养活人民。"❶ 在早期的英国文学的空间书写中，英格兰文化认同难免对其他民族排斥、对立或"他者化"。

从 18 世纪开始，英国文学的民族认同逐渐从单一的英格兰性转向了多元的不列颠性（Britishness）。首先，政治合并与民族融合促进了英国文学民族认同不列颠性的形成。1707 年的《联合法案》（Act of Union 1707）与 1801 年的《联合法案》（Act of Union 1801）分别将苏格兰和爱尔兰正式并入英国，英国成为"大不列颠及爱尔兰联合王国"（The United Kingdom of Great Britain and Ireland）。随着英格兰和苏格兰的统一，以及随后爱尔兰的并入，不列颠岛内的政治、民族和文化不断融合并呈现多元化发展。英国文学中的空间书写也从单一的英格兰性逐渐发展为多元的不列颠性。苏格兰诗人罗伯特·彭斯（Robert Burns）诗歌中的苏格兰田园风光和民俗传统开始走入英国文学的空间叙事，这些文学叙事中的人物、事件、空间和文化传统呈现出一幅幅鲜活、深刻多元的文化画卷，凸显了英国文学民族认同的"不列颠性"。

18 世纪后，苏格兰文化逐渐融入英格兰文化之中，英格兰正式开启多元文化的行程。随着英国多元文化的发展，英国文学结束了英格兰作家独霸文学史的局面，苏格兰文学和爱尔兰文学不断创作出享誉世界的文学经典。"从文化上看，倘若 18 世纪没有了爱尔兰作家乔纳森·斯威夫特、乔治·伯克利（George Berkeley）和埃德蒙·伯克（Edmund Burke）何谈英国文化？……不难看出苏格兰人和爱尔兰人的回报确保了 18 世纪

---

❶ 李赋宁. 英语史 [M]. 北京：商务印书馆，1999: 324.

既非爱尔兰、也非苏格兰、也非英格兰而是不列颠启蒙运动。"❶

文化的融合是英国历史不可逆的发展趋势。到了 19 世纪，英国文化更加多元化。在英国文学发展史上，苏格兰与爱尔兰文学的发展丰富了英国民族认同的"不列颠性"。多元文化促进了英国文学的空间书写从"英格兰性"走向"不列颠性"。一方面，18 世纪晚期先后出现了苏格兰民族诗人罗伯特·彭斯，苏格兰历史小说家沃尔特·司各特（Walter Scott），苏格兰散文家和历史学家托马斯·卡莱尔（Thomas Carlyle），苏格兰现代主义作家休·麦克迪尔米德（Hugh MacDiarmid）和当代苏格兰女作家 J. K. 罗琳（J. K. Rowling）。其中苏格兰诗人罗伯特·彭斯用苏格兰方言创作了具有鲜明苏格兰民族特征的《友谊地久天长》（*Auld Lang Syne*），作品感人至深并成为世界经典。1940 年，这首诗被选为好莱坞电影《魂断蓝桥》（*Waterloo Bridge*）主题歌后更是风靡全世界，歌曲随后被翻译成数十国语言，影响深远。苏格兰作家托马斯·卡莱尔的《论英雄、英雄崇拜和历史上的英雄业绩》（*On Heroes, Hero-Worship and The Heroic in History*）是 19 世纪英国散文的经典，在英国文坛享有盛誉。当代苏格兰女作家罗琳的《哈利·波特》（*Harry Potter*）风靡当代世界文坛。此外，众多的英格兰作家和世界文学家开始将创作视野延伸到苏格兰高地，如威廉·华兹华斯《孤独的刈禾女》（*The Solitary Reaper*）及诺曼·道格拉斯（Norman Douglas）的小说《南风》（*South Wind*）都给读者展示了粗犷绚丽的苏格兰风光，叙述了苏格兰悠久的传统文化。"众多的知名作家与苏格兰结下了不解之缘，如华兹华斯、塞缪尔·柯勒律治（Samuel Coleridge）和约翰·济慈（John Keats）等，其中最重要的人物当属英国维多利亚女王，她在《我们在高地的生活日志》（*Leaves from the Journal of Our Life in the Highlands*）中记载了苏格兰的旅行度假生活。女王深深陶醉于苏格兰天下无双的景色中，应用了'如画''美丽''迷人''妖娆''恬静''静谧'等大量的华美之词。她热情洋溢地写道：'这是何等美妙的享受，阿尔伯特（Albert，本

---

❶ KUMAR K. The Making of English National Identity[M]. Cambridge: Cambridge UP, 2003: 157.

文注：指女王的丈夫）最爱这里。'"❶ 文学中的苏格兰空间书写和文化认同如涓涓细流在英国文学史上注入"苏格兰性"（Scottishness），并且随着历史进程融入不列颠文化认同中，英国文学中的民族认同也彰显出多元色彩。

民族的交锋与融合是英国社会发展的总趋势，爱尔兰与英国的民族矛盾历史久远。爱尔兰历史上长期遭受英国殖民统治，民族独立运动此起彼伏。爱尔兰文学在英国殖民统治时期始终保持着民族文化的独特性，这是爱尔兰文学创作中的文化自觉，也是民族认同的原动力。这种文化自觉在民族遭受外来入侵和殖民的背景下，具有更为深刻和长远的影响。爱尔兰作家威廉·勃特勒·叶芝（William Butler Yeats）、格雷格里夫人（Ms. Gregory）、约翰·辛格（John Synge）及肖恩·奥凯西（Sean O'Casey）等人在19世纪末20世纪初掀起了一场声势浩大的凯尔特文艺复兴运动。这场运动以文学创作为中心，呼吁爱尔兰作家在创作中书写爱尔兰西部的农村田园世界，弘扬凯尔特文化传统。在爱尔兰民族解放运动的推动下，20世纪伊始，众多爱尔兰剧作家如乔治·威廉·拉塞尔（George William Russell）、叶芝及辛格等以弘扬爱尔兰文化为己任，创作了大量爱尔兰戏剧，其中叶芝的《胡里痕的凯瑟琳》（*Cathleen Ní Houlihan*）最具代表性，极大地促进了凯尔特民族戏剧的发展，产生了深远的影响，为英国文学注入了悠久的爱尔兰文化元素。与此同时，戏剧家萧伯纳（George Bernard Shaw）的《英国佬的另一座岛》（*John Bull's Other Island*）、现代主义先驱詹姆斯·乔伊斯的《尤利西斯》中的都柏林城市书写，丰富了英国文学空间书写的"不列颠性"。

英国文学的创作从没有停止对域外世界的探索和书写。英国本土作家的创作视野随着殖民扩张延伸到了世界各大陆。20世纪初，英国作家约瑟夫·康拉德（Joseph Conrad）、福斯特等作家将创作的背景转移到了非洲和亚洲大陆，这一传统一直延续到21世纪。多丽丝·莱辛的非洲书写、福斯特《印度之行》的亚洲书写及戴维·赫伯特·劳伦斯（David Herbert

---

❶ RIACH A. Representing Scotland in Literature, Popular Culture and Iconography[M]. New York: Palgrave Macmillan, 2005: 151-152.

Lawrence)《羽蛇》(*The Plumed Serpent*)的美洲墨西哥书写既满足了英国读者对异域大陆的好奇，丰富了英国文学的叙事题材，也拓展了英国文学的空间视野，为英国文学的世界性空间书写奠定了文化基础。20世纪的文坛常青树多丽丝·莱辛创作了许多非洲背景的作品，再现了20世纪多姿多彩的非洲空间。莱辛对非洲文明大加赞赏，并就英国乃至整个欧洲白人世界对非洲的偏见进行反思："（非洲）那些饱受摧残的部落族裔，他们的生活方式同我们相比，理应得到更高尊严和真正的尊重，理应被赋予更重的责任。"❶ 莱辛的作品再现了20世纪多维度的非洲大陆，增强了亚非拉等边缘文化在英国文化中的地位，成为20世纪英国文学世界性的代表。当代语境下的英国文学域外叙事逐渐颠覆了英国人对前殖民地的民族偏见，丰富了英国文学空间书写的世界性表征。

当代全球化进程中，英国文学也不断超越历史与空间的界限，其叙事内容日益呈现出"全球化"和"世界性"特征。一方面，英国作家的民族认同日益呈现多元化特征，20世纪80年代开始，一批来自亚洲、非洲和南美洲的少数族裔作家开始在英国文坛崭露头角，英国当代文坛日益呈现多元民族特征；另一方面，英国作家的创作视野拓展到了世界各地。英国文学为英国读者带来了英伦三岛之外的世界叙事。当代英国文学叙事涉及世界五大洲，欧洲文明、亚洲文明、非洲文明和加勒比文明多元并存。这一时期英国文学中的民族认同愈加全球化和杂糅化，这种认同范式远远超越了英伦三岛的疆域及英国政体的樊篱。正是由于英国文学创作空间视野的不断扩展，文学作品中体现的民族认同已经不是1000年前的"英格兰性"，也不是300年前的"不列颠性"，而是呈现出鲜明的"世界性"。

20世纪后半叶英国少数族裔作家的兴起，从根本上丰富了英国文学民族认同的多元性。少数族裔作家大多出生在英国的殖民地，青少年时代生活在英国之外的异域，他们往往对自己的原初文化有着某种不可割舍的眷恋。他们的创作背景不再仅仅聚焦于英伦三岛，而是涉及亚洲、加勒比及非洲大陆等，大大拓展了英国文学的叙事空间，同时也拓展了英国文学文化认同的新视野。这些少数族裔作家如印度裔作家维·苏·奈保尔、

---

❶ LESSING D. Collected African Stories[M]. Vol.2. New York: Harper Collins, 2008: 12.

印度裔作家萨曼·拉什迪（Salman Rashdie）、华裔作家毛翔青（Timothy Mo）、日裔作家石黑一雄（Kazuo Ishiguro）、孟加拉裔作家莫妮卡·阿里（Monica Ali）、非洲裔女作家伯娜丁·埃瓦里斯托（Bernardine Evaristo）与布切·埃美契塔（Buchi Emecheta）和牙买加裔作家安迪雅·利维（Andrea Levy）等。

维·苏·奈保尔的作品展现了对印度及其文明的关注，其作品《幽暗国度》（*An Area of Darkness*）、《印度：受伤的文明》（*India: A Wounded Civilization*）和《印度：百万叛变的今天》（*India: A Million Mutinies Now*）大多以印度为创作背景。这充分说明少数族裔作家对民族的一种记忆。英国亚裔流散作家石黑一雄的作品多数以日本或亚洲为故事背景，28岁的石黑一雄因出版《远山淡影》（*A Pale View of Hills*）而声名初震。《远山淡影》讲述了日本妇女悦子在"二战"之后与丈夫离开日本移居英国后的生活，小说展现了身在异国的悦子一家文化认同的缺失。1967年出生于印度次大陆孟加拉国达卡的亚裔女作家莫妮卡·阿里，牛津大学毕业后定居英国并从事写作，其处女作《砖巷》（*Brick Lane*）以英国的孟加拉社区为创作背景，其作品多次荣获大英图书奖等英国文坛奖项。毫无例外，这些小说都在空间书写中展现出少数族裔的文化认同印记。简·里斯（Jean Rhys）出生于南美洲西印度群岛的多米尼加，16岁移居英国，她的跨民族生活经历深刻地印记在其作品之中，其作品《藻海无边》（*Wide Sargasso Sea*）是对19世纪英国著名小说家夏洛蒂·勃朗特《简·爱》的反写。《藻海无边》对英国殖民思想的揭露是作品的核心思想内涵，小说以解构的叙事方式将《简·爱》中边缘的疯女人作为主要人物，淋漓尽致地抨击了殖民霸权在宗教、文化和社会生活中的种种恶行。这部小说创作时正值大英帝国土崩瓦解的时代，这在一定程度上昭示了英国文化认同"不列颠性"所代表的霸权衰落。20世纪90年代，新一代的南美裔女作家查蒂·史密斯（Zadie Smith）成为当代英国文坛的一匹黑马。查蒂·史密斯是牙买加移民，她的处女作《白牙》（*White Teeth*）围绕少数族裔家庭在英国的生活展开，她的众多作品展现了当代英国社会文化和宗教信仰多元背景下多种族社会文化的冲突与融合。可见，由于少数族裔作家特殊的文化和种族身份，少数族裔文学叙事本身体现了两种或多种民族文化的冲突，这使得他们在对其本源文化的书写中不可避免地存在一种不同于"不列颠性"的文化特征。20世纪下半叶，这些多维的、差异的"不列颠性"主要呈现出一种杂糅的文化空间，杂糅"就是一系列的思想、概念和主题，它们既相互支持又相互排斥"❶。世界性特征既是当代英国文学创作范式的体现，同时也是英国民族认同全球化语境下新的样态，在文学叙事中呈现出英国文学空间所具备的世界性认同。

英国文学作品是英国民族文化、历史和传统的超文本叙事，书写和传承了英国不同历史阶段的民族认同。英国文学中构建的民族认同是一个渐进的、从单一走向多元的过程，先后经历了"英格兰性""不列颠性"和"世界性"。21世纪后，英国少数族裔作家不断斩获诺贝尔文学奖，是英国文学民族认同世界性的表征。在全球化语境下，英国文学日益呈现出多元特征，为世界读者所接受，在文学叙事中建构英国民族认同的世界性。

二、英国城市小说的发展

英国城市小说是随着英国城市化进程不断发展的，西方的城市化进程始于工业革命之前的16世纪前后，城市化进程随着工业化进程的发展而逐渐加快。英国一直是现代城市化的先驱，18世纪中叶，随着英国工业的发展、圈地运动及科学技术的不断提高，机械化生产逐渐代替传统的农牧业生产成为英国社会生产力的代表。在此基础上，伦敦、曼彻斯特、伯明翰、利物浦、纽卡斯尔和格拉斯哥等城市也快速发展起来，成为英国金融、纺织、冶炼和矿业中心，英国城市人口也随之快速增加。相关数据显示，19世纪初英国的城市人口远远高于其他西方各国，1800年英国5000人以上的城市人口占英国总人口的19.2%，到了1850年则升至39.6%；而同期的法国则分别只有12.2%和19.5%。❷1870年，仅不列颠全岛内人口

---

❶ KRAIDY M. Hybridity or the Cultural Logic of Globalization[M]. Philadephia: Temple UP, 2005.

❷ BAIROCH P, GOERTZ G. Factors of Urbanisation in the Nineteenth Century Developed Countries: A Descriptive and Econometric Analysis[J]. Urban Studies, 1986(23): 289. 关于1850年前后英国城市人口，由于不同资料选样和标准的不同，统计出的数字略有差异，例如，有的统计数字是以2000人以上的城镇为标准，但总体上这一时期英国城市人口已接近英国总人口的一半。

超过 10 万的城市就有 170 座之多,而这一时期整个欧洲超过 10 万人口的城市也只有 1299 座,可见国土面积不足欧洲 2% 的不列颠岛,其城市数量居然占据了欧洲的 13%,彰显了英国城市发展之迅猛。❶ 另据英国下院统计,1901 年英国城市人口已经达到英国总人口的 71%,1991 年跃升为 89%。❷ 由此可见,英国的城市化进程也伴随着人口、文化、娱乐等一系列相关设施和生活方式的城市转向,城市越来越成为英国社会经济和文化生活的中心。

英国小说的发展可以追溯到 17 世纪初,1605 年西班牙作家米格尔·德塞万提斯·萨维德拉(Miguel de Cervantes Saavedra)的《唐·吉诃德》(*Don Quixote*)问世。《唐·吉诃德》第一部的英译本于 1612 年出版,第二部的英译本于 1620 年出版,应该说这是英国读者接触到的最早的英语小说。具体到英国的本土小说,它的雏形脱胎于故事集,如 1678 年约翰·班扬(John Bunyan)出版的寓言体故事集《天路历程》(*Pilgrim's Progress*)。这部作品讲述了基督徒对信仰的执着,尽管它还不是严格意义上的小说,但是这部作品以寓言故事的方式进行讲述,已经具备了流浪汉小说的雏形。

英国早期真正的小说家出现在 18 世纪,包括丹尼尔·笛福(Daniel Defoe)、亨利·菲尔丁(Henry Fielding)、塞缪尔·理查逊(Samuel Richardson)和劳伦斯·斯特恩(Lawrence Stern)等。学界普遍认为最早的英国小说当属 1704 年笛福创作出版的《鲁滨逊漂流记》(*Robinson Crusoe*)。随后笛福又创作了一系列现实主义小说,如 1722 年出版的《摩尔·弗兰德斯》(*Moll Flanders*)、《辛格顿船长》(*Captain Singleton*)等。另一位小说家亨利·菲尔丁是位多产的作家,他一生创作了大量小说和戏剧,尤其以小说著称。菲尔丁的小说大多以道德说教为主题,如《约瑟夫·安德鲁传》(*Joseph Andrews*)等,这些作品和菲尔丁 1749 年

---

❶ Urbanisation: 1700-1870.Http://www.cepr.org/meets/wkcn/1/1679/papers/malanima-VolCkart-Chapter.pdf. 2011-7-10.
　　说明:该统计不包含北爱尔兰地区。

❷ HICKS J, GRAHAME A. A Century of Change: Trends in UK Statistics since 1900[R]. Research Paper 99/111, 21 December 1999: 13.

出版的《汤姆·琼斯》（Tom Jones）等早期小说都具有《唐·吉诃德》的影子，这些都被视为早期的英国流浪汉小说。英国18世纪的小说家还有书信体小说家塞缪尔·理查逊（Samuel Richardson）和劳伦斯·斯特恩，他们的作品成为18世纪英国小说的主体。值得一提的是，18世纪英国的报纸和期刊的兴起为英国小说的发展做出了巨大的贡献。英国的报纸和期刊的雏形是17世纪的政治宣传小册子（Pamphlet），在约瑟夫·艾迪生（Joseph Addison）和理查德·斯梯尔（Richard Steele）等人的改良下，报纸和期刊得以迅猛发展。艾迪生和斯梯尔都是牛津大学毕业生，他们将原来以政治题材为主的报纸和期刊逐渐转变为以社会、文学和百姓喜闻乐见的生活内容为主的通俗报刊。他们主编的《闲谈报》（The Tatler）和《旁观者》（The Spectator）为英国百姓，特别是城市居民提供了很好的阅读素材，并培养了百姓的阅读习惯。此后，大批报纸和期刊在英国社会特别是英国城市兴起，因此也培养了大批潜在的小说读者。维多利亚时期，诸如狄更斯之类的众多著名小说家的作品大多以连载的形式首次发表在报纸和期刊上。

  18世纪的英国小说基本上都是现实主义小说，小说真实地再现了18世纪英国的社会风貌，弘扬了资产阶级社会伦理道德。18世纪的英国小说深受欧洲小说的影响，小说通常以主人公的游历、历险等为情节主线，由于受到启蒙思想和新古典文学的影响，小说通常又以道德说教为主，以颂扬人本精神等为主题，典型的如《鲁滨逊漂流记》中对人战胜自然的褒扬、《克拉丽莎》（Clarissa Harlowe）中对虚伪的资产阶级道德的抨击等。尽管18世纪的英国工业化进程和城市化已经得到了不断的发展，但是城市小说还处于萌芽和起步阶段，虽然《汤姆·琼斯》中有一部分故事情节建立在英国大都市伦敦的基础上，但是该小说基本上是流浪汉小说的情节主线。19世纪的英国小说开始从传统的流浪汉小说和关注道德说教转向关注社会生活，小说开始从人物的户外历险转向人物的家庭生活和大千世界，这是英国小说发展史上的一次重大转变。这一时期出现了一位重要的承前启后的小说家，她就是著名的英国女性小说家——简·奥斯汀（Jane Austin），她的作品明显地开始关注家庭生活及个人情感。奥斯汀出生于 1775 年，卒于 1817 年，她并不是维多利亚小说家，她的大部分作品出版于 19 世纪初，代表作有《理智与情感》(*Sense and Sensibility*) 和《傲慢与偏见》(*Pride and Prejudice*)。

英国城市小说真正兴起于维多利亚时期（1832—1901），在这短短 70 年时间里，英国社会、城市和文学都发生了翻天覆地的变化。这一阶段英国逐渐成为全世界工业最发达的国家，实现了工业化和城市化，成为著名的"世界工厂"。与此同时，英国的城市开展了大规模的机械化生产，大批农业人口开始前往城市工作，享受更好的教育和文化设施，城市逐渐取代农村成为英国人生活、工作、教育和娱乐的中心。此时也产生了一批职业小说家，小说创作空前发展，他们创作了大批反映维多利亚时期的作品，这些作品以连载的形式发表在报纸和期刊上。这些小说家大多生活在城市，书写城市生活成为他们作品的主要内容。在这个阶段，城市小说主要以狄更斯、萨克雷等现实主义小说为主，这些小说家在创作中往往都有一种城市情结，他们以自己生活的城市为创作背景，在故事情节设计中，城市街道、住宅、建筑、景观等各种空间成为串联整个小说故事情节的重要节点，注重全面、细致、精准地展现城市生活，在创作中他们竭力展现出一幅幅生动的城市生活的"清明上河图"。例如，"在《奥列佛·特维斯特》(*Oliver Twist*) 中，通过对满是罪恶的肮脏街道以及在绝望中挣扎的市区贫民的生动描绘，狄更斯创作出一部反映维多利亚时期伦敦社会生活全景的小说。"❶ 此外，著名的侦探小说家亚瑟·柯南·道尔（Arthur Conan Doyle）的《福尔摩斯探案集》(*The Adventure of Sherlock Holmes*) 也是以伦敦为故事发生地，亨利·詹姆斯的《卡萨玛西玛公主》(*The Princess Casamassima*) 同样是以伦敦为背景创作的城市小说。城市生活的阅历、艰辛、挫折和苦难为他们提供了大量的素材，他们作品中对英国城市的描述和展现，具有深刻的社会文化意义。

与此同时，英国城市化的进程不仅带来了"世界工厂"的美誉，也带来了诸多社会问题。"陶瓷厂的烟囱制造的股股浓烟，黑白相间交织在一起。在整个英格兰中部，贫民窟比比皆是，处处弥漫着肮脏、热气和烟

---

❶ 戴利，汤米迪. 伦敦文学地图 [M]. 张玉红，杨朝军，译. 上海：上海交通大学出版社，2011：86.

雾。工厂咆哮的炉膛、机器的轰鸣，以及电车和铁轨间刺耳的尖叫声，交织在一起就像暴风雨中的滚滚雷鸣。"❶ 现代主义小说家感受到这一社会现象，也体会到现代社会的矛盾，他们不再关注工业化下"英雄"的奋斗成长史，英国传统文学中的"冒险经历和骑士精神也随之而去，文学中的那一丝平静变成了失落。现代主义意味着生活变得匆忙"❷。因此现代主义文学开始聚焦于人物的精神异化、思想扭曲、理想挫折和社会的迷茫等内心世界，关注西方社会的精神危机，这一变化与西方现代主义思潮不谋而合。现代主义时期也是英国城市小说发展的鼎盛时期之一。

19 世纪末到 20 世纪初是西方各种现代主义思潮风起云涌的年代，这些新的思潮无不同城市化进程有着密不可分的联系。随着城市化的发展，城市不仅给人们提供了更好的物质条件，还提供了更优越的文化和娱乐设施，如大学、图书馆和剧院等。伴随着城市化的进程，英国人文教育也迅猛发展，如 1900 年至 1909 年的 10 年间，英国大学数量迅猛增加，其中就包括人们熟悉的"红砖大学"，如伯明翰大学（1900 年）、利物浦大学（1903 年）和利兹大学（1904 年）。城市化的进程及大学的兴起使得英国的人文教育得到迅速普及，这一时期英国大学的发展同英国文坛现代主义的兴起有着紧密的联系。这一时期也正是英国现代主义文学发轫之时，一般来说新的哲学思潮和文化理论大多源于高校，而城市作为高校所在地，往往是这些新思想的发源地。发生在 19 世纪末的那场哲学、艺术和文学的反传统的现代主义浪潮就是伴随着英国城市化进程在各大高校中迅速传播开来的，因此城市毫无疑问成为现代主义小说重要的素材。"现代主义就是都市艺术。"❸ 雷蒙·威廉姆斯指出："20 世纪先锋派的理念及其创作同 20 世纪都市的特定状况与关系存在至关重要的联系。"❹ 大量现代主义小说家聚焦于城市展现，如詹姆斯·乔伊斯小说中的都柏林、弗吉尼亚·伍尔夫小说中的伦敦、阿道斯·赫胥黎（Aldous Huxley）笔下的

---

❶ TOYNE A. An English Reader's History of England[M]. London: Oxford UP, 1971: 324-5.
❷ TOYNE A. An English Reader's History of England[M]. London: Oxford UP, 1971: 335.
❸ BRADBURY M. Modernism 1890-1930[M]. Harmondsworth: Penguin, 1981: 101.
❹ RAYMOND W. The Politics of Modernism[M]. London: Verso, 1989: 37.

伦敦、"二战"后乔治·奥威尔（George Orwell）乌托邦小说中的"大洋国"，以及多丽丝·莱辛从女性视角展现的现代伦敦等。由此可见，城市化进程为新世纪文学特别是城市小说的繁荣发展提供了广阔的发展空间，同时现代主义文学的发展也为城市化发展带来了新的理念。

现代主义作家中以城市书写著称的当属詹姆斯·乔伊斯和弗吉尼亚·伍尔夫两位作家。乔伊斯的全部作品都构建在爱尔兰首都都柏林，伍尔夫的大部分作品则以伦敦为背景。他们的作品主要聚焦于20世纪前半叶，在他们的作品中，现代社会中的城市不仅是西方经济和社会生活的缩影，也是现代社会精神异化的缩影。"现代主义是一种哀痛文学，缺失了黄金时代那种统一感和归属感，并为之长久地痛心与哀悼。"[1]乔伊斯和伍尔夫出生于城市，对城市生活非常熟悉，他们关注城市是因为城市生活集中体现了那个时代的精神风貌。乔伊斯不止一次地展示自己对都柏林的关注，他希望通过他的作品将这座城市展现给全世界。乔伊斯在写给弟弟的信中提到："这些都是关于都柏林公众生活的故事，虽然你知道都柏林曾是千年古都，现在是大英帝国的第二大城市，几乎是威尼斯城的三倍，但很奇怪从没有艺术家将它展现给世界。"[2]乔伊斯的小说全部都是以都柏林为背景创作的，在小说中乔伊斯非常注重都柏林的景观场所、街道建筑的展现，而且其作品中几乎全部运用了都柏林真实的街道名称，这些街道即使在今天依然存在，由此可见城市书写是乔伊斯小说中重要的叙事手段，他曾经表示，"如果哪天这座城市突然从地球上消失了，它仍然可以从我的作品中得以重建"[3]。同样，伍尔夫一生创作了大量作品，如《达洛维夫人》、《雅各布的房间》（*Jacob's Room*）、《邱园记事》（*Kew Gardens*）、《岁月》等，这些作品皆以伦敦为创作背景，其中最有影响的《达洛维夫人》对伦敦的展现也全部使用真实的地名，威斯敏斯特教堂和大本钟的报时声、维多利亚街头的公交车、圣詹姆斯公园的游人，以及邦

---

[1] WALMSLEY C. S. Literary Theory and Criticism: An Oxford Guide[M]. Patricia Waugh, Oxford UP, 2006: 410.

[2] ELLMAN R. Letters of James Joyce[M]. New York: Viking, p.iii.

[3] JOHNSON J. Literary Geography: Joyce, Woolf and the City[J]. Analysis of Urban Trends, Culture, Policy, Action, 2000(4): 199.

德街的商店都在小说中依次展现。批评家就曾指出,"《达洛维夫人》是一部关于伦敦的书"❶。伍尔夫的《伦敦景色》(*London Scene*)尽管不是小说,但这部由6篇文章组成的随笔集和在此期间的随笔性文章《伦敦街头漫步》("Street Hunting")等多篇叙事作品,都表明了伍尔夫对伦敦的关注。

与此同时,还有一些现当代主义小说家同样表达了对城市的关注,如阿道斯·赫胥黎的小说《时光须停止》(*Time Must Have a Stop*)关注"二战"中的伦敦,他的《美妙的新世界》(*Brave New World*)则展现了虚拟的2540年的伦敦。乔治·奥威尔的《一九八四》聚焦于虚拟中的以伦敦为样本的大洋国。2001年诺贝尔文学奖得主莱辛在20世纪中期也创作了大量以伦敦为背景的小说,其中《四门城》最为著名,这部作品通过一位女性的视角展开了城市书写。与乔伊斯和伍尔夫不同的是,"二战"后的英国现代主义小说中的城市书写在一定程度上更多关注政治权力,像奥威尔、赫胥黎和伊夫林·沃(Evelyn Waugh)都将焦点转向了人们城市生活中的权力交锋。因此在现代主义小说创作中,"城市不仅仅是事件或故事的背景,城市景观同样表达了社会理念"❷。他们力图通过城市书写表达更为深刻的社会文化意义。

三、英国小说的城市空间及其书写特征

1. 城市空间——社会权力关系的集合

无论是维多利亚时期的现实主义城市小说,还是20世纪的现代主义城市小说,都展现出一幅幅的社会生活图景。现实主义城市小说全景展现了城市社会生活,如狄更斯的伦敦系列小说聚焦于人物的生活成长经历,现代主义城市小说则侧重展现现代城市社会的精神世界,如乔伊斯的都柏林系列小说,通过人物社会生活中的迷茫、困惑、挫折展现给读者一幅幅城市精神危机画卷。这些小说中的城市空间都蕴含有丰富的历史、社会及政治等多维空间内涵。城市小说打破了传统的田园小说中以自然风光和田

---

❶ BREWSTER D. Virginia Woolf's London[M]. New York: New York UP, 1960: 17.

❷ CRANG M. Cultural Geography[M]. London: Routlrdge, 1998: 49.

园家庭为主要场所的空间局限性，城市空间丰富的社会文化内涵在小说情节设置、人物塑造和主题展现中发挥了重要作用。典型的如乔伊斯小说大多以都柏林的城市空间为书写对象，小说常常以主人公的城市漫游为叙事主线，那些散布在城市各个角落的英国历代国王的雕像、英国著名的军队将领的雕像被乔伊斯有意或无意地印记在小说文本的"都柏林城市地图"之中，其背后的英国对爱尔兰的殖民统治历史立刻跃然纸上，同时也表现出作者一贯的对英国殖民统治的不满。可见城市空间在作者笔下具有丰富的社会文化意义。

在城市小说中，城市空间的布局、规划总会体现一定的政治和权力意识。城市一般是一个地区乃至一个国家的政治、经济、文化和人民生活的中心，然而这一切都离不开政治。最显著的如狄更斯小说中的监狱、法院和救济学校，在一定程度上，维多利亚时期的救济学校也是一种权力机构，它们对贫困的学徒实施某种程度上的"道德矫正"。《小杜丽》中的债务人监狱、《荒凉山庄》中的大法官法庭等，这些小说的城市书写以这些权力机关为主要空间，城市书写成为作者塑造人物、展现情节的重要因素，揭示了权力在都市生活中的无处不在和对人性的摧残。此外，英国城市小说是高度发达的工业化和对外殖民扩张背景下的文学产物，这一时期英国小说家创作了大量以异域城市特别是以英国殖民地城市为背景的作品，其中以约瑟夫·康拉德和福斯特为代表。这批小说家曾在这些殖民地生活并感受到异域城市风情，如福斯特在《印度之行》中以英国贵妇穆尔夫人来到英属印度殖民地的经历为情节主线，借助穆尔夫人与阿德拉·奎斯蒂德及阿齐兹等印度人物的接触和交流，展现出两个民族在异域大陆中的冲突。福斯特在《印度之行》卷首对昌德拉普尔城印度人居住区的描述中，这座承载了数千年印度文明的小城被描写成凋敝和肮脏之城，其中还充斥着死亡和恐惧，而在同一座城市的英国殖民者的居住地却呈现出截然相反的景观。尽管在创作中大部分作者的创作意图并非要贬低殖民地等异域国度和民族，但是由于作者自身潜在的欧洲中心意识，致使他们在城市书写中不可避免地为异域空间蒙上一层"他者"色彩，从而具有了鲜明的身份印记。

2. 城市空间——城市的叙事建构

英国众多小说的城市空间体现了现代主义空间构建特征，其中以现代主义小说中的城市空间叙事建构最为显著。在现代主义小说中，城市书写不再仅仅关注全景式、逼真式的景观再现，不再仅仅是《荒凉山庄》展现伦敦大雾那种宏大的伦敦城市空间。现代主义作家更加注重通过现代空间构建展现城市生活中的精神创伤。现代主义小说家在城市书写中注重以人物的思想和意识为城市空间展现的基点，擅长用现代主义技巧等叙事方法进行城市书写，而且小说中往往不再以正义、善良、进取等个性特征鲜明的人物为主人公，反而是那些卑微、怯懦、猥琐、迷茫、四处遇挫的反英雄形象成为现代主义小说城市书写的主人公。城市空间不再强调物理空间和时间，而是更加关注空间的精神投射。乔伊斯的《尤利西斯》和伍尔夫的《达洛维夫人》都是以主人公一天内的城市生活为素材创作的意识流小说，城市空间中折射出的人物内心世界的扭曲异化成为城市书写的焦点。

20世纪的英国小说，在现代主义叙事艺术和后现代主义思潮影响下，城市书写理念发生了颠覆性变化。一些现代主义和后现代小说家认为传统的时空构建方法，无法细致入微地揭示现代社会城市生活中的精神危机，于是他们突破传统的叙事技巧，开始借鉴后现代绘画、音乐、电影等艺术手法，其中最为显著的当属蒙太奇和拼贴展现手法。这一城市书写策略的变化主要体现在乔伊斯、伍尔夫等作家的现代主义小说中。城市书写的现代主义建构技巧首先表现在蒙太奇建构技巧上。蒙太奇作为一种小说叙事手段应用广泛，蒙太奇叙事摒弃了传统叙事方式中段落之间的衔接性叙述，打破了传统叙事在时间和空间上的局限性，蒙太奇叙事在小说城市书写中的意义在于这种手法使作者拥有了极大的自由度，作者可以在一个有限的时间内，轻松自如地将城市景观、市民生活等片段按照自己的意愿穿插和拼接，就如同一个旋转镜头一样，而不必在意视角、人物、时间和地点，进而高效精准地展现出一个丰富多彩的城市生活全景。文学作品中的拼贴叙事是指作品中原本的时空关系和叙述模式被打破，转而运用各式各样的话语模式进行叙事，这些话语模式包括报纸片段、新闻报道、历史文献、书信日记、诗歌韵文，有的作品中甚至采用了菜单、病历乃至一些音乐符号等。在拼贴叙事中，小说家们不再以线性的顺序勾勒小说世界，而是把现代人的精神世界通过不同人物，以不同的视角和话语模式慢慢展开，然后像立体派画家的创作一样，将这些从不同角度透视而来的异质的素材，按照一定的模式放置在一起，形成有机的整体，读起来恰似一幅拼贴画。应当指出的是，尽管蒙太奇和拼贴对城市书写的叙事建构艺术主要体现在现代主义小说中，但是蒙太奇等空间叙事艺术早在狄更斯等维多利亚小说中已经出现，并成为狄更斯重要的城市书写手段。总之，众多英国小说家在小说的城市书写中，借助多维的叙事手段更好地进行人物刻画和主题阐释。

3. 城市空间——多元文化认同

20世纪80年代之前，英国的小说作品以彰显古希腊罗马文明为代表的欧洲文化为主，从狄更斯、萨克雷、赫胥黎到乔伊斯、伍尔夫、奥维尔和洛奇等小说家，他们的城市书写主要以伦敦、约克、都柏林等这些彰显欧洲文化和传统的城市为书写对象，很少有人涉及域外城市，即使像福斯特那样以印度小城为书写对象的作家，也是完全以欧洲人的视角在审视域外城市。但是到了20世纪80年代，随着少数族裔作家的脱颖而出，英国小说城市书写模式发生了显著变化。域外城市和英国城市的少数族裔社区开始成为城市小说中重要的组成部分，城市空间的民族文化特性凸现了出来。

20世纪后期，一大批少数族裔作家开始在英国文坛崭露头角：如印度裔作家维·苏·奈保尔、华裔作家毛翔青、印裔作家萨曼·拉什迪及亚裔作家石黑一雄等。这些作家大多出生在大英帝国的前殖民地，之后在英国定居下来。随着2001年印度裔作家奈保尔获得诺贝尔文学奖，少数族裔小说开始在英国文坛引起学术界的关注。一方面，英国少数族裔小说家的城市书写不再选择传统的英国城市作为小说的选题和背景城市，而是选择其出生地或者其原初文化的"祖国"的城市为背景城市，将原本属于文学边缘的城市拉到了文学的中心。他们作品中的城市可以分为两类：一是域外城市，如印度的孟买和特立尼达的西班牙港等前英国殖民地城市；二是伦敦的少数族裔社区，如伦敦的印裔社区及伦敦的唐人街等。这些小说家的城市书写打破了以往传统的白种人一统天下的城市空间格局，使城市空间书写呈现出多元文化特征。另一方面，在英国少数族裔作家的城市书写中呈现出一种文化的杂糅特征，英国少数族裔离散作家对原初文化及孕育其原初文化的祖国有着一种强烈的渴望和冲动的同时，往往又以一种"复杂宗主国"的视角审视甚至批判原初文化，因此在这些少数族裔小说家的城市书写中弥漫着一种文化认同的困惑和杂糅，这一点成为英国小说城市书写的显著特征。

由此可见，在英国小说的发展过程中，城市化进程为英国小说提供了更为丰富、多维和广阔的文化内涵。英国小说家在艺术创作中将城市空间所蕴含的社会内涵、文化认同和权力运作机制等多维要素以空间书写的方式融入作品创作和主题阐释之中。英国的城市化进程恰逢英国小说创作的发展与成熟阶段，与此同时英国社会的多元文化进程使英国小说也融入了世界主题，将英国城市小说的创作艺术推向了又一个新的发展阶段。总之，随着 20 世纪文学样态、题材和模式的不断发展，意识流小说、少数族裔小说，以及现代和后现代叙事技巧的不断出现，英国小说不断丰富和创新小说中城市的书写艺术。

第二节　英国小说城市书写方法

英国小说中的空间是作家以叙述形式在文学作品中构建起来的各种场所、建筑和景观等的总称，具体表现为城市、建筑、街道、田园、住宅、家庭及自然景观等不同的形态。文学作品中的空间往往是被作者融入了某种价值观念或意识形态的象征系统，成为现实社会的缩影，具有深层的内涵。德里达的书写理念强调了书写的记忆功能，小说的城市书写实际上是指小说文本中城市空间的社会文化记忆功能和符号功能。因此小说中的城市书写不仅仅是对景观的展现，而是将城市理念、城市记忆、社会文化等要素巧妙地构成一个有机体，在景观选择和组织中赋予更深的历史文化内涵。在英国一批具有强烈空间意识的小说家的创作中，城市书写已经成为他们重要的叙事策略。

一、景观呈现

文学作品中空间的社会属性表现之一是社会语境的再现，因此城市书写表现方法之一就是社会景观呈现。英国小说中一些特定历史语境下的社会信息必然会被作家有意或无意地镶嵌在文本中，因此文学作品中的空间已不仅仅是一个简单的故事发生地，而是作为一种社会要素表现为社会语境的再现。景观呈现是英国小说家最常用的城市书写手段。小说家运用丰富的描写手段塑造人物和阐释城市主题，下面是丹尼尔·笛福的小说《摩尔·弗兰德斯》中一段城市街头的景观呈现：

> 于是定了一个日子，我们雇了一辆华贵的马车，六匹好马一个马夫，一个左侧乘马的穿着讲究制服的仆人，一个骑在马背的跟班，还有一个帽上插着鸟羽，骑在另一个马上的侍童。仆人们都叫他爵爷，旅馆掌柜自然也是这样称呼，我却是一位伯爵夫人了。就这样我们旅行到牛津去，的确逛得非常高兴……我们看到了牛津所有的古迹珍物。❶

私人马车是 18 世纪英国上层社会城市旅行的驾乘工具，反映了当时英国尚未进入蒸汽机时代的城市化进程。小说主人公是一位出生在监狱的女婴，她经历坎坷丰富，做过女佣、小偷，曾结过五次婚，与人私通，入过监狱，最终幡然忏悔，改邪归正。这部小说以伦敦的街道、空间作为城市书写的主要内容，塑造人物个性。上述引文是 18 世纪富人阶层城市生活的景观呈现，揭示主人公步入上层社会后的内心喜悦和憧憬。在这部小说中，景观呈现是人物塑造的核心手段之一，再如主人公在教堂门口行窃金表的场景，展现出人物内心的惶恐，揭示小说主人公行窃、忏悔和社会改良等社会问题的深层次问题。

景观呈现也是英国现代主义小说家阐释现代社会精神危机的重要手

---

❶ 笛福. 摩尔·弗兰德斯 [M]. 梁遇春，译. 北京：人民文学出版社，2017: 47.

段。詹姆斯·乔伊斯是意识流小说的先驱，乔伊斯的小说全部构建在都柏林这座城市中，他的小说往往特别关注爱尔兰天主教会，乔伊斯在城市书写中将宗教情怀巧妙地布置于小说的空间景观呈现中，这一点在他的小说《都柏林人》中表现最为明显。《都柏林人》中的15篇小故事共分为四部分，分别代表了少年、成年、老年及都柏林社会，小说整体空间布局构建在都柏林这座城市中，这15篇故事合在一起形成都柏林完整的城市空间。而且，乔伊斯在小说中几乎全部使用现实中真实的街道地址。乔伊斯呈现真实的城市空间，旨在通过景观呈现中的"真实性"，揭示景观背后精神危机的"现实性"，强化了城市书写中景观布局的主题阐释意义。为了凸显都柏林城市书写的空间布局中的阐释作用，乔伊斯在城市空间注入了一个相同的特征：即充满了一种压抑、排斥、挫败的氛围。仔细考量就会发现，小说空间细节中"瘫痪"的宗教景观恰恰是乔伊斯所要展现的宗教衰败和精神瘫痪的重要组成部分：

> 里士满北街是条死胡同，很寂静，只有基督教兄弟学校的男生们放学的时候除外。一幢无人居住的两层楼房矗立在街道封死的那头，避开邻近的房子，独占一方。街上的其他房子意识到各自房中人们的体面生活，便彼此凝视着，个个是一副冷静沉着的棕色面孔。❶

这是小说《都柏林人》中《阿拉比》开篇的景观描写，作者以坐落在死胡同里的基督教兄弟学校及其周围幽暗阴晦的环境，揭示了爱尔兰天主教会的衰败及现代爱尔兰社会人们宗教信仰的迷失。在整部作品中，作为第三篇故事的《阿拉比》中城市书写的天主教会的衰败显而易见，基督教兄弟学校处在一个"死胡同"，与周围的建筑格格不入。景观呈现在故事的开头便为小说定下了衰败的天主教会的主题基调。乔伊斯并不满足于小说伊始的宗教展现，在小说第三段，他细致入微地展现了位于主人公家中的"宗教景观"。乔伊斯通过一位少年视角下的空间，展现了房客——

---

❶ 乔伊斯. 都柏林人／一个青年艺术家的肖像 [M]. 徐晓雯，译. 南京：译林出版社，2003：21.

一位牧师的居住环境。这位神职人员的居所却展现出一派萧条和惨淡的模样，这种景观呈现预示着现代社会中传统宗教的瘫痪。此外牧师房间里的平装书显示牧师生前并不专心宗教事务，而是偷闲看些世俗的罪犯与侦探小说，如《维多克回忆录》。黄颜色的印刷纸（黄色在西方宗教中表示地狱烈火的颜色）更是增添了宗教瘫痪的寓意，更不要说荒废花园中的苹果树及牧师那锈迹斑斑的打气筒，这些场面都进一步加深了宗教衰败的寓意。这些景观呈现出的宗教体现了乔伊斯对爱尔兰教会的复杂情感。《阿拉比》中衰败的宗教景观一方面为主人公在阿拉比市场无功而返的精神迷失的主题作铺垫，另一方面，这段景观呈现在整部小说的空间布局中与小说首篇故事《姐妹们》（"Sisters"）中牧师故去的主题相互呼应，这种宗教空间的景观呈现，深刻揭示了现代社会的宗教信仰危机，成为重要的城市书写方法。英国小说家伍尔夫《达洛维夫人》中的伦敦城市景观呈现有别于乔伊斯的都柏林城市空间，她在景观呈现中强调人们的精神创伤在城市空间中的印记：

> 然而流言立刻从邦德街中段传出，一头传到了牛津街，另一头传到了阿特金森香水店；它既看不到又听不见，像一片浮云，迅速地如面纱般飘到山头，确实以云一般突然而至的庄重和静谧飘落到一秒钟前还全然是一片慌乱的人们的脸上。现在神秘之翼擦过他们身旁；他们已听到了权威的声音；宗教的灵魂弥散在四处，她的眼睛被紧紧地蒙住，她的嘴唇大张着。但是没有人知道看见的是谁的脸，是威尔士亲王的，还是王后的，还是首相的？究竟是谁的脸？没有人知道。❶

伍尔夫小说中的城市书写不再展现现代社会繁忙的社会生活景观，而是街头人们内心的疑惑、惶恐和陌生，这种精神忧虑似乎近在眼前又远在天边，因为"它既看不到又听不见，像一片浮云"。仔细品味就会发现，无论是乔伊斯还是伍尔夫，他们的城市书写都是各自时代社会文化记忆以

---

❶ 伍尔夫. 达洛维夫人/到灯塔去/雅各布之屋[M]. 王家湘，译. 南京：译林出版社，2001: 13.

不同的城市符号在文本中的展现，此时景观呈现是最好的叙事手法。

在英国小说中，景观呈现一直以来是城市书写中主要的空间叙事方法，作者往往以全景式的景观呈现结合个别景观的细节展现共同完成小说中的城市再现。无论是亨利·菲尔丁小说中的伦敦游记、查尔斯·狄更斯小说中的伦敦街景、詹姆斯·乔伊斯笔下的都柏林漫步、乔治·吉辛（George Gissing）笔下的城市夜景，还是多丽丝·莱辛的伦敦感伤印记，都离不开城市书写中的景观呈现，可以说空间的景观呈现作为传统的城市书写模式，在小说叙事中占有相当大的比重。

二、漫游式叙事

在城市书写视野下，小说中的城市犹如一个蕴含多维文化信息的符号系统，因此如何通过城市书写构建、展现这样一个文本，凝聚了小说家高超的艺术手法。在英国小说的创作中，一种艺术手法就是小说家通过人物城市漫游的方式展开城市书写。城市漫游这一观点源自波德莱尔（Charles Baudelaire）对现代都市的研究，在《现代社会的画家》一书中，波德莱尔指出，"漫游者就是为了感受城市而在城市游逛的行者"[1]。他同时指出漫游者对城市的漫游犹如将城市看作一本书进行阅读。小说中的这种漫游式叙事构成了城市文本的一种书写方法。在小说的城市书写中，英国现代主义作家乔伊斯、伍尔夫、赫胥黎及伊夫林·沃等都善于在作品中运用主人公的城市漫游来展开故事情节，并在城市漫游中巧妙地将城市景观、人物塑造和主题阐释融合在一起。

漫游式叙事是一些城市小说家常常用来书写城市的方法，小说家往往借用漫游者在城市的所见所闻及感受深刻揭示现代社会的精神异化。查尔斯·狄更斯的小说大多以伦敦为创作背景，小说的空间书写常常以主人公的城市生活经历为情节展现叙事，其小说常常表现为人物的城市成长小说。在《奥列佛·特维斯特》、《匹克威克外传》（*The Pickwick Papers*）等城市题材小说中，主人公在城市的游荡经历是狄更斯主要的

---

[1] BAUDELAIRE C. The Painter of Modern Life and Other Essays[M]. Trans.MAYNE J. New York: Phaison, 1995: 56.

情节发展主线，人物的城市漫游也成为狄更斯城市书写的重要叙事策略。《奥列佛·特维斯特》中，奥列佛在伦敦不同街区、不同场所和地方的游荡生活成为塑造人物形象和阐释工业化伦敦社会腐朽主题的重要城市书写手段。

漫游式叙事在詹姆斯·乔伊斯的都柏林系列小说中表现得更为突出，在《都柏林人》中，乔伊斯15篇故事的主人公在都柏林城区不同地点的漫游是小说主要的叙述方式。15篇故事的主要情节设定在主人公在城市的游走或者在城市不同范围的生活片段，抑或即将离开这座城市。在这15篇故事的漫游式叙事中，小说的主题——人物精神世界的迷茫与失落艺术地融入一段段的城市漫游之中，形成了一个主题鲜明的都柏林城市书写。

漫游式叙事在乔治·奥维尔的《巴黎伦敦落魄记》（Down and Out in Paris and London）中呈现为人物在不同城市中的漫游。《巴黎伦敦落魄记》是一部以第一次世界大战为背景的漫游小说。小说写于1931年，讲述了一位贫穷的英国作家在两个欧洲中心城市伦敦和巴黎的漂泊经历。小说的空间书写主要聚焦在伦敦和巴黎这两座城市，作者通过两座城市中底层民众的生存状态与精神疾苦，展现给读者战争背景下的两座城市的生活困苦与精神危机。小说前半部分展现了主人公在巴黎所经受的生活困苦，后半部分对伦敦的城市书写以主人公的街头漫游形式展开，这些漫游集中在伦敦街头的旅店、餐馆、收容所和教堂等场所。小说展现了这位英国作家在找工作过程中亲身经历的伦敦街头的贫困与欺诈，其中流浪汉、餐馆厨师、乞丐和街头艺术家等底层百姓成为漫游者视野中的主要人物，他们在动荡社会中的贫困潦倒的生存与精神状态成为小说的关注焦点。可以说叙述者以城市漫游的形式将主人公在这些场所中的行为和情感连贯在一起，从而完成对伦敦的空间书写。

三、杂糅式叙事

在英国小说的创作中，小说家展开城市书写的另一种艺术手法就是杂糅式叙事。杂糅是后现代语境下的范畴，它同延异（difarance）、戏仿

（parody）、仿作（pastiche）、元小说（Meta-fiction）、拼贴、蒙太奇等后现代文化现象相似，是一种超越所指自身的文化范畴。但是，杂糅作为一种城市书写手段并不仅仅局限在现代主义和后现代作品中，在维多利亚时期的现实主义小说中，依然可以看到杂糅现象。

城市书写中的杂糅式叙事是小说家在叙事中同时借助现代主义和现实主义两种相互交错的时空叙事方法展开城市书写。在空间形式杂糅中，小说家往往在传统的线性叙事模式的基础上，混杂进诸如戏仿、拼贴、仿作、蒙太奇、马赛克式等现代主义的空间叙事技巧，这些"非"叙事手段同传统叙事手段混杂在一起，形成杂糅。杂糅式叙事使文本或者呈现复合、碎片、交织状的异质性状态，或者呈现明显的人为拼装痕迹。但是这种异质性往往有着内在的统一性，即通过这种异质性更为深刻地展现小说城市书写的内涵。如乔伊斯通过杂糅式叙事展现城市生活中的异化，而狄更斯则展现伦敦城市丰富、杂乱的城市全景。尽管在狄更斯那个年代，小说家并不一定真正认识到什么是戏仿、拼贴或蒙太奇，但是在他们的作品中却可以见到传统的线性叙事和蒙太奇等叙事技巧的并存，形成城市书写中的杂糅式叙事。在《尤利西斯》的杂糅叙事中，首先表现为在小说城市书写中语言的杂糅，作者除了运用英语，还大量运用非英语（包括拉丁语、法语、爱尔兰语及其他欧洲语言）、外来语、俚语等语言，如小说卷首在展现都柏林海滨时，运用了拉丁语"Introibo ad altare Dei"（我要走上主的祭台）。又如在叙述都柏林一家餐馆内布卢姆同民族激进分子的论辩中，乔伊斯在叙事中借助圣奥古斯丁（354—430）的话"Love loves to love love"展开了与布卢姆的讨论，这句话本无非议，但它却出自圣奥古斯丁的《忏悔录》(*Confession*)中，表现出布卢姆沉湎肉欲的思想和对上帝的不敬。❶接下来叙述者不知从何处搬来了一些风马牛不相及的词语，并把它们强行拼凑在一起，产生了滑稽之感。

> Li Chi Han lovey up kissy Cha Pu Chow. Jumbo, the elephant, loves Alice, the elephant. Old Mr. Verschoyle with the ear trumpet

---

❶ GIFFORD D, SEIDMAN R. J. Ulysses Annotated[M]. London: University of California Press, 1989: 364.

loves old Mrs Verschoyle with the turnedin eye. The man in the brown macintosh loves a lady who is dead.（礼记汉爱吻茶蒲州。大象江勃爱大象艾丽思。耳朵上装了号筒的弗斯科伊尔老先生爱长了一双斗鸡眼的弗斯科伊尔老太太。身穿棕色胶布雨衣的人爱上了一位已故的夫人。）

上述引文中的礼记、汉、茶、蒲州分别是指万里之遥的中国的《礼记》、汉朝、茶叶和古代地名蒲州。文中的两头大象是伦敦皇家动物园1859年至1892年间饲养的两头非洲大象，当时深受百姓的喜爱。接下来的两句更像是调侃打趣的闲谈。这些缺乏中心的句子组织在一起，顿显破碎之感，颇具滑稽可笑的韵味，这也恰恰是乔伊斯的匠心之笔。表面上语义逻辑关系混乱的叙述话语清晰地勾画出人们情感的疏离和思想的迷茫，乔伊斯正是借助这种城市书写中的杂糅式叙事深刻阐释小说主题，刻画当时西方精神世界的瘫痪和迷茫。同样在《法国中尉的女人》《影中漫步》中，作者引用前人的书信、日记、报纸新闻和文件、报告等多种杂乱的文本形式，形成城市书写中的杂糅式叙事来展示各自相应的主题。

四、碎片化叙事

碎片化是文学作品特别是现代主义和后现代主义文学作品中重要的空间特征，在英国小说城市书写中也有典型的表现。碎片化在实体空间研究中，一般表现为超空间（hyper space）特征，超空间是后现代视角下的空间，侧重关注空间的形式建构及其意义。超空间是由当代批评家詹姆逊提出的，詹姆逊受早期空间理论的启发，摒弃了启蒙主义时期的时空观念，在对洛杉矶波拿文都拉饭店进行分析后提出了超空间理念。波拿文都拉饭店最引人注目的是它的玻璃幕墙、透明的电梯及旋转餐厅，正是这些将人们带入了一个光影相互交错、复制的空间之中，在这个超空间中人们无法描绘它的形状，无法辨别方向，完全丧失了空间定位的感官能力。因此超空间是后现代文化的体现，它摒弃了传统空间厚重的历史感和时间感，强调空间的复制与表面性，以及由此产生的"超现实存在"的碎片化空间。

空间的碎片化强调现实空间的建构方式的碎片化效果，常常呈现为一种超空间，也就是空间中的方向迷失。文学作品中的碎片化空间同样是给读者一种时空碎片的无限叠加，使之失去现实意义的空间感。在一些后现代英美小说城市书写中，存在着大量的诸如戏仿（parody）、拼凑（pastiche）和拼贴（collage）等后现代时空的建构和叙事技巧，体现了文学作品的碎片化特性。它们的共同特征是在作品中应用了大量的模仿、复制和拼贴等叙事技巧，构建出一个具有异质性和碎片化特征的杂乱空间，使读者阅读时就像是进入了波拿文都拉饭店一样感到莫名其妙，难以构建起一个统一的立体景观空间。许多后现代的文学作品城市书写中有着超空间的异质性和碎片化特征，文学作品中的碎片化特征多源自对电影等艺术形式的模仿。影片《柏林》中运用了大量的空间横切和碎片化处理，摄影师通过大空间中的各个小空间的相互连接，"将居民的生活简约成众多空间片段内支离破碎的活动"[1]，表现了整个城市空间的碎片化。

城市书写的碎片化是英国现代主义小说家表现精神异化主题的重要叙事手段和技巧。城市书写的碎片化是指作家有意将完整的空间事件打碎以增加形式和内容上支离破碎的质感，包括借用各种艺术形式将城市进行碎片化描写，凸显城市的支离破碎和异质性特征，从而揭示现代社会的精神异化。克朗评论现代主义文学的空间书写时指出："文学空间处理方式也发生了重要的变化，即城市空间的碎片化。"[2] 英国现代主义小说中，表现城市空间碎片化的作品并不多见，其中比较典型的当数作家乔伊斯和伍尔夫的作品，如《尤利西斯》中的蒙太奇拼贴、《达洛维夫人》中主人公的漫游、《青年艺术家的画像》中斯蒂芬的城市漫游等，它们从不同角度展现了都柏林和伦敦城市空间的碎片化和异质性，进而揭示出现代社会的精神异化。

英国小说中的城市书写蕴含着丰富的社会关系和文化认同等多维要素。英国小说家在创作中注重城市空间的文化内涵和叙事建构功能。英国小说城市书写方法是英国文学家的创作艺术与英国城市化进程的跨越时空

---

[1] CRANG M. Cultural Geography[M]. London: Routledge, 1998: 84.

[2] CRANG M. Cultural Geography[M]. London: Routledge, 1998: 55.

的艺术结合。英国小说城市书写的景观呈现、碎片化及叙事建构印记下英国社会的发展历程、城市化进程及英国文学创作艺术的发展。城市书写研究在空间批评的基础上，提出了英国小说中城市空间多维度的社会学阐释方法，他们以城市空间及其叙事建构方法为文学研究的切入点，从一种新的视角分析文学作品中城市空间在叙事、情节和主题等方面的作用，探究其在文学作品创作和主题阐释中的意义，为文学研究提供了一个新的研究视角。

第三章
英国小说城市书写中的权力机制

　　权力机制是一座城市的权力机构及其运作体系，嵌入到了城市生活的每一个角落。英国的城市发展于现代社会初期，到了维多利亚时期，英国的城市化遥遥领先于其他欧洲国家。维多利亚时期英国社会矛盾尖锐，英国统治阶级和上层社会为了保证其统治权力的稳定，不断强化其维护权力运作的知识体系，在城市空间规划中强化其权力话语，建造监狱等权力机构，规训市民，为其权力运作生产驯服的公民。19世纪的英国城市小说逐渐成为英国重要的文学题材，以查尔斯·狄更斯为代表的伦敦小说成为英国重要的文化消费品，叙述城市化进程中的维多利亚时期的社会。伦敦的监狱、法庭和救济工厂等城市空间在小说中诠释着统治者权力运作机制，体现维多利亚社会的权力话语。英国城市小说在现当代文学中可谓影响深远，弗吉尼亚·伍尔夫、詹姆斯·乔伊斯等作家笔下的伦敦和都柏林等城市呈现了现代社会风貌，小说中的城市景观布局是一种无声的权力话语系统，诠释着现代社会的权力运作机制。当代英国小说超越现实中的城市，乔治·奥威尔与阿道斯·赫胥黎等当代小说家聚焦反乌托邦小说中的城市权力运作机制，揭示西方社会对极权统治的焦虑。

　　当代城市书写研究注重从社会和权力运行等机制中分析阐释英国城市小说的历史语境、叙事话语与权力运作之间的关系。本章重点分析英国小说城市书写中的权力话语和社会规训，阐释城市书写的权力运行机制在英国小说中的叙事建构和主题阐释意义。

第一节　英国小说中的权力空间

一、小说中的城市与权力

英国是西方最早实现城市化的国家之一。英国在文艺复兴时期之后，已经对腐朽的天主教会和封建社会制度进行了改革，在文化与思想上铺平了资产阶级革命的发展道路。伴随着英国国教的建立，英国的罗马天主教会逐渐丧失了在英国的宗教统治地位，信仰天主教的查理一世（Charles I）被拥护英国国会的新兴中产阶级送上了断头台。在此之后，英国新兴的中产阶级从政治上推动资产阶级革命，1688年英国的光荣革命为英国创立了资产阶级议会与君主立宪制，加快了英国工业化和城市化进程，也为英国城市小说的发展奠定了社会和物质基础。

英国的城市化进程推动了英国社会生产与生活方式的改变，社会结构在城市化进程中发生了重要变化。与此同时，英国城市的发展也带来了城市化进程中的各种社会问题。一方面，随着城市人口的聚集，英国城市开始出现更多的城市公共空间，如政府机构、大学、图书馆、咖啡馆、商场、公园和广场等，这是英国城市文明的象征。另一方面，在英国城市化进程中，贫富差距的扩大、资产阶级对金钱的攫取欲、犯罪率增加等诸多社会问题日益严重。英国各级政府为了城市管理，强化了城市的权力运作机制，政府建造了大量的监狱、法院及救济工厂等权力机构，政府实施权力控制、规训百姓，为城市化"生产出"符合资产阶级道德的市民。马克思与恩格斯指出，城市的发展必然会带来相应的行政运行机制和警察等权力机关[1]。权力机制在城市空间规划中彰显得清清楚楚，成为英国城市中重要的空间景观。文学作品是现实社会的艺术书写，英国小说叙述和记录了英国城市化进程中的社会发展，城市空间中的权力机构及其运行机制必然出现在英国小说的叙事中。英国小说的城市书写研究聚焦小说中权力运作在文学创作中的意义。

---

[1] 马克思,恩格斯.德意志意识形态[M]// 马克思恩格斯选集：第一卷上.中共马克思恩格斯著作编译局,译.北京：人民出版社,1972:56.

文学与权力历来都是息息相关的，从古希腊的荷马史诗到当代的英国小说，权力运作与冲突一直存在于文学作品之中。英国小说中的城市书写在塑造人物和阐释主题的同时，也记录下英国权力机制在城市中的运作。乔治·奥威尔在《我为什么写作》的文集中谈到文学的政治意图时指出："艺术与政治毫无关系这种观点本身就是一种政治观点。"❶ 文学是社会的产物，因此社会中的政治权力冲突也会被记录在文本中，同时文学又是社会的反映，但是由于空间长期未得到学界的关注，所以城市空间中的权力机制也一直被忽视。在回答空间为什么被长时间忽视时，米歇尔·福柯曾指出："在 18 世纪末，当空间政治开始发展的时候，空间物理和理论物理的成就剥夺了哲学对有限或无限宇宙的古老发言权。"❷ 在福柯看来，空间具有政治属性，是城市空间权力运作的基础。

城市书写中的权力机制是英国小说家塑造人物与阐释主题的重要内容。查尔斯·狄更斯的小说几乎都会涉及英国社会的权力机构及其运作，这与狄更斯自身曾在律师事务所等相关法律系统的工作经历有关。狄更斯小说的城市书写涵盖了伦敦著名的监狱、法庭及对儿童进行"道德"规训的救济工厂等权力运作机构。这些权力运作机构在小说中的空间和情节中的安排，成为揭示维多利亚时期司法与权力运作腐败的重要叙事技巧。《双城记》（*A Tale of Two Cities*）是狄更斯后期创作的作品，小说以巴黎和伦敦两座城市为主要叙事空间，揭示社会的动荡，鞭挞贵族的暴虐和权力的滥用。在小说开头狄更斯发出了对英国社会治安和权力运作机制的忧虑：

> 在英国，几乎谈不上有什么社会治安和人身保障，可以证明国家那样自吹自擂有多大道理。即使在首都，每天晚上都发生手持武器的歹徒明目张胆地盗窃、拦路抢劫等案件……有七个强盗拦截一辆邮车，被警卫打死三个。"由于弹药不足"，警卫也被另外四个强盗打死；之后，邮车便平静地被抢劫；有个强盗竟然在特恩汉草地上强迫显赫人物伦敦市长老爷站住，交出钱财，当

---

❶ 奥威尔. 我为什么写作 [M]. 刘沁秋, 赵勇, 译. 南京：南京大学出版社, 2008: 246.
❷ 福柯. 权力的眼睛：福柯访谈录 [M]. 严锋, 译. 上海：上海人民出版社, 1997: 152.

着他随从的面，把这位名人抢光；伦敦一些监狱的犯人跟看守打起来……小偷竟然在朝廷的客厅里剪去显贵们脖子上的钻石十字架；火枪兵闯进圣·吉尔斯教堂去查走私货……在发生这些案子之际，一向很忙碌而总是无益有害的绞刑手，更是忙个不停……时而在新门监狱烙成打犯人的手；时而在威斯敏斯特议会厅门口烧小册子……❶

上述引文暴露出维多利亚时期伦敦的诸多社会问题，如暴力事件频发、警察的懈怠和犯罪的嚣张等。伦敦城市的社会治安和权力运作出现在狄更斯的叙事与权力运作的叙述中，伦敦的城市街道、监狱、教堂和威斯敏斯特议会厅的地点、作用和意义各不相同，但是它们在叙事中与故事内容融为相得益彰的整体。强盗、小偷、看守、绞刑手、显贵均与这些空间发生关系。狄更斯将这些空间巧妙布局，这些场所不再是单独的个体，而是相互关联的空间整体。空间之间的协调布局成为狄更斯城市书写的内容和手段，它们共同的矢量在促进狄更斯小说情节发展的同时，也诠释了英国城市中的权力运作方式与效果。阅读狄更斯的伦敦城市小说，读者会发现小说城市空间中的权力机构及其运作成为其阐释主题的重要叙事手段。

与狄更斯不同的是，詹姆斯·乔伊斯作为英国现代主义小说的先驱，他更加注重运用现代主义的空间叙事在作品中建构小说中的权力话语体系。《尤利西斯》中的各种英国殖民统治的地标在小说中艺术地建构起城市空间体系。城市景观、地点和场所犹如语言学中的一个个符号相互交织而成的空间体系，形成城市书写的权力话语体系，阐释英国对爱尔兰的殖民统治。为了强化这一城市书写的建构力量，乔伊斯的小说全部以都柏林为背景创作并且大量运用真实的城市地名和街道，他曾经表示，"如果哪天这座城市突然从地球上消失了，它仍然可以从我的作品中得以重建"❷。乔伊斯不止一次地强调自己对都柏林的关注，他希望通过其作品将这座城市展现给全世界。在小说中乔伊斯非常注重都柏林的景观场所，街道建筑

---

❶ 狄更斯. 双城记 [M]. 石永礼，赵文娟，译. 北京：人民文学出版社，2018: 4-5.

❷ JOHNSON J. Literary Geography: Joyce, Woolf and the City[J]. Analysis of Urban Trends, Culture, Policy, Action, 2000(4): 199.

成为乔伊斯进行景观布局和人物在城市行走路过的场所，乔伊斯对这些景观和人物的行走路线进行巧妙设计，将城市空间建构成英国对爱尔兰殖民统治的权力话语体系。

英国现代主义小说家创作了大量城市主题文学作品。弗吉尼亚·伍尔夫的小说主要以伦敦的城市生活为书写对象。她一生创作了大量作品，如《达洛维夫人》《雅各布的房间》《邱园记事》《岁月》等，这些作品皆以伦敦为创作背景。伦敦城市景观在伍尔夫眼中，犹如现代社会中"半透明的光晕"一般，在现代伦敦的城市空间中留下无声的权力话语烙印。

伍尔夫最有影响的《达洛维夫人》全部使用伦敦真实的地名。小说中的威斯敏斯特教堂的匆匆过客、大本钟的报时声、维多利亚街头瞬间驶过的公交车、圣詹姆斯公园拥挤的游人，以及邦德街纷乱的商店、马球场的喧闹等在小说中依次展现，呈现出一座现代化的都市。一些批评家就曾指出"《达洛维夫人》是一部关于伦敦的书"[1]。伍尔夫在这部小说中通过细致地叙述伦敦街头的景象诠释伦敦社会与政治权力的保守：

> 哈利街的钟声在一点一点地咬噬着这个六月天。把它切成条，割成片，分了再分，钟声在劝人顺从、维护权威，并齐声指出均衡感的无比优越，直到大量的报时声减弱到只有挂在牛津街商店上放的广告钟亲切而友好地宣告现在已经一点半了。仿佛对里格比和朗兹公司来说，能免费提供时间是件愉快的事。[2]

哈利街是伦敦著名的富人区，这里开设着许多私人诊所，附近居住着一些著名的医生。在《达洛维夫人》中，一些上流社会的人士，笃信社会的各阶级之间既定的事实。钟声象征着英国社会千百年来的"保守"和"传统"，这是上流社会对伦敦城市贫富差距的默认，希望伦敦权力运作机制对阶级居住空间的均衡继续维持，以保持上流社会的纯正。伍尔夫在这段景观

---

[1] BREWSTER D. Virginia Woolf's London[M]. New York: New York UP, 1960: 17.

[2] 吴尔夫. 达洛维夫人 / 到灯塔去 / 雅各布之屋 [M]. 王家湘，译. 南京：译林出版社，2001: 9.

描写中强调，就连哈利街的钟声都在规劝人们"顺从、维护权威，并齐声指出均衡感的无比优越"。伍尔夫的城市书写在于从现代都市"朦胧""光晕"般的城市空间中揭示权力运作背后上流社会笃信的权力话语体系。

英国当代小说家在文学创作时同样表达了对城市中权力运作机制的关注。如阿道斯·赫胥黎的小说《时光须停止》关注"二战"中的伦敦，他的《美妙的新世界》则展现了虚拟的2540年的伦敦，通过科幻加乌托邦式的叙事，展现了极权世界的城市权力运作机制。乔治·奥威尔的《一九八四》聚焦于以伦敦为样本，虚拟的乌托邦大洋国，在这一个国度中，城市中的一切包括家庭生活几乎都在"老大哥"的空间监控之下，大洋国的所有市民均处在绝对权力的监视与规训之下。2001年诺贝尔文学奖得主英国小说家多丽丝·莱辛在20世纪中期也创作了大量以伦敦为背景的小说，其中以《四门城》最为著名，这部作品通过一位女性的视角展开伦敦的城市景观书写。与乔伊斯和伍尔夫不同的是，"二战"后英国小说中的城市书写在一定程度上更多关注政治权力，像奥威尔、赫胥黎和伊夫林·沃都将焦点转向了人们城市生活中的权力交锋。因此在小说创作中，"城市不仅仅是事件或故事的背景；城市景观同样表达了社会理念"[1]。他们力图通过城市景观书写表达更为深刻的社会文化意义。

二、城市书写中的权力机制的演变

英国小说发轫于18世纪，最早的英国小说是风行于当时的流浪汉小说（Picaresque novel），这类小说主要叙述小说主人公在英国乡村和城市的游荡经历。亨利·菲尔丁是英国最早的现实主义小说家之一，他创作的小说全景式地反映了18世纪的英国乡村和城市风貌。菲尔丁出生在伦敦，少年时期便进入著名的伊顿公学（Eton College），在荷兰的莱顿大学（Leiden University）毕业后，在伦敦从事文学创作。菲尔丁的文学创作聚焦英国社会发展，与此同时，菲尔丁耳濡目染英国上流社会的伪善腐朽和动荡，他心系平民生活，忧虑伦敦的城市治安。1748年，菲尔丁被任命为伦敦的威斯敏斯特地区的治安法官（Justice of The Peace），也称平民

---

[1] CRANG M. Cultural Geography[M]. London: Routlrdge, 1998: 49.

法官，推动了菲尔丁小说城市书写中的权力关注。菲尔丁的小说主要叙述了18世纪英国城市化进程中英国社会的发展，既有乡村田园也有城市风貌。小说中的伦敦城市景观呈现出英国早期的城市生活。读者在菲尔丁的《大人物江奈生·魏尔德传》(The Life and Death of Jonathan Wilde, the Great)、《汤姆·琼斯》和《阿米莉亚》(Amelia)等小说中不仅可以见到伦敦城市的发展景象，还可以领略英国城市化进程中出现的法律、治安及权力运作等问题。

早期的英国小说城市书写主要聚焦社会治安与权力机制的应对。伦敦治安一度成为社会的关注焦点，伦敦弯弓街（Bow Street）一带的治安犯罪频发，菲尔丁以地方治安法官的角度写了《近阶段抢劫等案件激增缘故报告》，其中写道："伦敦的整个城市犹如绵延茂密的森林，盗贼小偷能轻而易举藏身其中，就像藏身于非洲和阿拉伯荒野沙漠的野兽一样。"❶由于菲尔丁对英国治安的关注，以及自身作为治安法官的职责，菲尔丁在小说中准确地呈现了伦敦城市中的权力机关的运作。在小说《阿米莉亚》中，菲尔丁对英国城市中的权力机制进行了准确展现，小说第一部分第二章以"英国宪法优越性之观察和治安法官的好奇"为题，戏谑地叙述英国权力运作的弊端。由于菲尔丁的治安法官身份，所以在这部小说中法庭、官员、囚犯、法警（bailiff）以及监狱等场景和空间成为这部城市书写中展现英国权力滥用的载体，小说中马修斯小姐（Miss Matthews）向官员询问保释一事，官员的回答展现了权力运作中的腐败与贪婪，他们仅仅关注这一过程中自己的所得或利益，而对保释一事漠不关心：

> 巡警对那笔钱期待已久，看守心中也早已发痒，双方律师亦是期待得到结案费用。❷

监狱制度是英国权力运作机制的重要组成部分。在18世纪和19世纪，英国监狱的财政常常出现各种问题，监狱中的狱卒是没有工资薪水

---

❶ PORTERR. London: A Social Society[M]. London: Penguin, 1996: 148.

❷ FIELDINGH. Amelia[M]. London: Clarendon Press, 1984: 52.

的，这就助长了监狱的狱卒和看守对犯人的盘剥和勒索，所以犯人的出狱等手续常常需要贿赂狱卒和看守。菲尔丁《阿米莉亚》将伦敦城的一座监狱纳入整部小说的情节发展之中，揭示英国权力运作中的治安和社会腐败。18 世纪的英国小说叙述英国城市化进程与发展，这一进程中，英国社会治安、发展和权力运作机制中的社会问题已经开始暴露和显现。菲尔丁以治安法官的亲身经历感受伦敦权力运作中的弊端，对监狱、法警及看守的腐败与贪婪予以严厉鞭挞。菲尔丁的小说开启了英国小说城市书写中对权力运作机制的关注。在菲尔丁的城市书写中，伦敦作为英国权力运作的中心，作为英国权力运作机制的制定者，被塑造成滋生伦理糜烂、法律腐败和社会动荡的中心。菲尔丁的小说《阿米莉亚》中的监狱的权力空间为 19 世纪维多利亚小说的权力运作展现提供了重要的叙事基础。

英国小说的兴盛伴随着英国城市化的不断发展，19 世纪的英国逐渐步入法制社会❶，但是此时英国社会贫富差距显著，社会公权常被滥用。因此很多英国小说展现出以伦敦为城市背景的权力滥用，代表作家有查尔斯·狄更斯和威廉·萨克雷（William Thackeray）等，他们塑造了众多个性鲜明和形象生动的城市小人物。这一时期的小说常常兼具流浪汉小说和成长小说（Bildungsroman）的特征。流浪汉小说的空间发展广度和成长小说的时间延伸维度为英国维多利亚时期的小说城市书写提供了丰富的情节与空间要素。因此，在维多利亚时期的城市题材英国小说中，一方面，读者见证了主人公曲折、艰辛和传奇的人生成长经历；另一方面，主人公的成长过程，经历了众多的社会和政府机构、权力机关等对人物身心进行约束、限制和规训的城市权力运作体制，如孤儿院、救济所、法庭和监狱常常出现在狄更斯笔下人物成长的经历节点之上。狄更斯擅长将英国上层社会的贪婪、虚伪和残忍建构在城市书写的各个权力空间之中，有时为了凸显人物的个性特征，还将讽刺或幽默也附着在权力空间书写之中。英国小

---

❶　"法制社会"，是相对于英国国王统治时期的"君权神授"而言，英国社会在 19 世纪后，议会的权力逐步加大，几乎所有的法律都要经过议会的通过，而非国王钦定。客观地说，在一定程度上，狄更斯小说中对儿童在济贫工厂、监狱内的境遇描写，存在艺术夸张和修饰的成分，但是狄更斯以自己亲历的视角观察、书写伦敦社会及权力机构的运作，虽然达不到文献记录的客观程度，但是在一定意义上是英国社会权力运作机制的缩影。

说家的城市权力空间书写成为其重要的小说创作艺术。

随着英国小说艺术的丰富和发展，维多利亚时期英国小说城市书写聚焦权力机构及其运作的表征与建构意义，关注其在小说情节发展和主题阐释中的作用。在这一时期的英国城市小说中，聚焦权力机构最多的当数狄更斯。狄更斯给予空间积极的"能动性"和丰富的表征功能，其小说中的监狱或法庭常常成为造成人物悲惨命运、人生苦难乃至死亡的重要情节要素。狄更斯小说中的监狱等权力机构通常有两种意义，一是权力的规训与惩戒，比如《奥列佛·特维斯特》、《老古玩店》(*The Old Curiosity Shop*)、《大卫·科波菲尔》(*David Copperfield*)及《马丁·瞿述伟》(*Martin Chuzzlewit*)等小说中，均有不同阶层人物被送入监狱对其进行规训或惩戒的情节，监狱作为权力运作的重要空间成为狄更斯小说人物生活轨迹中的必要"要件"，有的人物甚至死于监狱。二是权力的扭曲异化，狄更斯小说中的监狱和法庭等空间绝非空洞的"容器"，而是在这个空间中注入了扭曲异化的力量，在塑造人物时常常产生讽刺与幽默的艺术效果。《匹克威克外传》通过人物一系列的游历和城市生活经历揭示弥漫于英国社会的伪善和贪婪。法庭作为一个重要的权力机构，是扭曲异化人物言行与情感的空间。《匹克威克外传》法庭一场中既表现了对律师的嘲讽，也揭示了权力空间对人物行为的异化：

> "先生们！"布兹福兹律师语调柔和地继续说道，"原告可是一位寡妇呀！先生们！千真万确！是一位寡妇。已过世的巴德尔先生多年来一直受到君主的万分器重与信任，守卫王室的各项财政税收，然而他几乎悄无声息地离开了世间，到乌有之乡寻求静息与安宁，不再为关税事务所劳烦。"[1]

大律师抑扬顿挫地讲述巴德尔的"逝世"与"功德"，最后，叙述者话锋一转讲述了巴德尔实际上是在酒窖被人用酒壶敲死的事实。这段法庭空间揭示了律师为人辩护时的巧舌如簧，为代理人"歌功颂德"，揭示了

---

[1] DICKENS C. The Pickwick Papers[M]. New York: RandomHouse, 2006: 512.

上层社会的伪善。此处的法庭作为权力机构成为一种空间建构，颇具讽刺地呈现了法庭空间的异化作用。在权力机制之下，在金钱攫取欲的支配下，原本公正辉煌的法庭空间却让一个大律师的语言、行为和情感发生了极度的扭曲异化：大律师布兹福兹将一个普普通通的收税员之死在法庭上冠冕堂皇地描述成了"国家和民族英雄"。在此我们不得不为狄更斯高超的讽刺艺术点赞。在整部小说中，法庭空间与小说城市书写中的其他空间各司其职，揭示市民的贫苦、命运的多舛、善良的回报等，各个空间形成相互联系、相得益彰的城市整体，共同阐释小说主题。总之，狄更斯小说中的权力机构在小说情节发展中具有重要的空间节点意义，成为狄更斯小说塑造人物个性的重要叙事技巧。

英国小说城市书写进入20世纪后，开始关注英国在海外殖民过程中的各种权力交锋和冲突。约瑟夫·康拉德小说中异域的非洲、福斯特小说中的印度及乔伊斯小说中的都柏林等成为英国现代主义小说中殖民与反殖民权力交锋的经典写照。"二战"以后的英国当代小说为英国文学注入了世界政治交锋与权力划分的主题。小说家以后现代的叙事艺术和乌托邦式的空间想象，给读者呈现了世界政治交锋中的权力冲突。

在历经了两次世界大战及1929年的世界经济大危机之后，英国也经历了殖民地的纷纷独立以至最终帝国分崩瓦解的历程。随着1945年德国等法西斯列强的战败，世界新的政治格局出现，美苏开始冷战，两大阵营不仅在政治军事上形成了以彼方为假想敌的政治联盟，西方也开始了与社会主义阵营全方位的对峙。在这种背景下，一些英国小说家深受西方强大宣传工具的影响，对苏联的政治制度产生了强烈的误读、恐惧及排斥，加之希特勒、墨索里尼等"二战"期间的独裁统治和极权政治对他们造成的心理阴影的影响，这一时期许多小说家在创作中开始关注战争、政治、权力冲突等主题，并创作了一批反乌托邦小说。如阿都斯·赫胥黎的《美妙的新世界》、乔治·奥威尔的《一九八四》等。在这些小说中，城市空间成为权力的角斗场，这些小说的城市空间被小说家融入了激烈的政治权力冲突，争夺空间的控制权成为这些小说的主要情节。空间批评学者认为

"之所以存在空间政治，最根本的原因在于空间内在于政治"❶。因此小说中所展现的权力角逐的世界，成为英国小说城市书写新的客体。随着近年来文学研究的空间转向及文化研究的不断发展，小说空间中所蕴含的权力机制成为学界研究的焦点，英国小说空间书写中的权力话语体系与权力规训也成为新的研究议题。

英国小说城市书写中的权力机制主要表现为两个方面：一是英国小说城市书写中的权力话语；二是英国小说城市书写中的权力规训。前者主要关注小说中作者如何通过城市空间布局形成一种隐含的"空间表征"，以一种无声的权力话语方式存在于文本之中。后者主要论述在英国小说中，各种城市空间如何成为一种权力规训的手段，分析阐释小说中的人物在各种城市空间的自由被约束和限制。在空间的权力规训中，不仅仅使被规训者的行为举止受到训诫，就连思想意识也受到约束或惩戒。英国小说中权力机制的关注源于英国城市化进程中的权力冲突，以及人们对未来社会可能存在的极权统治的焦虑。

第二节　城市书写中的权力话语

一、城市空间与权力话语

话语是一个跨学科的多维范畴，是言说的表达方法，是一种语言表达体系。在文学研究中，话语最早出现在小说叙事学中，是指故事内容和事件的表现方法。西摩·查特曼（Seymour Chatman）在《故事与话语》（*Story and Discourse*）中指出话语是"内容通过何种方式表现出来"❷。法国叙事学家热拉尔·热奈特（Gérard Genette）同查特曼的观点不尽相同，他认为故事应该是"所指"，而话语则是"能指"。❸在文化研究领

---

❶ ELDENS. Between Marx and Heidegger: Politics, Philosophy and Lefebvre's Production of Space[J]. Antipode, 36 (1): 93.

❷ CHATMAN S. Story and Discourse[M]. Ithaca and London: Cornell University Press, 1978: 19.

❸ GENETTE G. Narrative Discourse[M]. Ithaca and London: Cornell University Press, 1980: 27.

域，话语被赋予了更加广阔的理论空间，米歇尔·福柯将权力与话语在理论上紧密地联系在一起。"权力"是福柯理论的关键词，在对疯狂、性、文明、权力、话语等关键问题的探讨中，福柯发现权力与话语、建筑等一系列问题存在密切的关系。福柯指出："在人文科学里，所有门类知识的发展都与权力的实施密不可分。"❶福柯在前人研究的基础上，系统阐述了权力、知识与话语范式及其相互关系，进一步提出了权力话语观。福柯指出："话语通常是指和一个机构有关的一种语言，它包括表达了这个机构价值体系的思想和语句。"❷福柯的权力话语理论体系建立在他长期对人类学、谱系学、考古学以及权力运作和话语模式研究基础上，进一步丰富了话语研究的维度和理论构成，至此权力话语成为后现代研究及文化研究的核心关键词。

　　空间是权力的基本要素。"对任何群体生活而言，空间都是基础；对任何的权力运作方式而言，空间都是基础。"❸空间作为基本的权力运作方式，已经深入到人们生活的方方面面，其中一些城市景观规划作为空间的物理形态体现了现代社会最基本的权力运作方式，它侧重在城市景观布局中表现出的权威性、排他性及特殊的权力关系。一些标志性建筑和景观体现政府或当权者的政治理念和权力思想。中国古代建筑紫禁城是一座距今已有600年的皇家建筑，建造于明朝永乐年间，其设计充分体现了皇权的至高无上：整个紫禁城的空间规划方正对称，所有的建筑均围绕皇帝工作与生活的空间——太和殿到乾清宫的轴心而建造。紫禁城体现了中国封建社会以皇权为最高权力的运作机制。如今虽然不见了皇权，但是封建社会的权力机制依然印记在静静的紫禁城中。

　　城市及其建筑和景观体现了一个民族、国家或时代的权力及其运作机制。"建筑向来拥有权力毫不令人诧异。过去1000年中，国家权力在皇室、教会和议会之间不断转换，在每次的变化更迭中，权力总会通过

---

❶ 福柯. 权力的眼睛：福柯访谈录[M]. 严锋, 译. 上海：上海人民出版社, 1997: 31.
❷ 丹纳赫, 斯奇拉脱, 韦伯. 理解福柯[M]. 刘瑾, 译. 天津：百花文艺出版社, 2002: 192.
❸ RABINOW P. Space, Knowledge and Power: An Interview with Michel Foucault[M]//DURING S. The Cultural Studies Reader. London: Routledge, 1993: 164.

建筑呈现在伦敦的城市风光之中。"❶伦敦的议会大厦历经多次大火和战争，在 20 世纪上半叶的重建中，首相丘吉尔在评论议会大厦下院的建筑特征时指出："长方形的会议厅更适合政党体制。对个人来说，所谓'左''右'立场很容易改变，但穿越发言席的行为则需要慎重考虑。"❷在相当长的一段历史时期，英国议会大厦作为英国制定法律的最高权力机构，是伦敦最高的建筑，俯视泰晤士河，矗立在英国伦敦最核心的城市街区。

英国的议会大厦不仅有其外表的辉煌，其哥特式的建筑风格代表了英国的文化传统。作为英国最高权力机关，议会大厦连同其周边方圆一公里范围内的威斯敏斯特教堂、白金汉宫、英国最高法院、英国首相官邸及白厅街的英国国防部等国家机关，形成英国最高的权力运作空间。伦敦的这一景观建筑的空间布局诠释了英国国家权力运作机制在教会、国王和议会之间的历史更迭变迁：权力运作从中世纪的教会至高无上到国王的至尊，直至君主立宪制的建立。

议会大厦周边矗立着英国国王理查一世、奥列佛·克伦威尔、前首相丘吉尔和前首相帕默斯顿子爵（Viscount Palmerston）等政治人物的雕像。议会大厦同周边的权力机构及其文化衍生物——雕像，为这一城市空间印记上权力的图腾。伦敦城市的景观规划彰显英国权力更迭变化史，蕴含有一种无声的权力话语：国王从权力中心走向边缘，首相走上行政权力中心的舞台。当代空间研究学者斯蒂芬·科恩在《时间与空间的文化：1880—1918》一书中指出："建筑的发展史是将空间按照政治、社会、宗教或纯粹美学原因构建空间的历史。"❸可见城市空间规划虽然仅仅呈现一种物理形态和景观布局，但是其中融合了包括政治和权力机构在国家和社会的运作机制，是统治阶级"知识体系"在空间中的投射。

小说中的景观布局不同于现实的景观建筑，它不是建筑师的杰作，而是小说家"构想的空间"，是用话语表现的一种文本化的权力机制，是

---

❶ VALE L. J. Architecture, Power and National Identity[M]. London: Routledge, 2008: 19.
❷ 萨迪奇, 琼斯. 建筑与民主 [M]. 李白云, 等译. 上海：上海人民出版社, 2006: 88.
❸ KERN S. The Culture of Time and Space: 1880-1918[M]. Cambridge: Harvard University Press, 1983: 154.

权力的话语建构。"政治权力有多种表现形式。比如通过一个超凡魅力的领导人、坚不可摧的军事实力、牢固的官僚体制或者庄严的法律和规章体系，除此之外，很多政权善于运用物理环境表现权力。跨越历史，总揽全球，建筑和城市设计总要为政治服务。"[1]福柯在权力话语层面对建筑和景观规划中的权力关系作了细致的研究，他认为"空间就是权力话语和知识话语转变成实际权力关系的场所。在这个前沿知识里，知识就是美学、建筑业和规划学"[2]。福柯的空间理念凸显了建筑和景观作为一个空间符号被赋予的权力象征，换言之，在现代社会中只要存在权力冲突，它就必然以某种方式体现在社会空间之中，而建筑及景观作为空间的具体物理形态，作为城市空间的一部分，总能凸显一定的权力机制。当代后现代地理学学者在福柯的权力理论基础上指出，"建筑与城市规划、设计物与一般建筑，都是我们了解权力运作的最佳例证"[3]。在现实社会中，所有建筑的整体布局，特别是标志性建筑的风格都体现了一种权力机制，成为一种特殊的无声的权力话语——空间中的"知识体系"。

权力话语是社会运行中符合统治者权力运作机制的"知识体系"和意识形态的总称。这套权力运作机制必定会在一座城市的设计规划、城市布局及景观装饰中有所体现，在这层意义上，一座城市就是一个列斐伏尔所言"构想的空间"，是由设计师、城市规划者构想出来的空间，是表征权力关系的空间。城市中的各种场所和景观犹如一个个符码，在城市运作中相互关联互动，形成城市中的权力话语体系，必然会影响社会生活的方方面面。

小说中的城市空间布局和景观系统是一种叙述话语，是权力话语的叙事建构。在查尔斯·狄更斯的《荒凉山庄》中，大法官法庭在小说空间布局中总是占据着居高临下的地位，大法官法庭是伦敦权力运作的代表，是整部小说权力话语的中心。大法官法庭正在审理"加迪思诉加迪思案

---

[1] VALE L J. Architecture, Power and National Identity[M]. London: Routledge, 2008: 3.
[2] SOJA E W. Thirdspace: Journey to Los Angeles and Other Peal-and-Imagined Places[M]. Oxford: Blackwell, 1996: 234.
[3] 包亚明. 后现代性与地理学的政治[M]. 上海：上海教育出版社，2001: 29.

件"。这个案件涉及人员复杂，旷日持久，最终这场涉及财产的案件耗费完所有财产，无果而终。一方面，大法官法院与小说的主要人物均存在某种联系，是小说主题和情节发展中最重要的空间；另一方面，大法官法院的运作揭示了英国腐败僵化的权力运作机制。狄更斯曾从事法律相关的工作，他将大法官法院的出现、冲突和结果进行巧妙设计，成为小说主题阐释和情节发展的重要创作手段，展现英国权力运作机制。

权力话语作为一套统治者的"知识体系"，在历史发展中会影响一座城市的建筑风格、空间布局和景观特征。这一知识体系作为权力话语不仅仅局限在本国的城市之中，也会被植入该国对外进行殖民统治的城市之中，权力话语也必然会浸入到一个民族、国家和城市的殖民与反殖民的权力话语的交锋之中。印度尼西亚是一个多民族国家，信仰伊斯兰教，曾遭受荷兰、英国及西班牙等国的入侵，其城市的历史建筑和景观呈现杂糅的欧洲风格，这是印度尼西亚作为前西方殖民地，西方统治者在其城市建筑和景观规划中刻记下的权力话语。民族独立后，印度尼西亚人民为了彻底摆脱西方殖民者的"知识体系"，塑造民族独立的权力体系，拆除了大量欧式建筑，并建造了众多的清真寺，在城市景观和建筑风格中彰显民族权力话语。

英国曾经对爱尔兰进行了长达几个世纪的统治。为了让爱尔兰人臣服于英国的权力统治，英国统治者需要制造出一套符合其权力统治的"知识体系"，因为英国统治者深知"知识就是权力，而且可以是比武装占领等暴力手段更为有效、更为持久的权力"[1]。这种"知识体系"就是彻头彻尾的统治者的权力话语，表现为对爱尔兰人民的权力压制与殖民统治。作为爱尔兰的首都，都柏林印记下英国统治权力在城市空间和建筑规划中的权力话语。詹姆斯·乔伊斯对英国给爱尔兰人民带来的殖民创伤深恶痛绝。他在《尤利西斯》等小说的城市书写中深刻揭示了蕴含在城市空间中的英国统治者的"知识体系"，并以此阐释英国殖民者的权力话语给爱尔兰人民带来的民族创伤。

乔伊斯的都柏林城市书写视英国统治者的权力话语为城市书写中的潜

---

[1] 罗钢. 关于殖民话语和后殖民理论的若干问题 [J]. 文艺研究, 1997(31): 29.

文本。为了唤起民族的觉醒，展现民族创伤，乔伊斯在都柏林城市景观和故事情节发展中，揭露城市景观中英国殖民统治的权力话语。乔伊斯小说情节发展中，常常凸显那些给爱尔兰民族带来民族创伤的地点、场所和景观。这是乔伊斯在城市空间中再现英国殖民者的"知识体系"，使城市景观再现英国殖民者的权力话语。乔伊斯通过这一方式旨在唤醒爱尔兰人麻木的精神世界和绥靖的思想意识。在小说的城市书写的"显"和"略"之中，乔伊斯阐释现代爱尔兰瘫痪的精神世界主题。

乔伊斯笔下的都柏林有很多地方以真实地名命名，在作品中有意突出一些象征英国殖民统治的地标性建筑，揭示了当时英国殖民统治权力至高无上的"知识体系"。《尤利西斯》的第一部分由小说前三章组成，主要讲述了斯蒂芬在遇到布卢姆之前的活动。乔伊斯把这部分的城市书写构建在废弃的炮塔、斯蒂芬的学校和海滩三处场景中。乔伊斯揭示了隐含在三处景观背后的英国殖民统治的权力话语。

乔伊斯在前三章的都柏林城市书写中，首先展现斯蒂芬寄居的炮塔。斯蒂芬寄居的废弃炮塔是爱尔兰海岸线中众多的一个，这座炮塔是在英国殖民统治期间"1704年由英国人建造，当时主要是抵御拿破仑的军队可能的进攻"[1]。可想而知，在爱尔兰自己的领土上，坐落着众多由英国殖民统治者建造并控制的炮塔去抵御第三国。这是英国殖民者对爱尔兰权力统治的表征。尽管小说中的炮塔已经废弃，但是这座静卧于此的炮塔却是隐含的权力话语和殖民者的"知识体系"，揭示了英国殖民统治者对爱尔兰人民进行的权力压迫，旨在唤醒爱尔兰人民的民族觉醒。

通过城市景观中隐含的历史，乔伊斯旨在深刻揭示代表英国殖民统治的权力话语和知识体系并没有彻底消失，以期唤起民族觉醒。小说中斯蒂芬最终因为一个名叫海因斯[2]的英国人的入住而被迫搬离炮塔，随后斯蒂芬又来到英国人开办的学校，被英国校长迪希安排写一篇无聊的口蹄疫

---

[1] 唐麦迪. 都柏林文学地图[M]. 白玉杰，等译. 上海：上海交通大学出版社，2011：155.
[2] GIFFORD D, SEIDMAN R. J. Ulysses Annotated[M]. London: University of California Press, 1989: 14. 海因斯在这里是个双关语，来自法语"La haine"，即憎恨之意，由此可见乔伊斯对英国殖民统治的憎恨。

广告。对于英国人安排给自己的这份与教学毫不相干的工作，斯蒂芬备感无聊，于是他来到都柏林东部的桑蒂蒙特海滩，海滩位于都柏林利菲河南岸，离海滩不远就是林森德（Ringsend）港口，位于都柏林的克隆塔夫地区（Clontarf），这一地区是都柏林抵御外族入侵的门户，历史上的数次外来入侵都是由此进入都柏林市区的。

小说的城市空间与作品情节发展相辅相成，共同阐释主题。《尤利西斯》中废弃的炮塔和海滩旨在揭露英国殖民统治者的权力话语在空间的渗透，进而彰显爱尔兰的民族创伤；英国人开办的学校是大英帝国强迫爱尔兰接受英国统治者"知识体系"❶的例证。所谓"知识体系"是英国殖民者的权力话语，是英国殖民者向爱尔兰人民意识形态中植入的权力运作机制。乔伊斯的都柏林城市书写看似波澜不惊的景观与建筑及其与人物之间的相互关系，隐含着英国统治者的权力话语，印刻在都柏林各个空间角落。《尤利西斯》前三章的城市书写与小说故事情节相互关联，一边是斯蒂芬被英国人海因斯"赶出"了寄居的场所，暂时成为无家可归之人，开始了一天的城市游荡。接下来他来到学校，又被英国校长安排一份写口蹄疫广告的差事，感到万分沮丧，斯蒂芬独自漫步来到克隆塔夫附近的海岸。在小说中，斯蒂芬漫步在都柏林的斯特兰德岛路和林森特港，两个街道场所均属于都柏林的克隆塔夫地区。这一地区在历史上是爱尔兰人抵抗外来入侵的主要战场，是殖民者侵略爱尔兰和都柏林的必经之地，都柏林的克隆塔夫成为爱尔兰人民记忆中的民族创伤，揭示了爱尔兰屈服于英国殖民统治的历史。另一边是三处城市空间均呈现出英国殖民统治者的权力话语，每一处景观都是殖民者权力话语"构想的空间"，印刻着民族被殖民的历史。小说情节与空间书写相互印证，达成主题阐释的一致。都柏林虽然是爱尔兰的首都，但是城市空间遵循着英国殖民统治者的权力意志的"知识体系"，渗透着殖民者的权力话语。乔伊斯通过隐含在情节中的空间布局揭示英国殖民统治对爱尔兰人民造成的民族创伤，空间书写与小说

---

❶ 尽管英国对爱尔兰的殖民统治早已结束，但文化入侵的影子直到今天依然存在，英语仍是爱尔兰的官方语言之一，爱尔兰是早前欧盟内部除了英国之外，唯一说英语的国家，在爱尔兰所有的路标都用英爱两种语言标示。

主题达成一致。

总之，权力话语是一种无处不在的社会存在。在城市书写中，小说中的各种场所和景观不再仅仅是一个空洞的"容器"，而是权力话语的表征实体。小说家将空间看作一种语言学符号、一种表征权力运作的符码。英国小说家在城市书写中通过对小说中不同景观、地方和场所的叙述顺序、空间位置、组织方式，并通过对场所或景观进行明暗、高低、善恶等空间书写的修辞表征，将小说中的各种空间形成互相关联的表征体系，诠释城市运作中的社会权力话语体系和殖民与反殖民话语。在英国小说的城市书写中，文本中看似平静的城市景观建筑实际上暗藏着无声的权力话语，也正如福柯所言"表达了某个机构价值体系的思想和语句"[1]，浸入在文本叙事之中。因此，一座城市的空间景观不仅是一个国家或民族文化的象征，同时蕴含有权力控制、殖民与反殖民交锋的权力话语。

二、景观布局中的权力话语

权力话语体现了一个社会的权力运作机制。由于权力是社会生活重要的组成部分，与人们的生活紧密相关，权力机制会清晰地体现在城市生活空间中。城市书写中的权力话语成为小说家进行情节设计和主题阐释的一种手段。权力话语在小说城市书写中通过构建景观布局的对立和冲突，凸显某种景观背后的权力象征。小说家在城市书写中经常借助不同景观中的光明与黑暗、高大与低矮、辉煌与惨淡、贫穷与富有、中心与边缘的对比体现不对称的权力关系，呈现城市中的权力运作机制。城市书写中的景观规划是小说家在叙事中建构一种无声的权力话语，在文本叙事中建构权力运行机制。

空间批评先驱亨利·列斐伏尔指出："城市具有象征维度，纪念碑和空地、广场和大街象征着宇宙、世界、社会或者再简单点如国家。它具有范式维度，隐含表达一种对立：城市社会中的内与外、中心与边缘、统一与非统一。"[2]小说中的城市书写同样可以借助景观布局的对立与相持来

---

[1] 丹纳赫,斯奇拉托,韦伯. 理解福柯[M]. 刘瑾, 译. 天津: 百花文艺出版社, 2002: 192.

[2] LEFEBVRE H. Writings on Cities[M]. Trans. KOFMAN K, LEBAS E, Oxford: Blackwell.

呈现一个社会的权力运作机制，揭示这座城市中无声的权力话语。小说家的城市书写将生产权力话语的机构，或者说将那些限制、约束和惩戒人物的权力空间同人物紧密联系，推动情节的发展，并使城市空间布局成为小说主体阐释不可或缺的叙事手段。

权力话语在小说中是指一种权力关系的符号系统嵌入到小说的情节发展之中。在丹尼尔·笛福的小说《摩尔·弗兰德斯》中，监狱成为情节发展的主要节点。小说中的主人公弗兰德斯出生在英国伦敦著名的新门监狱（Newgate Prison）。这座监狱原本是位于罗马城墙上的一个门，建造历史久远，从15世纪起开始为女囚设立单独的监室。这部小说中的权力话语主要体现在监狱在情节发展中的空间布局意义。小说主要情节建立在弗兰德斯的人生轨迹上，在她每个重要的人生节点，监狱都成为小说的主要情节要素。弗兰德斯出生在监狱，她母亲是一位女囚，此后她曾长期以偷盗为生，沦为妓女，并再次被关进新门监狱。此外，监狱是小说多人物和多情节的主要发展空间，监狱生活成为小说情节的一部分。监狱作为权力运作的机构，在这部小说中形成了一种无声的话语，诠释着18世纪伦敦权力机制的腐败、贪婪和异化，笛福将监狱的空间布局作为小说情节发展的一部分，阐释18世纪败坏的社会道德和腐朽的生活。

监狱和法院等权力机构作为无声的权力话语，在城市小说的情节发展中起到重要的主题阐释意义。查尔斯·狄更斯一生创作了十几部以伦敦为背景的城市小说。狄更斯在城市书写中对伦敦表现出了爱恨交织的情感，在其作品中充斥着大量的贫民区的景观布局，比如在狄更斯的《博兹特写集》（*Sketches by Boz*）、《大卫·科波菲尔》和《奥列佛·特维斯特》等小说中细致地展现了伦敦犯罪率高发的七街日晷（Seven Dials）地区。伦敦的南沃克（Soutwalk）地区也是狄更斯小说城市书写的焦点地区，这一地区当时臭名昭著的马夏尔西监狱（Marshalsea Prison）的描写可谓细致入微，这座监狱曾是英国最著名的债务人监狱，出现在狄更斯多部小说中，狄更斯一家曾囚居于此，小说中的这座监狱不仅是狄更斯童年苦难的倾诉空间，也是维多利亚时期社会权力的运行体系的叙事建构。监狱、法庭、大法官法院等权力运作机构在狄更斯小说的情节发展、人物命运和主题阐释中具有重要的作用。实际上这些权力机构在狄更斯小说叙事中形成无声的权力话语体系，诠释着维多利亚时期英国社会权力运行机制对社会的影响和创伤。

小说中的权力话语并非仅仅表现在城市景观中的监狱等权力机构，小说家擅长运用城市空间整体的景观布局建构城市运作中的权力话语。小说家将不同的城市空间进行布局和安排，使空间及各种景观在小说中具有一定的叙事话语意义。景观的空间布局彰显权力运行机制，阐释小说主题。狄更斯小说中杂乱肮脏的城市街区常常是贯穿主人公成长的空间。一方面，城市中的阴暗、凋敝、萧瑟的贫民区等城市景观，固然同其少年时代的人生经历密切相关；另一方面，小说中的贫民窟、破旧的房舍以及人物的悲惨境遇，在城市书写中投射出一种社会权力的不平等，诉说维多利亚社会的权力话语。正如克朗所言："不应该把景观看作物质地貌，而应该看作可以解读的文本。"❶ 在《大卫·科波菲尔》中，狄更斯将伦敦贫民区破败的街道景观呈现给了读者：

> 默德斯通-格林伯公司的批发店就设在河边，位于黑弗莱尔的一角。那地方已被现代的改良举措改变了，不过那批发店还是一条窄窄街道尽头的最后一所房子，而那条窄窄街道弯弯曲曲从小山上下来直达河边，街尽头有几级供人们上、下船的台阶。那房子相当破旧，但有自己的码头，涨潮时它与水相连，退潮后则与烂泥枒比，事实上它已被老鼠占据了。它那镶板房间的颜色已被一百多年——我敢这么说——的污垢和烟气改变了，它的地板和楼梯也已腐朽，在地下室里争斗的灰老鼠吱吱尖叫，充斥那里的是腐败和龌龊；这一切在我心中并不是多年前的事，而是就在眼前。就像当年被奎宁先生握着我颤抖的手第一次走过这一切一样历历在目。❷

---

❶ 克朗. 文化地理学 [M]. 杨淑华, 宋慧敏, 译. 南京：南京大学出版社, 2005: 51.
❷ 狄更斯. 大卫·科波菲尔 [M]. 石定乐, 石定柔, 译. 长沙：湖南文艺出版社, 1999: 172.

主人公大卫·科波菲尔为了在伦敦找一份糊口的差事，他来到默德斯通持有股份的公司做童工。这一段描写折射出狄更斯小时候在鞋油厂打工的印记，狄更斯将痛苦的童年经历印记在小说的城市书写之中。这里同狄更斯打工的鞋油厂一样，工资也是每周6先令，干一些刷瓶子和贴标签的简单劳动。这段城市书写主要运用了景观呈现，破败的街道和肮脏腐朽的场所是狄更斯通过在景观中"注入"伦敦的社会生产关系，揭示社会公共权力的"不均衡"的空间投射。正如福柯所言："权力无处不在，并不是由于权力包含一切，而是由于权力来自任何地方"。[1] 伦敦凄凉的街道再加上悲惨的童工，揭示了城市中底层百姓的生活境遇，展现出社会权力的不公，诠释了维多利亚时期统治阶级的权力话语。

狄更斯小说中的城市书写集中体现了一种等级分明的空间布局和规划，成为一种权力运作方式，"景观应当被看作一种社会关系文本来分析"[2]。小说中繁华的商业中心、凋敝肮脏的贫民区、荒凉的郊野、泥泞的街道、凄惨的监狱、压榨少年的救济工厂、幽灵般的墓地、无处不在的工业浓雾等景观构成狄更斯小说城市书写的重点。这些城市景观背后呈现出一种不公的权力话语体系，狄更斯小说中雄伟壮观的建筑是那个时代权力运作的显现。《奥列佛·特维斯特》中那"充满了罪恶的肮脏街道以及在绝望中挣扎的市区贫民生活"[3] 同高大、威严的社会权力机构建筑形成强烈反差，折射出维多利亚时期社会权力对底层百姓的压制与剥削。

小说中的景观布局是城市书写的主要策略，作者可以进一步通过凸显某些建筑的位置和威严，展现权力机构在社会关系中一种无声的权力话语。英国小说家在城市书写中会赋予建筑物权力象征，其中代表权力统治的那部分建筑及景观经常处于中心、居高临下的位置，表征城市统治者或管理者的权力运作机制。建筑和景观在文本中形成一种话语方式，表征一种城市统治与管理的"知识体系"，一种蕴含于小说空间景观中的"无声

---

[1] FOUCAULT M. The History of Sexuality[M]. New York: The Penguin Books, 1978: 93.
[2] DUNCAN J. S. The City as a Text: The Politics of Landscape Interpretation in the Kandyan Kingdom[M]. Cambridge: Cambridge UP, 1990: 17.
[3] 戴利,汤米迪.伦敦文学地图[M].张玉红,杨朝军,译.上海：上海交通大学出版社,2011: 86.

的"权力话语。"建筑物是［集］极权主义者的一部分策略，能表现主政者位居掌控事件的地位，凭借一己之力就能重塑世界"❶。城市中的权力统治者为了确保权力及其权威，运用"空间隔离"的布局方法，把自己与所统治的对象隔开，将城市空间和景观打造成高大与低矮、辉煌与丑陋的空间差异。现实社会中这种屡见不鲜的"空间隔离"是统治者权力话语在城市空间中的浸入，体现城市空间的话语建构功能。

建筑学家在研究了历史上不同时期的城市建筑后指出："政治权力有多种表现形式，比如通过一个超凡魅力的领导者、坚不可摧的军事实力、牢固的官僚体制或者庄严的法律和规章体系来表现。除此之外，很多政权都会象征性地运用物理环境表现权力。跨越历史，总揽全球，建筑和城市设计总要为政治服务。"❷ 如英国伦敦的唐宁街 10 号（10 Downing Street）仅仅从建造风格和理念上看，与其周围的建筑几乎毫无差别，与普通住宅建筑别无两样。现在的唐宁街 10 号，历史悠久，这里的一部分原本是一座斗鸡场，其建筑命运几经变迁，17 世纪被改造成音乐厅与剧院。这座看似普通的建筑在历史上与英国政治统治与权力更迭存在密切的关联，众多王子、公主、贵族伯爵和财政大臣，包括领导英国资产阶级革命的护国公奥列佛·克伦威尔（Oliver Cromwell）都曾在此居住。18 世纪晚期，唐宁街 10 号开始成为英国首相的官邸。一座建筑风格普通的建筑，虽然作为首相官邸其建筑风格与周围建筑融为一体，本无差别，彰显其社会所谓"亲民"的"知识体系"。作为首相官邸，这座建筑所蕴含的权力意义更为深厚，以后就成为英国行政权力的中心，对其进行"空间隔离"彰显统治者的权威，"近些年，唐宁街被栅栏封了起来，官邸从此在伦敦街景中无法看到了"❸。这座建筑在空间位置上处在英国议会和白金汉宫的中间，恰当地诠释了议会、君主和首相之间的权力运作机制。一座建筑是英国社会政治体制和权力运作机制的空间彰显，体现了统治者和城市规划者一种无声的权力话语。

---

❶ 萨迪奇.权力与建筑[M].王晓刚，张秀芳，等译.重庆：重庆出版社，2007.

❷ VALE L. J. Architecture, Power and National Identity[M]. London: Routledge, 2008: 3.

❸ VALE L. J. Architecture, Power and National Identity[M]. London: Routledge, 2008: 19.

第三章　英国小说城市书写中的权力机制

英国小说城市书写通过文本中的景观布局诠释城市中不同空间和场所之间的权力关系，将景观布局融入小说情节发展和主题思想之中。乔治·奥威尔是英国当代著名的小说家，他于1948年创作了反乌托邦小说《一九八四》，恰逢"二战"结束，"冷战"阴云开始密布，奥威尔根据当时的国际形势创作了这部小说。小说的核心问题是世界是否会遭受极权统治。奥威尔在小说中将世界划分为大洋国、欧亚国等国家，并且小说的开头以"四月间，寒冷晴朗，钟敲了十三下"❶为开篇句，透露出后现代主义的颠覆性特征。"寒冷晴朗"透露着一种后现代悖论，更大的悖论是钟表每敲响一下代表一个小时，最多敲响十二下，不可能敲响十三下。这些是奥威尔为小说中荒诞而令人恐惧的极权统治设下的伏笔。城市书写主要聚焦以伦敦为中心的大洋国的4个部门处在整个国家的核心位置，它们是大洋国最高大宏伟的建筑：

> 真理部——用新话来说是真部——同视野里的其他东西都有令人吃惊的不同。这是一个庞大的金字塔式建筑，白色水泥晶晶发亮，一层接着一层，一直升到高空，达三百米……据说，真理部在地面有三千间屋子，和地下的结构相等。在伦敦别的地方也有三座其他建筑，它们使周围的建筑仿佛小巫见了大巫，因此你从胜利大厦的屋顶上可以同时看到这四所建筑。它们是政府四部的所在地：真理部负责新闻、娱乐、教育、艺术；和平部负责战争；友爱部维持法律和秩序；富裕部负责经济事务。❷

奥威尔的城市书写主要建构在大洋国中各个权力机构的空间布局。在《一九八四》那座高大的"金字塔式"的真理部大楼里，极权统治思想不仅体现在老大哥的施政内容中及散布在各个角落的电幕上，还体现在城市建筑物和景观无声的布局之中。金字塔象征古代埃及法老至高无上的权力统治，在大洋国，"金字塔式"的政府建筑代表着极权统治阶级的意志，

---

❶ 奥威尔. 一九八四 [M]. 董乐山, 译. 上海：上海译文出版社, 2006: 3.
❷ 奥威尔. 一九八四 [M]. 董乐山, 译. 上海：上海译文出版社, 2006: 5.

因此，最高大、最宏伟的建筑就布局给大洋国的四大部委，分别是真理部、和平部、友爱部和富裕部。从大洋国的整体空间规划来看，一方面，这四座部委大厦是四座高耸入云的金字塔式建筑，其高度和辉煌令大洋国的其他建筑望尘莫及，这在空间上体现了一种至高无上的绝对权威，这也恰恰是奥威尔所担心和焦虑的主题。另一方面，在西方的建筑艺术传统中，向来以人性化著称，公共建筑更是如此，如图书馆、公园、大学甚至是政府机构和法院等，常常是绿地环绕，进出自如。包括政府权力机构在内的公共建筑一般都是没有围墙的，个别公共建筑由于某种安全因素至多加一个栅栏与外界相隔，会留有出入口方便人们通行。这种建筑设计风格体现了一种文艺复兴和启蒙运动以来的人文精神。奥威尔在大洋国的空间布局中与小说开头的敲了十三响的钟异曲同工，完全颠覆了空间传统，在这四座政府大厦周围却是另一番景象。

奥威尔在城市景观布局中，将真理部喻作"庞大的金字塔式建筑"，真理部"金字塔"为《一九八四》的极权统治的城市书写艺术地设计了城市景观布局的初始蓝图。周围机枪阵地和铁丝网凸显出权力壁垒的森严坚固。古代金字塔是埃及奴隶统治时期的巨大工程，在法老绝对权力统治下建造而成。金字塔耗费几十年时间，雇用数以十万计的奴隶建造而成，雄伟高大的金字塔是奴隶社会统治者绝对权力的象征。奥威尔在小说中借用金字塔"永恒极权统治"的寓意，凸显这一景观布局的权力意义。奥威尔在小说中指出，"与先进的专制比起来，过去的专制并非权力维持，而且缺乏效力"[1]。接下来的友爱部大厦设计得如此封闭、坚固，颇有城防工事的色彩，彰显了大洋国的极权统治色彩：

> 真正教人害怕的是友爱部，它连一扇窗户都没有。温斯顿从来没有到友爱部去过，也从未走近距它半公里之内的地方，除非因公，这里是无法进入的，而且要经过重重铁丝网、铁门及隐蔽的机枪阵地，甚至在环绕它的大街上，也有穿着黑色制服、携带

---

[1] 奥威尔. 一九八四 [M]. 董乐山，译. 上海：上海译文出版社，2011：6.

连枷棍的凶神恶煞般的警卫在巡逻。❶

权力等级理念，正像奥威尔在小说中描写的阶级权力分布一样："有史以来……世界上一直存在三种人：上等人、中等人、下等人……他们的相对数量以及相互态度因时代而异，然而社会的基本结构却从未改变。即使经过了翻天覆地和似乎不可逆转的变化之后，同样的格局总是重新得以奠定，就像无论往哪个方向推得再远，陀螺仪都会恢复平衡一样。这三个阶层的目标永远不可调和……"❷ 权力和等级在这部小说城市景观和建筑布局中就像是一种无声的话语左右着人们的思想和行为。英国建筑学家、伦敦设计博物馆馆长迪耶·萨迪奇指出："无论其形式如何，也不管它们使用什么材料，都逃不出所有建筑中最为传统的方面——它们诉说着权力，塑造着历史，营造着记忆。"❸

建筑和景观的采光也常被小说家用在城市书写中建构权力话语。大洋国权力机构在景观的透光设计上清晰地预示着统治者的权力话语。玻璃的墙壁设计既防止外面的人窥视里面，又可以使统治阶级从其内部广视角地随意监视中下层阶级。同时，玻璃也可以反射阳光，而阳光是真理、智慧、公平及爱的象征，这一切是极权统治者所不喜欢的。为了权力绝对的集中和统治的永恒，极权统治者坚决排斥真正的真理和公平，积极推崇为他们服务的假真理。至于友爱，同中世纪的基督教统治类似是被禁止的。这四座大厦的名字和它们各自的职能也形成鲜明的反讽：真理部负责制造假的知识和信息；和平部负责战争；友爱部对大众进行拷问；富裕部使大部分人长期处于穷困状态。

英国小说家兼评论家戴维·洛奇（David Lodge）对奥威尔的小说评论道："当然，今天，对我们来说，《一九八四》早已成为过去，然而奥威尔创作这部小说的时候，却是在想象未来。因此，在读这部小说的时候，与其把它看作历史小说，倒不如把它视为寓言小说。奥威尔利用过去的事

---

❶ 奥威尔.一九八四[M].董乐山，译.上海：上海译文出版社，2011: 6.
❷ 奥威尔.一九八四[M].董乐山，译.上海：上海译文出版社，2011: 140.
❸ 萨迪奇.权力与建筑[M].王晓刚，张秀芳，等译.重庆：重庆出版社，2007.

态描绘未来，给人一种创作上的真实感。故事的背景为三十几年以后，其目的也许是想让读者对他眼中的政治制度有一种危机感。"[1] 总之，空间作为一个能动的社会要素，总是能反映出各种社会关系，而权力是各种社会关系特别是尖锐社会关系的体现，这些权力关系又常常以一种隐性的话语存在于现实世界的建筑和景观布局中。英国小说家乔伊斯、伍尔夫和奥威尔等在小说的城市书写中，巧妙地将这种权力关系的交锋、冲突融入小说的城市空间的景观布局和规划中，形成一种无声的权力话语，揭示小说中权力交锋的主题。

弗吉尼亚·伍尔夫在城市书写中借助城市景观的对比揭示当时英国社会的权力话语。伍尔夫是一位出生于伦敦的中产阶级代表，她对乌托邦式的极权统治和大英帝国殖民统治并不感兴趣。她在小说城市书写中经常借助景观的明暗对比揭示当时英国社会不平衡的权力关系。伍尔夫小说的城市书写大多以伦敦为背景，其中《岁月》以编年史的形式讲述了主人公帕吉特一家三代人在伦敦的家族故事。小说以主人公在伦敦的城市漫游为城市书写方式，展现了伦敦的空间面貌，社会权力话语在这部小说中主要体现在伦敦东西区的对比中，作为中产阶级出身的帕吉特家住在伦敦西区。伦敦西区是英国城市化进程的缩影，在这一城市街区无论白天还是夜晚，人头攒动，熙熙攘攘，车水马龙，俨然一派现代都市的辉煌盛景：

> 车水马龙，川流不息，有活顶四轮马车，有维多利亚马车，有双轮双座出租马车，因为春季才刚刚开始。在僻静一点的街道上，乐师施舍一点微弱的、多半是忧伤的曲子，于是在海德公园、圣詹姆斯公园的树林里应和或滑稽模仿之声随处可闻：麻雀叽叽喳喳，画眉突然啼啭，脉脉含情但又时断时续……下午，身穿五彩缤纷的带裙撑的衣裙的淑女们，身着礼服、挂着手杖、别着康乃馨的绅士们，把大理石拱门和阿普斯理宫的大门堵得水泄不通。[2]

---

[1] 洛奇. 小说的艺术 [M]. 王峻岩，等译. 北京：作家出版社，1997: 149.
[2] 伍尔夫. 岁月 [M]. 蒲隆，译. 北京：人民文学出版社，2003: 1-2.

第三章　英国小说城市书写中的权力机制　85

伍尔夫在这段城市书写中，运用不同的景观布局凸显了伦敦西区的英国政治经济中心地位。伦敦城市景观中"川流不息的车流""悠闲的公园漫步""身着礼服的俊男靓女"及"煤气灯下的光辉"无不讲述着伦敦辉煌的都市生活。与此同时，空间景观布局也折射出伦敦在城市公共资源运作中的权力话语。伦敦西区是伦敦统治阶级实施权力运作和社会生活最集中的空间。这里坐落着著名的皇家宫殿白金汉宫、政府立法和权力机构议会大厦、首相官邸和最高法院等多处政府建筑。威斯敏斯特是伦敦权力的中心，布鲁斯伯里是政客和哲学家辩论的街区，维多利亚街是伦敦重要的交通枢纽。这些景观布局中的权力话语深刻反映出英国上流社会的权力话语。小说中的威廉爵士是一位私人医生，开设了一家私人诊所，是上流社会的代表，他"坚定"地认为伦敦社会生活该保持一种持久的"均衡感"，他所谓"均衡感"无非是这种维持优越社会生活的权力机制得以保持下去：

> 他们教授一种威廉爵士坦白地承认是非常困难的艺术——具有均衡感。此外还有家人间的感情、荣誉、勇敢、光辉的事业。威廉爵士是这一切坚定的卫士。如果这一切使他失望，他就不得不支持警察和社会的善心，在萨里，威廉爵士平静地说，这些力量会负责压制主要因出身卑贱而引起的反社会冲动。❶

伍尔夫小说中的城市书写是统治阶级和上流社会的权力话语在景观布局中的折射。伍尔夫的伦敦城市书写总能折射出伦敦西区与东区的空间对比，悄然诠释着一种无声的权力话语，这是上流社会意识形态中的权力话语在城市空间中的投射。尽管建筑材料和城市景观本身没有生命，但是在伍尔夫的城市书写中，这些景观布局被融入了小说的情节发展之中。东西伦敦景观布局的反差所折射出的城市公共权力关系与小说的情节发展融为一体，形成一种无声的权力话语，成为那个时代权力运作机制在空间中的体现。

---
❶ 吴尔夫.达洛维夫人/到灯塔去/雅各布之屋[M].王家湘，译.南京：译林出版社，2001：91.

与此相反，伍尔夫小说中的伦敦东区则是贫穷、肮脏、混乱和犯罪的代名词。主人公的伦敦东区之旅是黑暗之旅，在这部小说里，西区宽阔的道路、繁荣的市场同东区低矮的建筑和凋敝的市井形成鲜明的反差，伦敦西区作为城市乃至整个英国最高权力机构的驻地彰显出一种权力，而小说中东西区的建筑、规划差别表现出一种权力对峙："在资本再投资的新时代，市中心的商业区表现为一种限制空间，在体制上，它的发展跨越公众和私人权力；在视觉上，它的发展分割了本地空间，或者将这些风格状态的空间合并成一个权力的景观。"❶伍尔夫对伦敦城市景观的展现与法国小说家维克多·雨果在《悲惨世界》中对法国巴黎的描述相仿。《悲惨世界》中的景观"展现了一个神秘的底层社会，这个社会与官员和政府对立……雨果将开放、规律和国家控制下的地理景观同黑暗神秘的城市景观对比，可以理解为一种国家权力的地理景观"❷。伦敦东西景观不再是"了无一物"的容器，而是伍尔夫在城市书写中建构权力话语的叙事手段，在悄无声息的空间景观布局中，揭示20世纪初社会权力在伦敦社会生活中的运作机制。

此外，权力话语还表现在小说城市景观布局中的权力机构上，英国小说的发展，特别是城市题材小说的发展，记录了英国司法和权力机制的发展。英国小说中的城市空间成为权力机制运行的载体，其中最为引人注目的当数坐落在城市的权力和法制机关，如监狱、学校、救济工厂等，这些权力机构的"空间"凸显了现代社会的权力话语。这一点在狄更斯的伦敦系列小说和萨克雷的小说中表现尤为突出。狄更斯小说中除了关注贫民区，也涉及众多权力机构，这些权力机构同贫民区相互呼应，揭示了社会权力对底层百姓的欺骗、剥削和压榨。比如狄更斯《小杜丽》(*Little Dorrit*)中的马夏尔西监狱、《荒凉山庄》中的大法官法庭、勃朗蒂《简·爱》中的救济学校、《奥列佛·特维斯特》中的救济工厂和犯罪易发的街区、《双城记》中的监狱和刑场等。

---

❶ ZUKIN S. Landscape of Power[C]// BIRDGE G, Sophie WATSONS. The Blackwell City Reader. London: Blackwell, 2010: 293.

❷ CRANG M. Cultural Geography[M]. London: Routledge, 1998: 50.

事实上，在维多利亚时期以后的英国社会，除了监狱和法庭，救济学校、救济工厂等在一定程度上均是以资产阶级"道德"标准建造的社会规训和惩戒机构，它们在小说中相互关联，编织成一个符合统治阶级意识形态的权力话语体系。《摩尔·弗兰德斯》中的新门监狱、《奥列佛·特维斯特》中的救济工厂、《荒凉山庄》中的大法官法庭、《一九八四》中受监视的"大洋国"及《美妙的新世界》中的极权压制的"世界国"都是典型的权力机构。这些权力机构在小说城市书写中重要的景观布局，体现了社会权力对市民实施的一种无处不在的话语体系，约束着人物的言行和内心世界。这些监狱或者"监控"空间在文本叙事中构建成小说叙事的主要内容或者情节发展节点，对小说的主题阐释具有重要的建构意义。

综上所述，权力作为一种社会现实必然会存在于英国小说的各种城市空间之中。小说中各种空间"紧密联系着生产关系及各种生产关系加在其身上的各种秩序，还有知识、符号、准则等各种'前沿的'关系"[1]。小说家在城市书写中旨在制造一种无声的话语，呈现权力机构压制、剥削、扭曲、异化背后的"知识体系"，再现用来惩戒、生产和规训市民的权力话语。英国小说家从狄更斯、乔伊斯、伍尔夫到奥威尔等擅长在小说中将与权力机制和权力交锋紧密联系的景观、地标在文本中通过叙事话语呈现给读者，使原本无声的景观和场所形成了隐含在文本中的权力话语。英国小说家作品中的城市书写不仅成功地展现了权力斗争和权力运行机制，同时也成为小说情节发展和主题阐释的重要手段。

第三节　城市书写中的权力规训

城市空间作为一个具有深刻社会属性的要素，必然会被刻上政治和意识形态的烙印，正如亨利·列斐伏尔指出的那样："空间是各种意识形态

---

[1] LEFEBVRE H. The Production of Space[C] // Donald Nicholson-Smith.Trans. Massachusetts: Blackwell, 1991: 33.

的集合，具有意识形态特征。"[1] 权力作为一种控制人们思想意识和行为规范的无形力量，必然存在于社会空间之中。而福柯关注的并不是权力的实施者，而是权力的运作机制，福柯认为这才是权力的根本问题。在此基础上福柯提出了"规训"概念，所谓规训是指"一种权力类型，一种行使权力的轨道。它包括一系列手段、技术、程序、应用层次和目标。它是一种权力'物理学'或权力'解剖学'，一种技术学"[2]。规训作为一种空间中的权力技术手段，被广泛地应用在各种空间中，譬如城市中的监狱、学校、工厂、军队等场所。这些空间形式"代表了一种（权力）操作模式，通过这种模式，权力可以通过一个简单的事实得以实施，即在一种集体的、匿名的凝视中，人们被看见，事物得以了解。一种权力形式，如果它主要由'看法'构成，那么，它就不能容忍黑暗区域的存在"[3]。由此可见，权力规训作为一种惩罚手段，它不同于权力话语。权力话语是一种隐性的，它常常是作者在小说城市空间中通过对地标、场所及人物活动场所的布局和设计来彰显某种权力及其运作机制；权力规训则聚焦于小说中城市空间通过统治阶级指定的一系列的"知识体系"对人物行为和思想的约束、限制和惩戒。在英国小说中，权力规训存在于城市书写中的各个角落。

英国小说城市书写中的权力规训通过两种方式实现，第一种是行为空间的社会规训，即通过对个体在空间内的行为进行全方位监视，实现对小说中人物在空间内的行为进行规训与约束。第二种是心理空间的规训，即小说中处在权力中心的一方，通过各种约束和规训的方法实现对另一方包括表情在内的各种思想行为进行约束、规训和惩戒。

一、城市书写中行为空间的规训

城市书写中行为空间规训主要通过对个体行为进行全方位的空间监视，对某一个体或群体实施空间的行为约束和训诫，这正如福柯所言，

---

[1] LEFEBVRE H. Reflections on the Politics of Space, Radical Geography, Ed. Richard Peet, London: Methuen & Ltd. 1978: 341.
[2] 福柯. 规训与惩罚 [M]. 刘北成，杨远婴，译. 北京：生活·读书·新知三联书店，1999: 242.
[3] 福柯. 权力的眼睛：福柯访谈录 [M]. 严锋，译. 上海：上海人民出版社，1997: 157.

"规训作为一种权力技术，包含对个体经常进行持续不断的监视。权力规训仅仅靠偶尔的观察他们或观察他们是否按规则运作是不够的，（统治者）需要监视他们随时的活动并对他们进行金字塔式的监控"❶。福柯的空间思想凸显了空间的权力构成，在《规训与惩罚：监狱的诞生》中，福柯分析了统治者如何通过全景敞式监狱（Panopticon）来惩戒罪犯和规训民众："四周是一个环形建筑，中心是一座瞭望塔，瞭望塔有一大圈窗户，正对着环形建筑。环形建筑被分成许多小囚室，每个囚室都穿通建筑物的横切面。每个囚室有两个窗户，一个对着里面，与塔的窗户相对，另一个对着外面，使光亮从囚室的一端照到另一端。所需要做的就是在中心瞭望塔安排一名监督者，在每个囚室里关进一个疯人或一个病人、一个罪犯、一个工人、一个学生。通过逆光效果，人们可以从瞭望塔恰好相反的角度，观察四周囚室里被囚禁者的人影。"❷

在现实世界中，全景敞式监狱是统治阶级实施规训的一种空间技术手段，由于囚室建在四周，中间为高耸的瞭望塔，看守可以随时监视囚室内罪犯的一举一动，这种监视手段使权力规训在空间维度上得到最大程度的实施。福柯认为全景敞式监狱是"一种被还原到了理想形态的权力机制的示意图。它是排除了任何障碍、阻力或摩擦的条件下运作的，因此应被视为一种纯粹的建筑学和光学系统，其功能从阻碍、反抗和摩擦中汲取而来，以建筑和视觉系统来表现，它事实上是一种能够和应该独立于任何具体用途的政治技术的象征"。❸ 可见，"福柯有意将这种全景敞式监狱的权力运作机制视作规训社会的一个生动缩影，也就是说，规训社会正是一个放大的更趋完善的全景敞式建筑。它的控制，它的监视，它的持续性，它

---

❶ FOUCAULT M. The Incorporation of the Hospital into Modern Technology, In Knowlton Jr.Edgar and William J. King, Trans, in Jeremy W. Carmpton and Stuart Elden.Eds. Space, Knowledge and Power: Foucault and Geography, Burlington: Ashgate Publishing Company, 2007: 147.

❷ 福柯.规训与惩罚[M].刘北成,杨远婴,译.北京：生活·读书·新知三联书店,1999: 224. "panopticon"也被其他学者译作"全景敞式建筑"。

❸ 福柯.规训与惩罚[M].刘北成,杨远婴,译.北京：生活·读书·新知三联书店,1999: 230-231.

的神奇的权力效应都内在于全景敞式建筑之中"❶。由此可见，各种规训和惩戒归根到底是对人进行空间自由的限制和监视，因此空间成为社会规训的最佳手段之一。

英国小说家充分运用城市书写建构人物行为空间的权力规训。19世纪的伦敦不仅仅有城市化带来的繁荣，还建造了为数众多的监狱、拘留所等权力机构。监狱成为狄更斯伦敦系列小说中重要的城市空间，也成为狄更斯城市书写的重要手段。从狄更斯早期的《匹克威克外传》《奥列佛·特维斯特》一直到后期的《远大前程》和《双城记》等作品，监狱是狄更斯重要的城市空间书写策略。狄更斯小说中的监狱同样展现了对人们行为空间的规训。《小杜丽》中对马夏尔西监狱的展现说明了这一点：

> 这座监狱是一群长方形的军营式建筑，分隔成一座座肮脏的屋子，背靠着背，因此屋子里没有什么里间。屋子之间有一个狭窄的院子，外面有高大的围墙，围墙顶上插满了尖铁。此地本来就是一座关押债务人的狭窄的监狱，而在这座监狱内，还有一座更加狭窄的监狱，那是关押走私犯的。触犯税收法的人，拖欠货物税或关税因而被罚款而交不出的人，就应该被禁闭在铁门里面，那便是监狱里的监狱，它包括几个坚固的牢房，一条四五英尺宽的胡同。❷

小杜丽全家老少因无力偿还债务而被关进了马夏尔西监狱。监狱成为这部小说空间书写的主体空间。这座圆形监狱使小说中的人物随时处在全方位的监视中，对小杜丽一家实施着惩戒和规训。小杜丽的父亲在狱中度过了25年，监狱这座圆形敞式建筑作为社会规训的载体，将老杜丽规训成一个"温顺"的个体，成为一个思想意识畸形的人，当老杜丽出狱后，无法适应监狱外的自由，权力规训使其认为监狱生活才是一种常态。而小杜丽出生在监狱，成长在监狱，从小就知道在这个狭小空间内该如何规范

---

❶ 汪民安. 福柯的界限 [M]. 北京：中国社会科学出版社，2002: 200.
❷ 狄更斯. 小杜丽 [M]. 金绍禹，译. 上海：上海译文出版社，1993: 80.

自己的言行。正如福柯所言,空间是权力运行的基础,没有了空间上对个体的限制和约束,就没有了权力规训。

对儿童的规训一直是狄更斯小说中的重要叙述内容,被称为"监狱之女"的小杜丽仅仅是狄更斯小说空间权力规训的哀婉情节之一。在其众多的小说城市书写中,狄更斯通过儿童在权力空间中被规训的哀婉叙述,在小说情节发展中引发读者的同情,阐释小说的正义主题。据称狄更斯小说中的哀婉情节曾促进英国政府在一定程度上改善童工的待遇。《雾都孤儿》中的救济工厂对儿童的生活与劳动管理非常严苛,实际上就是一种社会规训的场所,小说对救济工厂中奥列佛等儿童所处的悲惨处境作了细致的展现:

> 每个孩子分得一汤碗粥,绝不多给——遇上普天同庆的好日子,增发二又四分之一盎司面包。粥碗从来用不着洗,孩子们非用汤匙把碗刮得重又明光铮亮了才住手……三个月以来,奥列佛·特维斯特和同伴们一起忍受着慢性饥饿的煎熬……
>
> 奥列佛尽管还是个孩子,却已经被饥饿与苦难逼得什么都顾不上,铤而走险了。他从桌边站起来,手里拿着汤匙和粥盆,朝大师傅走去,开口时多少有一点被自己的大胆吓了一跳:
>
> "对不起,先生,我还要一点。"
>
> ……"什么!"大师傅好不容易开了口,声音有气无力。
>
> 大师傅操起勺子,照准奥列佛头上就是一下,又伸开双臂把他紧紧夹住,尖声高呼着,快把干事叫来。❶

现代小说家亨利·詹姆斯(Henry James)出生于美国,后加入英国国籍,他的小说《卡萨玛西玛公主》对监狱的描写充分展现了杰米里·边沁(Jeremy Bentham)理念中的全景敞式监狱对人物的全方位监视与规训。小说中的监狱时时注视着被规训的每个个体。詹姆斯为了真实再现这座监狱,曾多次到伦敦的监狱体验生活,他感受到监狱中的犯人"被一层又一

---

❶ 狄更斯. 雾都孤儿 [M]. 荣如德,译. 上海:上海译文出版社,2010: 60.

层地围困起来，一层墙围着另一层墙，一道廊围着另一道廊"[1]。小说中监狱的瞭望塔、回廊、囚室和围墙都成为规训和监视囚犯的训诫工具。与此同时，在这部小说中，监狱成为小说城市书写中重要的空间节点，有人出生在监狱，也有人长年被囚禁在监狱，监狱中的规训融入小说的不同情节发展之中，小说通过全景敞式监狱的"凝视"与"约束"实现对囚犯的规训。有人曾在监狱生活多年时间，终日处于被规训和"凝视"之下，被监视的人已经完全被规训成失去了精神意志。"品森特小姐目光惊恐而颤抖，无须询问，她却意识到床中间躺着一个女人……她意识到自己正在靠近一个完全陌生的人，9年的监狱生活已经完全改变了佛洛伦斯。"[2]佛洛伦斯几乎失去了语言表达能力，不能再像以前那样讲动听语句，而只能喃喃自语。在整部小说中，亨利·詹姆斯将监狱融入城市书写的权力话语之中，使其成为体现伦敦权力运行机制中重要的规训机构。

福柯认为"不需要武器、身体暴力和物质约束，仅仅需要凝视，一种监视"[3]就可以对被凝视者进行规训。现代社会就像在某种权力机制运作下的全景敞式监狱，空间中的社会规训在城市随处可见，学校、医院、工厂、办公室都是这种社会规训空间。福柯曾在《规训与惩罚》中论述了学校如何成为一个社会规训空间，除了书写漂亮以外，小学生还有很多规矩，比如在书写时要保持姿势端正，"左臂肘部以下应放在桌子上，右臂应与身体保持三指宽的距离，与桌子保持五指宽的距离，放在桌子上时动作要轻。教师应安排好学生写字时的姿势，使之保持不变，当学生改变姿势时应用信号或其他方法予以纠正"[4]。因此，在一个具体的空间中，人们的行动自由有可能受到约束或训诫，社会规训存在于社会的各个角落，这些必然会潜移默化地反映在文学作品中，特别是一些以政治为主题的小说中。其中最为经典的当数乔治·奥威尔的《一九八四》。

---

[1] Edel L. The Middle Years[M]. New York: J.B. Lippincott Company, 1962: 148.
[2] James H. The Princess Casamassima[M]. London: Penguin Books, 1987: 17.
[3] FOUCAULT M. Power/Knowledge: Selected Readings and Other Writings 1972-1977[M]. Colin Gordon ed. New York: Patheon Books, 1980: 155.
[4] 福柯. 规训与惩罚 [M]. 刘北成, 杨远婴, 译. 北京：生活·读书·新知三联书店, 1999: 172.

作为反乌托邦小说，城市书写中的权力规训建立在一个虚拟的城市国家中，小说中的大洋国是极权统治的代表。在大洋国这个国度里，人民不仅不是国家的主人，而且也没有自己生活和工作的自由空间。在这个虚拟的国度和城市中，最高领袖是"老大哥"，他是这个社会的权力中枢，有一双洞察一切的"眼睛"，全体人民的生活都处于"老大哥"的监控之下。小说中充当监视职能的是电幕，它被广泛地安置在城市的各个空间角落，因此无论小说中的人物在办公室、住所、咖啡厅、电影院甚至广场等公共活动场所，都没有一点隐私和活动的自由，人们随时随地处在"老大哥"的"凝视"或监控之下，正如福柯所言，"完美的规训机构应该能使一切都一目了然"❶。因此当上层建筑的权力机制进入空间之后，空间也就成为训诫的工具，统治者正是通过空间中的监视实施对人民的规训：

> 在温斯顿身后，电幕上的声音仍在喋喋不休地报告生铁产量和第九个三年计划的超额完成情况，电幕能够同时接收和放送。温斯顿发出的任何声音，只要比极低声的细语大一点，它就可以被接收到。此外，只要他留在那块金属板的视野之内，除了能听到他的声音之外，也能看到他的行动。当然，没有办法知道，在某一特定的时间里，你的一言一行是否都有人在监视着……他们对每个人都是从头到尾一直在监视着的。反正不论什么时候，只要他们高兴，他们都可以接上你的线路。你只能在这样的假定下生活——从已经成为本能的习惯出发，你早已这样生活了：你发出的每一个声音，都是有人听到的，你做的每一个动作，除非在黑暗中，都是有人仔细观察的。❷

行为空间的规训在奥威尔小说的城市书写中依然成为统治者权力话语的核心组成部分。在大洋国里，像温斯顿（Winston）这样的百姓，无时无刻不是处在电幕的监控之下，整个国家就像是一座巨大无比的全景敞

---

❶ 福柯. 规训与惩罚 [M]. 刘北成, 杨远婴, 译. 北京：生活·读书·新知三联书店, 1999: 197.

❷ 奥威尔. 一九八四 [M]. 董乐山, 译. 上海：上海译文出版社, 2011: 4.

式监狱,"老大哥"通过其遍布大街小巷及所有建筑中的电幕对臣民实施监视。由于电幕被安放在各种空间,包括工厂、医院、学校、机关、监狱等公共场所及每个人的住所中,所以大洋国的每一位臣民随时随地都处在被监控的范围之内,每一个个体和家庭都在一种无声的权力规训之下艰难地生活。小说中的主人公温斯顿无论走到哪里,都无法躲避电幕的监视。"不论是睡着还是醒着,在工作还是在吃饭,在室内还是在户外,在澡盆里还是在床上——没有躲避的地方。除了你脑壳里的几个立方厘米以外,没有东西是属于你自己的。"[1]所有的成员在这一系统的监视之下,被训诫成"驯服的、训练有素的躯体,'驯顺的'躯体"[2]。英国小说中的诸多监狱、救济工厂、孤儿院,以及"新世界"和"大洋国"成为一种全景敞式监狱,成为一种凝视的规训机构,对小说中不同的个体进行空间的规训。

在英国小说城市书写中,对个体进行权力规训的另一种方式就是技术极权。所谓技术极权,就是运用更加先进的技术对个体的成长和活动进行约束,促使其按照极权统治者的要求发展。正如福柯曾指出的那样,规训也是一种权力技术的应用,统治者为了对"臣民"进行空间行为的规训和约束,借用先进科技用于权力规训,无所不用其极,形成空间中的技术极权。

小说城市书写中的技术极权是通过极端的技术手段限制人们的生活、生存和发展空间,从而对人们的行为空间进行规训,对人们行为与生存发展和选择权的限制与约束,从而"在技术、文化、政治及经济融合成一个无处不在的社会体系,这一体系合并一切同时也排斥一切。系统内的生产力和潜在的能力增长能稳定社会,其控制力继续保持技术进步"[3]。换言之,技术极权通过先进的技术对一部分人实施权力规训,从而统治者能保持长久的技术极权,并能长久地进行权力规训。

权力规训中的技术极权常出现在英国当代小说的城市书写中。与乔治·奥威尔小说《一九八四》中通过建立覆盖全国的监控体系而进行的社会规训不同,阿道斯·赫胥黎在《美妙的新世界》中创造了一个技术极权

---

[1] 奥威尔.一九八四[M].董乐山,译.上海:上海译文出版社,2011: 23.
[2] 福柯.规训与惩罚[M].刘北成,杨远婴,译.北京:生活·读书·新知三联书店,1999: 156.
[3] Marcuse H. One-Dimensional Man[M]. Boston: Beacon Press, 1964: xv–xvi.

的反乌托邦社会。在《美妙的新世界》中，权力规训的标志不再是一个独裁统治者，而变成了集体的技术统治。小说开始首先展现的是未来26世纪中央伦敦的孵化中心，"一幢白色的大楼，矮矮的，只有三十四层。门口大书：中央伦敦孵化与条件设置中心。盾式的图案上是世界国的格言：社会、本分、稳定"❶。伦敦孵化中心是小说中整个新世界的核心，成为极权统治的象征，它也是小说城市书写的核心。在这个新世界里，社会稳定和遵守本分是压倒一切的重中之重，新世界统治者就是利用冠冕堂皇的口号"社会、本分和稳定"，作为规训臣民的思想武器，进而实行高度科学极权统治，伦敦孵化中心作为新世界的核心，负责生产、培育符合其权力统治的婴儿：

> 福斯特先生被留在了换瓶车间。孵化与条件设置中心主任和学生们踏上了附近的电梯，上了五楼。
> 育婴室。新巴普洛夫条件设定室，门牌上写着。
> 主任打开一道门，他们来到一个巨大的空房间里。阳光照耀得异常明亮，因为南墙整个是一扇窗户。六个护士全穿着制服：粘胶纤维短上衣和长裤。为了防止污染，她们把头发压在帽子下面……护士们急忙出了屋子，一两分钟之后每人推来了一辆车，车上的四个钢丝架上各睡着一个八个月大的婴儿，全都一模一样（显然是同一批波坎诺夫斯基产品），因为是同属德尔塔种姓，所以一律穿卡其布制服。❷

反乌托邦的伦敦孵化中心是赫胥黎小说城市书写的核心，也是这部小说情节发展的初始之地。作为技术极权统治的中心控制着一个人从胚胎形成到人生的终点。从胚胎到婴儿，再到成年，每一步都是按照新世界的权力运作机制规训自己的臣民。在这一过程中，人们没有认可空间与发展的选择权利。伦敦孵化中心作为小说中的城市空间，被注入了极权统治的技

---

❶ 赫胥黎. 美妙的新世界 [M]. 孙法理，译. 南京：译林出版社，2010: 1.
❷ 赫胥黎. 美妙的新世界 [M]. 孙法理，译. 南京：译林出版社，2013: 19-20.

术，空间不再是静止的"物理空间"或"容器"，成为实现技术极权统治的权力机制运作的实体，为极权统治者生产出"标准的""本分的""顺从的"臣民。《美妙的新世界》中的极权统治希望的本分和稳定表现为：得不到的东西他们绝不会要；他们既富裕又稳定，从不生病，也不怕死；他们从来没有激情，不会衰老；没有父母双亲烦扰她们，也没有儿女绕膝的天伦之乐，所有的人都按照新世界集权统治的"知识体系"，按照设置好的方程式进行权力运行机制的运转。

技术极权的规训是空间行为规训的升级，是 2.0 版的权力规训。新世界的城市空间和场所不再按照社会功能分为住宅、公园、政府、法院、监狱等城市空间职能。城市社会不再如传统的城市智能分为生活空间、消遣娱乐空间和政治权力空间等。小说中的极权主义在新世界里采用了更加"先进"的技术极权手段，借助堂而皇之的"科学"方法。人类的生育繁殖在这个孵化与条件设置中心被控制和规训。市民的阶级属性并不是按照个体能力或财富划分，而是在生命的源头，即胚胎时期就已确定。这里的新生儿并非父母所生，而是在孵化中心的试管里培育出来的。新世界中的"公民"从胚胎孕育伊始，早已经按照不同的种姓划分为各种等级的"公民"，整个世界的百姓大众按照不同的种姓，被分成 5 个阶级，5 个种姓组成的阶级按照希腊字母排序，分别为阿勒法（α）、贝塔（β）、咖玛（γ）、德尔塔（δ）和埃普西龙（ε），每个字母同时又分为正和负，合起来共 10 个种姓。阿勒法处于整个新世界社会统治的顶峰，依次是贝塔、咖玛、德尔塔，处于新世界底层社会的依然是埃普西龙。阿勒法在胚胎起初之时，就被赋予了最优质的基因资源，所以理所当然成为优秀的管理精英和知识分子，而咖玛、德尔塔和埃普西龙只能成为被管理者、被规训者，成为低级的体力劳动者。

在赫胥黎小说中的新世界里，极权统治的权力规训不再是狄更斯作品中的监狱和法庭，而是渗透着先进的技术极权，将人的出生变为一个违反自然规律的生产繁殖过程，人类的天伦之乐和繁衍生息变成了中央伦敦孵化中心的流水线生产。在新世界里，表面上看到人们的物质生活无忧，大家都可以接受教育并有工作，也不乏娱乐生活，这应该是一个令人向往的国度。但是，在这个国度里人们却失去了本该享有的各种权利，这种权力技术规训比《一九八四》中的电幕监控更可怕，因为新世界里的臣民从生到死所有的生活轨迹和行为举止一直都在科学极权的规训和控制之下。

总之，英国小说家在创作过程中，小说中的各种场所及景观不仅仅是故事背景，同时也是一个具有能动性的空间，是小说家、思想家和哲学家"构想的空间"，体现统治者的"知识体系"和权力话语。小说家利用这些空间进行权力规训，使原本静止的空间成为权力交锋、控制与反控制的角斗场。英国小说城市书写中行为空间的规训不仅表现为监狱等权力机构的行为约束，还表现为无处不在的空间监控与"凝视"，表现在技术极权的恐怖。英国小说家城市书写中的权力规训将现代社会中尖锐的社会矛盾问题表现得更为淋漓尽致，主题揭示更为深刻。与此同时，城市书写中的权力规训作为一种叙事建构拓宽了小说的叙事方法，丰富了英国小说的创作艺术。

二、城市书写中心理空间的规训

在英国小说中，城市书写中的权力规训不仅仅存在于行为空间中，规训还以一种无形的力量控制着每个成员的思想意识和情感世界。空间批评先驱列斐伏尔指出："权力到处都是，它无处不在，充满整个存在。权力遍布于空间，它存在于老生常谈中，存在于警棍和装甲车下。文物里有权力，导弹里也有权力。它在具有扩散优势的'视觉'形态中，也在学校、议会等机构里。它在事物之中也在符号之中（事物的符号和事物符号的符号）。它无处不在，因此也就无处可在……权力已然将其领域扩展到了每一个人的骨髓之中，扩展到了意识的根源，到了隐匿在主体性的皱褶下的'地方'里。"[1] 现代社会中的统治者为了规训臣民，会制定出一系列的法律规章制度，在人们的心理空间中实施社会规训，也就是通过一系列的手段，对人们的思想、意识和情感等心理空间进行约束，从而达到规训言行的目的。小说中的监狱作为城市权力运作的机构，不仅仅对囚犯的物理空间及其言行进行规训，更重要的是形成"心理威慑"，在人们内心深处

---

[1] LEFEBVRE H. The Survival of Capitalism[M]. London: Allison & Busby, 1976: 86.

实施规训，生产出符合权力机构要求的现代市民。笛福的《摩尔·弗兰德斯》中的新门监狱在关押人员中灌输"殖民地""流放""死刑""暂缓处决"，以及恐惧的事件，从而造成关押人们的心理规训。小说中的弗兰德斯在狱中不得不考虑如何才能逃避这种规训："新门监狱比全国所有的恶棍俱乐部同会党造出更多的强盗和流氓来……殖民地一半以上的居民……都是从这倒霉的地方来的。"❶

维多利亚时期是英国工业化和城市化高速发展的阶段，英国政府为了更加有效地生产出"和谐的"社会关系与"温顺的"市民，通过各种机构在一座座城镇建立起权力运作机构及其规训体系。狄更斯在《艰难时世》中煤焦镇（Coketown）的叙事中，将小镇空间的各种机构在空间布局中形成贯穿小说的一种隐形规训体制。在这里监狱将其强大的权力运作覆盖、影响了几乎所有的市政机构，将其权力以冷冰冰的"事实"形式抵达整个社会所有的物质和精神世界，形成一个无形的权力规训体系，约束这小镇的心理空间和精神世界：

> 镇上所有的市政刻字匾额都是工工整整的黑白字体，长相相似。监狱有可能就是一所医院，医院也有可能就是一座监狱，而市政厅或许就是其中的一座或者一所，或者既是一座监狱又是一所医院，或者同时是其他什么建筑……这座小镇，物质所涉及的地方，强调事实、事实，还是事实；精神所抵达的地方，强调的是事实、事实，还是事实。❷

监狱不仅仅是约束人们行为的空间，它同样会迫害人们的心理世界。小镇上整齐划一的字体、建筑风格的千篇一律，会在人们心里产生一种强烈的心理暗示："监狱可能是医院，医院也可能是监狱，也许是用以做其他什么建筑。"精神与物质似乎也无法辨别。小说城市空间的"雷同"是一种强烈的心理约束与权力规训，要求这里的人们顺从小镇空间中的心理

---

❶ 笛福. 摩尔·弗兰德斯 [M]. 梁遇春，译. 北京：人民文学出版社，2017: 68.
❷ DICKENS C. Hard Times[M]. New York: Random House, 2005: 26.

"暗示"，服从小镇统治者的"知识体系"和权力运作机制。

在英国城市小说中，最为显著的权力机构当属监狱，而狄更斯是英国小说家中描写监狱最多的作家之一。原因之一是狄更斯童年时代因为父亲的举债，招致全家住进了当时伦敦最著名的债务人监狱——马夏尔西监狱。狄更斯的《小杜丽》中的马夏尔西监狱是以伦敦的马夏尔西监狱为原型来展现的，童年时代的监狱生活为狄更斯揭示英国压迫底层人民的权力空间——监狱提供了真实的原型。这部小说生动展现了这座监狱如何作为惩戒机构实现对小杜丽一家的心理空间规训。长达二十多年的监狱规训对小杜丽的父亲威廉·杜丽的身心造成了无法恢复的影响焦虑，他的心理已经严重扭曲异化，他居然自诩为"监狱之父"。在长期的心理规训中，老杜丽无法正确地认同自己的身份，把自己当作是"首要人物"："你到外面去问问，谁是这里的首要人物？他们会说是你爸爸。"❶ 小说中的威廉·杜丽由于在监狱的长期拘押，监狱的生活竟然扭曲了他的心理，他也染上了一种监狱依赖综合征，他并没有为离开监狱做好心理准备，失去了走出监狱重新生活的信心。不但如此，威廉·杜丽在长期的拘押下，心理无法走出规训的"篱笆"，思想扭曲，人格异化。他总是想尽办法去"巧取豪夺"其他犯人的钱财。

> 到这儿来的人，愿意拿出一点小小的——纪念品——送给马夏尔西狱之父……有时候，他接着说道，语气又低又轻而且激动，并不时地清清喉咙；有时候——嗯——是这种形式，有时候是那种形式；不过一般都是送——呃——钱。我，我不得不承认，钱总归是——嗯——收下的。❷

这位马夏尔西监狱之父，最终深受监狱的心理规训的戕害，出狱后威廉·杜丽很长一段时间对"马夏尔西狱之父"这个词异常敏感，对任何人都不愿提及，即使在伦敦闲逛，他也有意避开路过那里，他再也不愿意

---

❶ 狄更斯. 小杜丽 [M]. 金绍禹，译. 上海：上海译文出版社，1993: 314.

❷ 狄更斯. 小杜丽 [M]. 金绍禹，译. 上海：上海译文出版社，1993: 115-116.

谈及更不想再见曾经在那里认识的任何一个人。由此可见，监狱作为一个权力运作机构，他是受心理规训后遗症最严重的人，最终在这种心理煎熬中离开人世。监狱的生活同样对小杜丽进行了严苛的心理规训，对她表达思想感情的方法方式进行严格约束，甚至对其使用词语在内的语言选择都进行了约束，身处监狱中的小杜丽成为了规训的对象，她被"指示"需要在平时的言说中多用一些含有清辅音"b"或"p"的词语，比如"back" "bow" "potato" "please" "post"等词语。因为含有这些清辅音的词语在发音时，嘴巴不需要张大，口型显得更优雅，语音更柔和。这是统治者或当权者按照上流社会的标准，为社会生产所谓"高雅""顺从"的伦敦市民，而进行的心理规训。在整部小说的城市书写中，伦敦监狱的生活犹如一张巨大的无形的网，不仅限制了小杜丽的身体活动空间，更严重的是它通过对语言、思维和心理的约束和规训，在一定意义上严格约束着小杜丽的心理空间，以至于小杜丽出狱后，长期无法摆脱这种语言和心理规训的影响，她认为生活本身就是监狱，生活在一种无处不在的焦虑之中。

  英国现代主义小说不再仅仅以监狱作为惩戒和规训人们心理空间的手段，在现代主义小说中，这个世界上的一切皆可能成为规训的手段或空间。在奥威尔的《一九八四》中，城市书写中的社会规训不仅存在于行为空间中，还存在于心理空间中。小说中的主人公温斯顿在居所、办公室、公共场所等任何一个空间中，都无法躲避电幕的监视，它既可以监视臣民在空间的行为举止，也可以借此规训主体的行为符合"规范"。"《一九八四》的空间制造出了一个高度受纪律约束和等级化的社会。"[1] 还可以监视人的思想意识，以及人们的潜意识和表情："在任何公共场所，或者在电幕的视野范围内，让自己的思想开小差是很危险的，最容易暴露的往往是你不注意的小地方：神经的抽搐，不自觉的发愁脸色，自言自语的习惯——凡是显得不正常，显得要想掩饰什么事情，都会使你暴露。无论如何，脸上的表情不适当（例如在听到胜利公告时露出不信的表情）本身就是一桩应予惩罚的罪行，新话语中甚至有一个专门的

---

[1] James A. Taner. Self and Space, Resitance and Disciplne: A Foucauldian Reading of George Orwell's 1984[J]. Social and Cultural Geography, 2004(5): 138.

词，叫做脸罪。"❶ 电幕不断对温斯顿的心理空间进行侵犯，造成温斯顿长期的焦虑和精神紧张，温斯顿只得"继续背对着电幕。这样比较安全些，不过他也很明白，甚至背部有时也能暴露问题的"❷。上述这段描述充分显示了权力对人们思想和意识空间的控制，无论你的思维飞跃多么遥远，也永远处在监视之下，上述引文中的"思想罪"和"脸罪"是权力在心理空间内实施规训的例证。

语言是思维的工具，小说城市书写中的权力规训为了进一步通过语言进行规训，还会制造符合统治者权力控制、遵循统治者权力话语体系的语言和"知识体系"。《一九八四》中的"老大哥"还"规范"了语言，制定了"新话语"，使之成为控制人物意识形态的心理规训手段。在小说的结尾，奥威尔以附录的形式总结了大洋国的"新话语"。比如，新话语的词汇简单划一，仅分成了A、B、C三类。"老大哥"为了规训自己的臣民，创造了许多新话语，包括"荣耀"（honur）、"道德"（morality）和"民主"（democracy）、"正义"（justice）等系列词语和言说方式，以此为大洋国的话语规范，建构大洋国的话语霸权。倘若有任何违反此话语标准的人，则被严格审查、规训和惩戒："所有集合在自由和平等概念的一些词都包含在'crimethink'（'思想犯罪'）一词中，而与客观合理性有关的词包含在'oldthink'（'旧思想'）一词中。"❸ 不仅如此，在大洋国还存在"思想警察"，而且大洋国里的性生活居然也受到规训，夫妻之间的性生活也被规训和限制，性生活的唯一目的只能为了生殖和繁衍后代才被许可为"正当性生活"，与生育无关的性生活都被定性为"性犯罪"。大洋国通过约束限制人们的话语方式，从而限制人们的思维方法与思想意识，对其臣民实施最为严苛的心理规训与惩戒。人的心理空间具有无限的广度，《一九八四》中大洋国的心理空间规训是大洋国中"技术官僚和社

---

❶ 奥威尔. 一九八四 [M]. 董乐山，译. 上海：上海译文出版社，2006: 56.
❷ 奥威尔. 一九八四 [M]. 董乐山，译. 上海：上海译文出版社，2006: 4.
❸ 奥威尔. 一九八四 [M]. 董乐山，译. 上海：上海译文出版社，2006: 278.

会工程师的空间"❶，是极权统治的空间话语表征，是城市统治者权力运作机制的空间表征。

大洋国中的"臣民"在全方位的权力规训之中，小说中的温斯顿时刻感到一种话语霸权，来自"老大哥"的"知识体系"和权力机制让其感到无比压抑，温斯顿感到灵魂和思想窒息，无法逃脱。在温斯顿的心理空间中始终交织着控制与被控制之间的冲突。在这部作品中，统治者、电幕、思想警察、思想罪、表情罪等都成为控制心理空间的权力手段。因此在英国小说的城市书写中，现代主义和当代作家更加注重心理空间的权力规训，小说家不仅关注物理空间中的行为举止是否受到约束与规训，更加注重现代社会中思想和心理空间的规训与惩戒。

精神世界的心理规训是奥威尔等英国当代小说家城市书写的主要内容。小说中的乌托邦既是一个国家，更像是一座城市。大洋国对市民实施话语控制，规训人们的心理空间，是极权统治者通过控制人们的思想、意识、情感、欲望等来全方位规训市民的手段，进而完全彻底对一座城市和一个国家进行权力规训，更顺畅地推进对一个城市和一个国家推行其极权的权力运作机制。爱德华·索亚指出，"这些精神空间展现了权力、意识形态、控制和监督"❷。

与《一九八四》相似，《美妙的新世界》城市书写中的心理规训严格执行统治者的规训信条——"本分"和"稳定"。"尽管《一九八四》和《美妙的新世界》展现了不同的政治制度：一个是暴力，另一个是非暴力，但是它们共同的目的是形成一个完美的'功能型'社会制度。20世纪二三十年代，早期功能主义者雷德克莱夫·布朗和马利诺夫斯基开始对照生物机理来分析社会……比如，消化功能是为身体的细胞提供能量和原材料，并因此保持机体的持续运作……诸如惩罚犯罪或葬礼仪式，也是整体

---

❶ LEFEBVRE H. The Production of Space[M]. Trans. NICHOLSON-SMITH D. Massachusetts: Blackwell, 1991: 38.

❷ SOJA E.W. Thirdspace: Journey to Los Angeles and Other Real-and-Imagined Places[M]. Oxford: Blackwell Publishers, 1996: 67.

社会生活的一部分，因此，有助于保持社会结构的连续性。"❶ 这些早期的科学假设在《美妙的新世界》中成为了"现实"，赫胥黎在这部作品中构建了一个特殊的城市空间——"伦敦孵化中心"，通过技术极权实现所谓的社会秩序和稳定，"稳定和本分"成为统治整个新世界权力规训的教义，成为规训和约束新世界人们心理空间的最高的"知识体系"。

在英国小说城市书写中，心理暗示、空间约束和语言思维控制是进行心理规训的重要手段，小说中的统治者通过掌握的权力对人们的心理空间和思维活动进行约束、限制，从而为城市社会生产服务于统治者权力运作机制的"稳定的"劳动者和市民。在赫胥黎的《美妙的新世界》中，为了实施心理规训，将世界国的城市空间分为两大部分，一部分是占小说主体的伦敦中央孵化中心，另一部分是中央孵化中心以外的地方。可以说，伦敦孵化中心是一个技术极权的世界，科学技术与标准不仅成为行为空间中社会规训的手段，同时也成为心理空间规训的手段。在新世界中按照整齐划一的标准，通过现代化的生产线，利用技术制造出一个个不同等级的人，新世界里的生命体被生产成表情呆板、思想苍白的均一化个体。新世界的伦敦孵化中心的核心任务为保证社会稳定，而生产出符合其极权统治的"知识分子"和"劳动者"，在新世界中推行按照极权统治的权力运作机制的"知识体系"。为了实现这一完美的"功能型"社会制度，就必须进行心理规训，推进其权力运作机制。在新世界这个巨大的空间中，人类自身在这个新世界中已沦为垄断基因公司和政治人物手中的玩偶。在新世界中，不仅仅在出生前通过科学的手段对人类胚胎进行整齐划一的技术规训，还对人们进行了严酷的心理规训。心理规训的手段——"稳定"是社会的最高准则："总统说，'没有社会的稳定就没有文明。没有社会的稳定就没有个人的安定。'他的声音是一支喇叭，听见那声音使他们觉得自己更高大了，更热忱了。"❷ "稳定"的最高标准压制了人们的个体差异

---

❶ MILLER G. Political Repression and Sexual Freedom in Brave New World and 1984[C] //Huxley's Brave New World: Essays Eds. IZZO D.G, KIRKPATRICK K. London: McFarland and Company, 2008: 17-25.

❷ 赫胥黎. 美妙的新世界 [M]. 孙法理, 译. 南京：译林出版社, 2010: 37.

和个性需求，所有心理的、情感的和文化的需求都被无情的遏制。因为"个人一动感情，社会就难稳定"❶。在这一心理规训下：新世界的人们被剥夺了个人追求，异彩纷呈的个性不复存在，抱怨与不满在基因中已被剔除；甜蜜多姿的爱情荡然无存，取而代之的则是为生育繁衍而进行的性行为；文化生活与艺术欣赏变成了纯粹的感官刺激。新世界中为了稳定甚至发明了所谓的"睡眠教育"，在睡眠中通过长时间、多频次的思想灌输，对孩子们的心理进行规训：

> 主任沿着那一长排小床走去。八十个儿童沿床舒坦地躺着，轻柔地呼吸着，面孔红润，平静安详。每个枕头下都有轻柔的声音传来。主任停了脚步，在一张小床前弯下身子仔细倾听。
> "你说的是《阶级意识初步》吗？我们把声音放大点试试看"……
> 阿勒法孩子穿灰色……玫瑰花和电击，德尔塔们穿卡其色……
> 结果是：孩子们的心里只有这些暗示，而这些暗示形成孩子们的心灵，也是成年后的心灵——终生的心灵。❷

在世界国里，由技术极权产生的阿勒法种姓成为统治这个国家的极权者，通过科技的手段，世界国人们的物质生活得到了提高，但是人们的精神和心理世界无时无刻不受到极权统治的精神压制和心理规训。为了稳定社会，当权者要求新世界的人们"必须有人管——像枢轴上的轮子一样稳定的人，清醒的人，驯服的人，安于现状的坚定的人"❸。世界国的统治者过多地要求国家的安定，其超严格的心理规训使人们丧失了尊严、人性和道德良知，而且爱情和理想成为泡影。

综上，正如福柯所言，空间是任何权力运作的基础，权力机制在英

---

❶ 赫胥黎. 美妙的新世界 [M]. 孙法理，译. 南京：译林出版社，2010: 84.
❷ 赫胥黎. 美妙的新世界 [M]. 孙法理，译. 南京：译林出版社，2013: 28-30.
❸ 赫胥黎. 美妙的新世界 [M]. 孙法理，译. 南京：译林出版社，2013: 46.

国小说的空间书写中也无处不在。英国小说长达几百年的历史中，权力冲突和规训也一直是英国社会的突出矛盾。一些英国小说家关注英国及世界范围内的政治斗争和权力冲突，对殖民权力和极权统治尤为关切。他们善于发现权力的空间特性，并展现在小说的城市书写中，小说中的城市书写不仅仅反映出故事发生地和小说的创作背景，它还映射出文化的沉积、历史的积淀和社会权力运作机制。英国历史上的君主与教会、君主与议会之间的冲突与统治阶级与平民间的权力交锋沉积于千年的历史发展中，也必然成为英国小说的城市书写的情节要素。英国小说家通过城市书写中的权力话语和社会规训展现现代社会权力运行机制，阐释现代人们在这种机制下的生存状态。城市空间中的权力话语和权力规训艺术地融入小说叙事之中，小说家将城市空间书写打造成人物塑造和主题阐释的手段，丰富了英国小说的城市书写艺术。

第四章
英国小说城市书写的杂糅印记

　　城市书写中的杂糅印记强调城市空间叙事方法和城市空间中文化认同的矛盾和冲突。杂糅强调其书写方法与内容的混杂与冲突。随着英国工业革命的进程和城市化的快速发展，英国小说逐渐将创作内容转移到城市。到了19世纪晚期，英国小说在城市书写中逐渐吸收现代主义的创作手法，侧重展现现代西方社会的精神危机，他们发现传统的城市书写方法在揭示现代社会精神异化主题上，显得捉襟见肘。在这种背景下，一方面，一些现代主义小说家开始了城市书写方法的创新，他们借鉴了诸如戏仿、蒙太奇、拼贴画和元小说等现代主义和后现代手法，将这些方法在城市书写中与传统城市展现手法相互结合，形成城市书写中的杂糅。另一方面，在"二战"后特别是20世纪80年代以后，英国文坛涌现出一批少数族裔作家，这些小说家大多出生在英国前殖民地，随后在英国本土接受教育，并最终成为英国公民。这些少数族裔作家的城市书写大多围绕其少年时代生活过的"祖国"，或者围绕英国城市中的少数族裔群体而创作。这些作家对其原初文化城市的书写中总是流露出一种复杂、矛盾的情结，对原初文化的渴望与排斥并存，形成城市书写中文化认同的杂糅。

第一节　城市书写的叙事杂糅

一、小说中的叙事杂糅

杂糅最初是生物学术语，表示物种之间的繁殖生育杂交。随着19世纪特别是20世纪种族研究及文化研究的深入，杂糅成为学界一个含义颇丰的概念，通常被用来指涉社会、文化、语言等多层面的冲突与融合等现象。"杂糅就是一系列的思想、概念和主题，它们既相互支持又相互排斥。"❶ 即"将两种或以上的明显不同的要素混合成一种新的内容"。❷ 随着当代交叉学科研究的深入，杂糅也成为后现代语境下一个跨学科的文化批评的关键词。

小说中的叙事杂糅是指作者运用不同的叙事语言、文体或修辞技巧在文本中形成混杂共生的叙事艺术。早在20世纪上半叶，俄国批评家米哈伊尔·巴赫金（Bakhtin Michael）在研究了大量的欧洲小说后认为，小说中的语言和叙事并非完全一致，而是呈现一种"杂糅化"状态。巴赫金指出："杂糅化是在一个单独的言语范围之内两种社会语言相互混合在一起，由于它们的语言意识不同，而在言语行为中产生碰撞，这一语言意识的差异可能是由时代差异、社会差异或其他原因造成的。"❸ 巴赫金的这一理念为当代学术视野下的杂糅研究奠定了一定的理论基础。巴赫金据此分析了查尔斯·狄更斯《小杜丽》中的杂糅化现象，他指出在第33章的叙述中，小说的表层语言在叙述事件经过，但是作者巧妙地运用了语言的戏仿功能。

The conference was held at four or five o'clock in the afternoon, when all the region of Harley Street, Cavendish Square, was resonant of carriage-wheels and double-knocks. It had reached this point when Mr. Merdle came

---

❶ KRAIDY M. Hybridity or the Cultural Logic of GlobalizationM][Philadephia: Temple UP, 2005: vi.

❷ SEIBEL K. Hybridisierung Metzler Lexikon Literatur-und Kulturbeoie[C]// *Ansgar Nunning*. Stuttgart, Weimar: Metzler, 20004: 268-269.

❸ Bakhtin M. M. The Dialogic Imagination[M]. Austin: University of Texas Press, 2008: 358.

*home, from his daily occupation of causing the British name to be more and more respected in all parts of the civilised globe, capable of the appreciation of world-wide commercial enterprise and gigantic combinations of skill and capital. For, though nobody knew with the least precision what Mr Merdle's business was, except that it was to coin money, these were the terms in which everybody defined it on all ceremonious occasions, and which it was the last new polite reading of the parable of the camel and the needle's eye to accept without enquiry.*❶

《小杜丽》的城市书写主线建构在伦敦不同阶级的城市生活中。小说的城市空间除了马夏尔西监狱，还讲述了许多"上层人物"扭曲的城市生活。莫多尔先生是位伦敦的"金融家"，他在妻子莫多尔太太的蛊惑怂恿下，曾经一度成为商界"精英"，成为上层社会追捧的"奇才"。他为了迎合上流社会，总会装出一副优雅与高贵的样子，常常引出滑稽的效果，成为小说中伪善与堕落的代名词。狄更斯在这段叙事中运用了杂糅叙事，揭露了弥漫于城市生活空间中的那种"金钱的攫取欲"巨大的异化力量。在这段的开头，莫多尔使用了非常正式的词语和被动语态，将其所生活的伦敦城市空间戏谑地描写成"辉煌的"上流社会："The conference was held"。实际上只不过是莫多尔太太与另一位妇女之间的生活闲谈而已，却使用了非常正式的"conference"，这个词通常是指重要的官方会议，比如 1945 年制定联合国宪章的《旧金山会议》(*The San Francisco Conference*)。普通市民的见面称为"meeting"。为了凸显伦敦上流社会活动的主要空间——卡文迪什广场（Cavendish Square）和哈雷街（Harley Street）的熙熙攘攘和车水马龙，狄更斯运用了优美的修辞："车轮辘辘作响，马蹄顿挫声声，久久回荡"（resonant of carriage-wheels and double-knocks），并继续"过度"使用修辞烘托莫多尔先生"伟大的事业"——推动"不列颠在文明的世界广受崇敬"（British name to be more and more respected in all parts of the civilised globe）。然而，在这段城市景观的下半

---

❶ DICKENS C. Little Dorrit[M]. New York: Penguin, 2012: 625.

段，叙述者道出了莫多尔的伪善现实：莫多尔先生只是终日打响自己赚钱的小算盘。这几句冠冕堂皇的套话只不过是他唬人和壮门面的装饰而已，而且天长日久人们也知道他每逢正式场合总是拿出含有"世界文明"（the civilised globe）、"全球化商务"（world-wide commercial enterprise）、"技术与资本"（gigantic combinations of skill and capital）的语言来壮壮门面。至于他所说的话是否恰当、有没有人理解，则犹如《圣经》中"将骆驼穿入针眼"的寓言（the parable of the camel and the needle's eye）——绝不可能。两种反差强烈的文体在城市景观呈现中可谓泾渭分明。城市书写中的杂糅叙事，一方代表了小说中人物的意识，一方代表着作者的戏谑与反讽，在一段城市景观中，城市景观的辉煌与人物的贪婪虚伪形成强烈反差，城市景观中的富丽堂皇之词顿时显得荒诞不经，从而产生了叙事的杂糅。

  杂糅叙事是指在一段文字叙事中产生了两种相互矛盾或冲突的语义。叙述的语言除了其表面语义内容，其叙述文体或句法结构常常产生与内容相悖的叙述效果。《小杜丽》中前面的伦敦城市景观呈现的文体与后面揭露莫多尔"壮门面"事实的文体前后矛盾，形成叙事的杂糅。在叙事的开始，语言呈现的是一种庄重的文体，是一种"作者的语言"。接下来以隐含的方式引入"他人话语"，这段"他人话语"带有讽刺的韵味，是一种"虚伪的官场隆重演说体"。狄更斯戏仿地运用了"崇高的文体"，两种文体和内容的反差构成了城市书写的"杂糅"。巴赫金称之为"混合语式"，即一段话语"实际上是混合着两种话语、两种讲话习惯、两种风格、两种'语言'、两种表意和评价的视角"。❶ 伦敦城市空间中的杂糅叙事凸显了狄更斯在小说景观呈现中借助叙事和文体间的冲突和反差，形成小说城市书写的杂糅叙事。这种杂糅的城市书写方法通过语言文体的差异，凸显了城市化进程中人物扭曲的行为和心理，更重要的是丰富了小说的叙事艺术。

  应该说，城市书写中的杂糅和戏仿较少出现在维多利亚时期的英国小说中，由此也可看出狄更斯城市书写艺术的前瞻性。而叙事的杂糅是现代主义小说常用的技巧，这其中最经典的城市书写杂糅叙事艺术家当属詹姆

---

❶ 巴赫金. 小说理论 [M]. 白春仁，晓河，译. 石家庄：河北教育出版社，1998: 87.

斯·乔伊斯。乔伊斯的《尤利西斯》以布卢姆等三个人物一天的城市游历为主要内容展开城市书写，在小说的第 15 章，布卢姆晚间来到都柏林著名的红灯区，臆想自己身居高位，并在众多围观者中间发表了慷慨激昂的施政纲领：

*My beloved subjects, a new era is about to dawn. I, Bloom, tell you verily it is even now at hand. Yea, on the word of a Bloom, ye shall ere long enter into the golden city which is to be, the new Bloomusalem in the Nova Hibernia of the future.*❶

在昏暗的都柏林红灯区夜晚，布卢姆面对都柏林市民，宣读自己"宏伟远大"的施政纲领。这段演讲中，"My beloved subjects（亲爱的臣民）"是正式的文体，"a new era is about to dawn（新的时代要来了）"是口语文体；"tell you verily（与君实言相告）"中的"verily"则是古英语体，"ye shall（君等皆宜）"中的"ye"在古英语中表示"你们"，并且布卢姆（Bloom）运用了自造词"Bloomusalem"（布鲁姆撒冷）及拉丁语"Nova Hibernia（新爱尔兰）"，因此这一段"冠冕堂皇的演讲"实际上是杂乱语言和文体的"荟萃"，形成"众多的各自独立而不相融合的声音和意识"❷。城市中的红灯区与发布"施政纲领"融进一个空间，本身就是空间的杂糅。为了强化空间的挫败感和空间中人物的异化感，乔伊斯为这一空间书写注入了杂糅的语言文体。布卢姆的整段演讲在正式文体、口语文体和古语文体间不断转换，使之显得不伦不类、滑稽可笑，颇有点鲁迅先生笔下孔乙己满嘴的"之乎者也"的味道。小市民语言文体的杂乱与"施政纲领"的主题之间，"施政纲领"与都柏林红灯区之间形成反复、多维的反讽艺术效果，乔伊斯借助空间景观的杂糅叙事强化了小说荒诞的主题。

伴随着英国工业革命的进程，英国成为 19 世纪西方的头号强国，城

---

❶ JOYCE J. Ulysses[M]. Oxford: Oxford University Press, 2008: 457.
❷ 巴赫金. 陀思妥耶夫斯基诗学问题 [M]. 白春仁，等，译. 石家庄：河北教育出版社，1998: 29.

市化成为工业化进程的重要标志，城市也成为英国小说主要的题材之一。英国小说从早期的流浪汉小说、书信体小说、寓言体小说及维多利亚时期的现实主义小说，发展到20世纪的现代主义小说和后现代小说，在这几百年的发展历程中，城市小说主要是伴随着工业革命逐渐成长起来的文学题材。纵观英国城市小说的发展，杂糅主要体现在英国现代主义小说的城市书写中。一方面，在现代主义浪潮的冲击下，现代主义作家如詹姆斯·乔伊斯在创作手法上实现了叙事杂糅。在小说的城市书写中，不同的叙事手法如戏仿、拼贴等被大量运用到小说叙事中。此外对不同时期的历史事件、前人文本和历史文献的摘引、仿作构成现代主义小说城市书写的另一种杂糅特征，如乔伊斯对《荷马史诗》、报纸标题、音乐风格、文学史的仿作，以及 A. S. 拜厄特（A. S. Byatt）的《占有》（*Possession*）、约翰·福尔斯（John Fowles）的《法国中尉的女人》（*The French Lieutenant's Woman*）对维多利亚小说、诗歌和历史文献等的仿作。

在传统的叙事中，作者关注的是叙事的内容，即故事和事件，即在一段叙事中，语言、文字和文体所发出的声音是一致的、统一的。杂糅则是截然相反，是在一段叙事中，语言和文体发出的声音是相互抵触、碰撞甚至冲突的。传统的文学批评方法往往关注一部作品或叙事片断所含的叙事声音与叙事内容的统一性。但是在创作中，作者总会有意或无意间在叙事中植入不和谐的声音。这种现象在英国小说的城市书写中也经常出现。

18世纪的英国小说的城市书写总体上以传统的叙事方法为主，在主题方面也以伦敦等英国城镇为主要发生地。但是随着英国工业革命的完成及城市化的不断发展，19世纪以后的英国小说为了表现多姿多彩的城市生活，特别是20世纪的现代主义小说家开始尝试在传统的线性叙事基础上进行叙事手段的创新，他们开始借助蒙太奇、拼贴等现代叙事手法，同传统叙事手法共同展现城市景象，形成城市书写中的叙事杂糅。小说城市空间展现方式的杂糅主要体现为在一部作品中，多种空间展现相互交错、混杂在一起，但是这些杂糅的素材和方法又有着一定的统一性，这种统一性表现为通过展现城市空间和塑造人物共同揭示小说主题。如乔伊斯通过杂糅叙事展现城市生活中的异化，而狄更斯则要展现维多利亚时期城市的社会全景。这种叙事杂糅是小说家的整体空间展现策略，目的是在展现多维城市风貌的同时对人物进行个性化塑造，进而达到进一步深化小说主题的目的。英国小说城市书写中的叙事杂糅主要表现为两个方面，一是城市书写中蒙太奇式的杂糅，二是城市书写中话语模式的拼贴杂糅。

二、城市书写中蒙太奇式的杂糅

蒙太奇原指建筑构成方法，后来被广泛运用到电影的剪辑手法中，即"把两个或两个以上的场面切成一系列镜头连接在一起时，就可以说是创作了一个蒙太奇"。[1]摄影师利用蒙太奇手法，通过对几个不同空间影像的并列与交叉，对不同空间景象进行共时性展现，达到压缩或者扩延现实时间的效果，进而像文学家一样自如地操控时间和空间。蒙太奇作为一种小说叙事手段被应用于众多小说中，特别是多见于现代主义小说的叙事和空间展现中，作者往往将小说的叙事片段看作一段电影镜头，将这些叙事片段剪切连接在一起，形成"蒙太奇叙事"。蒙太奇叙事摒弃了传统叙事方式中段落之间的衔接性叙述，打破了传统叙事在时间和空间上的局限性，蒙太奇叙事在小说城市书写中的意义在于这种手法使作者拥有了极大的自由度，作者可以在一个有限的时间内，轻松自如地将城市景观、城市生活等片段按照自己的意愿穿插和连接，就如同一个旋转镜头一样，而不必在意视角、人物、时间和地点，进而高效、精准地展现出一个丰富多彩的城市生活全景。英国小说中的城市是一座万花筒，特别是英国现实主义小说中的城市书写，展现给读者的是一幅幅伦敦、都柏林等城市的"清明上河图"，他们将小说中众多不同的场景像一个个镜头画面一样切入和连接在一起，使之超越时空展现出一个共时性、多维度的城市空间。

在英国小说的城市书写中，小说家常常在叙事中同时借助现代主义和现实主义相互交错的时空叙事方法形成空间形式杂糅。这种空间形式杂糅是一部小说在城市书写中的空间展现模式或策略，它并非指一部小说内单独的、局部的、细节的景观描写，而是从一整部作品的角度出发，由两种

---

[1] 波布克. 电影的元素 [M]. 伍菡卿，译. 北京：中国电影出版社，1986: 275.

及以上完全不同的、甚至是相冲突、矛盾的空间展现方式混杂在一起。蒙太奇式的杂糅是指小说家在传统的线性空间叙事模式的基础上，混杂进现代主义的蒙太奇叙事技巧，这些文本叙事有时呈现出复合、碎片或者交织状的异质性状态，有时会呈现出明显的人为拼装痕迹。但是这种异质性却有着内在的统一性，是作者叙事策略重要的一环——通过这种蒙太奇式的杂糅展现小说城市空间的内涵。在英国小说城市书写中，这种蒙太奇叙事往往不占据小说叙事的主体，而是作为一种传统的城市景观呈现方法的辅助叙事方法。换言之，在一部小说的城市书写中，空间方法中的杂糅体现在传统景观展现与蒙太奇叙事的混杂之中。在传统的景观展现中，小说家多以线性叙事展开城市生活的纵向发展，而蒙太奇叙事则展现横向、并列和多维的城市生活空间。

在英国文学研究中，研究者大多关注蒙太奇作为一种现代主义叙事手法广泛存在于现代主义文学，但是细心的研究者发现，蒙太奇并非为现代主义或后现代文学所"垄断"，在英国现实主义文学作品中，在维多利亚时期的文学作品中可以寻觅到蒙太奇叙事的影子。在狄更斯早期的小说《博兹特写集》(*Sketches By Boz*)中，小说的城市书写中运用了蒙太奇式的叙事杂糅。这部小说分为四部分，分别是"我们的教区""场景特写""人物""故事"。其中小说的第一、三和四部分的城市书写中狄更斯沿用了其一贯的第一人称叙事，按照时间顺序以传统的线性叙事展开小说的故事情节。小说的第一部分主要展现了主人公少年时代生活的社区，第三和第四部分讲述了多个人物的城市故事。其城市书写按照时间发展顺序，呈现出伦敦的城市景观和城市生活。

但是在《博兹特写集》第二部分的"场景特写"中，狄更斯明显打破了这种线性的城市空间展现方式，运用了蒙太奇城市书写手法。虽然蒙太奇是20世纪20年代才出现的一个现代主义文化术语，但是这一叙事技巧在狄更斯小说中已经出现，比乔伊斯的《尤利西斯》早了近90年，可见蒙太奇并非现代主义小说的"专利"。实际上，狄更斯在《雾都孤儿》第十七章开头以"舞台场景更迭"为名，对这种早期的蒙太奇作了某种说明："场景的更迭方式看起来似乎荒谬，但实际上并非人眼所观察的那般

不入情理……场景的突变、事件和地点的骤换，不仅在书中长期相沿成习，而且被许多人视为大手笔的表现方式。"❶

《博兹特写集》第二部分共分为 25 章，每章作为一个相对独立的叙事内容展现一个独立的城市景观。城市空间中的人物、主题、行为迥然有异，各自叙述着彼此毫无关联的故事，呈现杂糅的城市景观。这部分如第一章《街头晨景》："我们在其他时候惯常见到的挤满匆忙、急切的人群的街道都是静悄悄的；整天熙熙攘攘一片忙碌的房子这时也寂无人声；这种冷落、孤单和凄凉的气氛给人留下了十分深刻的印象。"❷ 如第五章《七街日暮》："是伦敦著名的一处贫民区，又是条简陋的小巷，因此得名"。如第二十三章《当铺》："伦敦街头不幸充斥着无数贮藏悲惨和贫困的场所，其中，也许没有哪一个具有在当铺中所见到的那种触目惊心的贫穷和罪恶景象了"。❸ 如第二十四章《刑事法庭》："我们永远不会忘记我们牛仔学生时代怎样常常怀着又害怕又尊敬的心情凝视着纽盖特监狱的外部……我们老是纳闷，处在法庭对面停车处的出租马车车夫们，面对这样的恐怖怎么还能开玩笑，而且能把一壶壶的淡烈相掺的酒几乎喝到最后一滴。"❹ 如第二十五章《访问纽盖特监狱》："夜晚又黑又冷，狱门都打开着，霎时间，他来到了街上，像风似的飞离了他被监禁的场地……他此刻又是一个犯了罪而无望的死囚，而且再过两个小时就要离开人间了。"❺

在《博兹特写集》第二部分的 25 章的城市书写中，狄更斯打破了传统的以时间为轴的线性叙事策略，转而以空间为基点将伦敦不同街区的场景，以并置的方式将不同人物和场景的城市空间杂糅在一起，伦敦不同街道场所内的景象、人物活动和风土人情被细致入微地展现出来，读者仿佛可以闻到贫民区街道的气味，感觉到业余剧场里人们呼吸的气息，以及监狱和法庭的压迫感等世间万象。狄更斯的这种蒙太奇式的杂糅空间展现形

---

❶ 狄更斯.雾都孤儿[M].方华文，译.南京：译林出版社，2012：119-120.
❷ 狄更斯.博兹特写集[M].陈漪，西海，译.上海：上海译文出版社，1998：57.
❸ 狄更斯.博兹特写集[M].陈漪，西海，译.上海：上海译文出版社，1998：206.
❹ 狄更斯.博兹特写集[M].陈漪，西海，译.上海：上海译文出版社，1998：215.
❺ 狄更斯.博兹特写集[M].陈漪，西海，译.上海：上海译文出版社，1998：233.

式以立体的视角展现了一幅丰富的城市生活画卷，融入伦敦城市化进程的生活印记。狄更斯在《博兹特写集》的前言中表达了对这种反传统、杂糅的空间展现方法的看法，将这种蒙太奇叙事技巧喻作"高空气球驾驶员"（Balloon Pilot）般的视角，得以从空中俯视整个伦敦城的全景。狄更斯在1850年出版的前言中再次自诩道，"丝毫未经过加工和提炼，思路混乱并且呈现一种新手的潦草制作的痕迹"。❶狄更斯借助这种蒙太奇式的杂糅，"通过与线性叙事的对立，运用意象与文本的交锋，七街日暮中工人阶级的喧嚣嘈杂与沃克斯霍尔花园中中产阶级的花天酒地形成了对立和冲击"❷，杂糅的蒙太奇叙事成为狄更斯伦敦城市书写阐释小说主题的重要手段。

狄更斯之所以抛弃传统的空间展现方式而采用蒙太奇式叙事杂糅的原因之一是，这部小说最初是以连载的方式在当时伦敦流行的《晨报》（Morning Chronical）和《晚报》（Evening Chronical）等报纸杂志上发表。蒙太奇式叙事杂糅可以弥补传统第一人称叙事的视角局限，扩大第一人称叙述视角。这种蒙太奇式的空间展现方法极大地拓宽了传统线性空间的视野，弥补了传统景观展现的不足，并可以根据读者的反应随时更换视角。《博兹特写集》的城市书写不再遵循维多利亚时期传统的叙事手段。尽管"蒙太奇"是现代主义绘画和电影剪辑艺术的术语，但是狄更斯不愧为英语语言大师，具有高超的艺术慧眼。"尽管在狄更斯的那个年代，还没有出现'蒙太奇'这一术语，或者说作家还没有意识到将电影中的艺术手法借鉴到文学创作中来，我们姑且称之为'朴素的'蒙太奇技法，但是，狄更斯在这部小说近1/3的篇幅中，的的确确将蒙太奇这一空间展现手法运用到了极致。整部作品就像一部哀婉的短篇故事集，形式上互不搭界、情节松散，它运用新闻报道的形式展现了伦敦的监狱、二手服装商店、私人剧院、法院、杜松子酒馆、街道拐角、当铺、露天市场、游乐园

---

❶ DICKENS C. Sketches by Boz: Illustrative of Every-Day Life and Every-Day People[M]. London: Chapman and Hall, 1850: 11.

❷ CORIALE D. Sketches by Boz, So Frail a Machine[C]//KENOEPFLMACHER U.C, BROWING L.D. Victorian Hybridities. Baltimore: The Johna Hopkins UP, 2010: 64-65.
七街日暮是伦敦有名的贫民区。

和出租马车站等25处场景。这种（叙事）混杂挑战了那种线性的叙事过程，尽管狄更斯努力在叙事中加入了各种设计。"[1] 蒙太奇空间展现混杂进传统线性叙事之中，所产生的叙事杂糅增加了小说空间书写的社会文化信息，这种叙事杂糅模式展现出一幅生动、多维、全景的伦敦城市书写，帮助读者快速理解伦敦"清明上河图"式的城市空间。

蒙太奇式的杂糅叙事作为城市书写方法主要出现在英国现代主义小说中，又以乔伊斯和伍尔夫的作品最为突出。乔伊斯对都柏林城市书写的蒙太奇展现出现在《尤利西斯》中的第10章，乔伊斯最初的设想中并没有这一章，"他决定加一章荷马史诗中没有的内容，即《游岩》一章，这章是根据阿古斯塔德航行写成的，其目的是将都柏林这座城市更全面地展现在读者面前，并且聚焦于都柏林这座城市而非人物斯蒂芬与布卢姆身上"。[2] 小说城市书写在这一章通过19个镜头记录了布卢姆下午3点至4点之间在都柏林街头的游逛，分别描绘了形形色色的人物在都柏林不同地方的活动。乔伊斯将这19个镜头所记录下的都柏林不同角落所发生的事件以电影镜头的方式并置在一起，构成一个小时之内都柏林城市空间所上演的一幕幕戏剧，并且镜头中的人物复杂纷乱，地点和事件差别迥异。虽然乔伊斯与狄更斯分属两个不同的时代，相差近70年，但是两位文坛巨匠在杂糅叙事中实现了跨越时空的"共识"，同狄更斯在《博兹特写集》中采取的空间策略相一致，这种蒙太奇式的空间杂糅，恰恰弥补了意识流及其他空间展现方式的不足，将同一个时间内不同的人物在不同地点的"活动"拼贴在一起，利用空间并置的方式全景式将都柏林展现给读者，正是这种城市书写中蒙太奇式的杂糅彰显出都柏林社会支离破碎的异质性特征，凸显了都柏林社会的精神异化。乔伊斯研究学者舒尔茨认为"《游岩》一章中，每个片段都展现了都柏林一个细小生活侧面的支离破碎"。[3]

城市书写的蒙太奇杂糅叙事在戴维·洛奇（David Lodge）的《好工

---

[1] CORIALE D. Sketches by Boz, So Frail a Machine[C]//Kenoepflmacher, U.C. and Browing L.D. Victorian Hybridities. Baltimore: The Johna Hopkins UP, 2010: 56-85.

[2] ELLMAN R. James Joyce[M]. New York: Oxford University Press, 1983: 452.

[3] SCHWARZ D.R. Reading Joyce's Ulysses[M]. London: The Macmillan Press, 1987: 198.

作》(Nice Work)中也被运用得恰到好处。小说以主人公在利兹的生活为背景，以线性的城市书写为主，但是在展现不同人物的城市生活时，则采取了蒙太奇式的叙事手法。小说第一章展现了主人公维克多的城市生活："一九八六年一月十三日，星期一。维克·威尔科克斯醒来以后在黑沉沉的卧室里躺着，等着他的石英钟呼叫。"❶紧接着在第二章介绍了第二位人物的城市生活片断："好啦！让我们暂且撇下维克·威尔科克斯，在时间上推后一两个钟头，在空间上返回几英里路程，去见一个截然不同的人物。我感到十分尴尬的是，她本人是一个并不相信'人物'这种概念的人物。"❷"在这阴暗的一月份的星期一，罗玢比维克起床稍晚一点。她的闹钟在七点三十分把她从沉睡中闹醒……她在差不多33年前出生在澳大利亚的墨尔本，罗玢的童年非常舒适。"❸

现代主义小说家弗吉尼亚·伍尔夫的蒙太奇城市书写精彩地呈现在《达洛维夫人》中，伍尔夫首先将小说的城市书写划定在某个上午伦敦的城市景观，有两条空间线索，一条是达洛维夫人在花店购买鲜花及随后的街道漫步；另一条空间线索是史密斯在公园的精神失忆。两条线索成为两个人物在伦敦空间相互并置、重叠的蒙太奇城市书写叙事主体。两个人物所游走的城市空间、内心思绪及意识流的回忆相互交叉并置在一起，展现出两个人物内心世界的失落、彷徨与迷茫。相互并置的城市空间景观在伍尔夫的小说中形成蒙太奇式的城市书写，叙述内容和内心思绪的杂糅与蒙太奇叙事相得益彰，通过城市书写的杂糅形式与叙述内容的杂糅，阐释小说精神危机主题。与伍尔夫的城市书写手法接近，乔伊斯的《都柏林人》中都柏林城市空间同样利用蒙太奇式的叙事杂糅模式展现了15个人物在15篇故事中的城市漫游。蒙太奇式的空间叙事杂糅将原本一个个"各自为政"的城市景观片段并列在一起，凸显都柏林城市生活中支离破碎的精神危机主题。

文学作品的城市书写中的蒙太奇叙事杂糅，在形式上不再遵循传统的

---

❶ 洛奇. 好工作 [M]. 蒲隆，译. 上海：上海译文出版社，2007: 1.

❷ 洛奇. 好工作 [M]. 蒲隆，译. 上海：上海译文出版社，2007: 33.

❸ 洛奇. 好工作 [M]. 蒲隆，译. 上海：上海译文出版社，2007: 79.

单一的空间展现方法，叙事技巧的杂糅丰富了小说城市书写的展现手段。在现实主义小说中，叙述者可以利用蒙太奇式的叙事杂糅打破传统叙事空间的局限，展现同一时刻或时段空间的多维性，在叙事中展现一幅立体的"清明上河图"。在现代主义和后现代小说中，不同城市空间所发生的故事并置在一起，故事内容的嘈杂、纷乱、无厘头凸显了人物在城市生活中的窘态、迷茫和失落，成为小说家揭示主题的艺术手段。

三、城市书写中的拼贴式杂糅

城市书写中的拼贴式杂糅体现为传统线性叙事与拼贴画叙事模式的混杂。拼贴（collage）是立体派画家常用的一种技法，他们一反传统的透视法则，将现实世界描绘成支离破碎的点与面的集合，进而凸显平面中的立体感。传统的绘画强调从固定不变的视角出发所得到的单一的画面，而立体派中的拼贴画则强调从不同视角获得的众多画面，并将这些画面并置在一起，形成多角度融合的瞬间画面。如著名画家巴勃罗·毕加索（Pablo Picasso）的《亚威农少女》（*Avignon Girl*），画中人物的头、眼睛、鼻子等同时以侧面或正面的形象出现，5个人物简约成独立的几何形状。因此立体派画家并不是对客体进行直接临摹，而是强调主体从不同角度得到的对客体的感悟。

现代主义小说家从绘画等艺术中汲取了灵感，在文学创作中寻求标新立异的叙事技巧，阐释现代社会的精神世界。文学作品中的拼贴画叙事是指作品中原本的时空关系和叙述模式被打破，转而运用各式各样的话语模式进行叙事，这些话语模式包括报纸片断、新闻报道、历史文献、书信日记或诗歌韵文，有的作品中甚至采用了菜单、病历乃至一些音乐符号等。在现代主义艺术的影响下，小说家们不再以线性的顺序勾勒小说世界，而是把现代人的精神世界通过不同人物，以不同的视角和话语模式展开，然后像立体派画家的创作一样，将这些从不同角度透视而来的异质的素材，按照一定的模式并置在一起，最终形成一个有机的整体，使读者读起来恰似一幅拼贴画。作者正是在小说的城市书写中借助多维的叙事手段，通过叙事杂糅进而更好地进行人物刻画和主题阐释。这种拼贴式叙事杂糅一般出现在现代主义和后现代主义小说中,其中代表性的作品包括乔伊斯的《尤利西斯》、多丽丝·莱辛的《影中漫步》(*Walking in the Shade*)、D. M. 托马斯的《白色旅馆》(*White Hotel*)、戴维·洛奇的《小世界》、拜厄特的《占有》等小说。

在英国城市小说中,以意识流为叙事特点的当属乔伊斯这位现代主义小说的早期开创者。乔伊斯在创作中大多以都柏林为创作背景,他以前所未有的创新技巧打破了几百年来英国小说的城市书写模式,采用了拼贴式杂糅的叙事手法。乔伊斯在其作品《尤利西斯》的城市书写中将拼贴式杂糅可谓是运用到了极致。首先《尤利西斯》中的拼贴叙事可分为两个层次,分别是动态拼贴和静态拼贴。前者表现在 3 个主要人物相互独立又相互关联的意识活动由始至终贯穿着整部作品,形成一幅动态的拼贴画,从而勾画出都柏林的精神画卷。静态拼贴则表现在作者将不同的叙述片段以标题的形式并置在一起,这种纷乱的形式凸显精神异化的本质。乔伊斯正是通过这种城市书写中的拼贴式叙事形成城市空间的杂糅,不同的人物、主题和思想并置在一起,形成嘈杂的多声与复调,凸显了疏离异化的现代社会。

《影中漫步》是多丽丝·莱辛早期以伦敦为背景创作的小说。小说的城市书写主要聚焦在 20 世纪 50 年代的伦敦,并以主人公在伦敦的生活轨迹为情节主线。小说的城市书写以主人公在伦敦的不同时期的几处位于"丹柏路""肯辛顿教堂街""沃维克路"和"朗翰街"的居所为框架,并作为章节题目展开叙事。与乔伊斯等小说家不同的是,莱辛在作品中将关注点放在了时局和实事的弊端之上,主要关注艺术创作、女权运动等,而这些分别以文件讲稿、新闻报道、往来书信、诗歌作品、名家日记等"异质素材"形式拼贴在一起,形成一幅立体派的拼贴画。莱辛小说中用来拼贴的"异质素材"可谓五花八门,小说的拼贴艺术不亚于詹姆斯·乔伊斯《尤利西斯》城市书写中的拼贴叙事。莱辛在这部小说中为了凸显战后伦敦城市生活中所体现的世界思潮变化的"真实性",在小说的每一章城市书写的开头都会插入日记、文学作品、历史文献或政治文稿:

知识分子与宣传

尖刻的联合会

沃克劳，8 月 27 日——今天，苏联作家亚历山大·法迪耶夫那充满敌意的开幕日演说仍继续扰乱着世界知识分子联合会；他在这篇演说中，对美国的帝国主义和西方文化中的某些方面进行了政治性攻击。❶

莱辛以书信、诗歌、日记等形式组成的拼贴式的杂糅将完整的城市景观和生活片断割裂开来，凸显了形式和内容的异质性，形成碎片化的城市书写，揭示出城市生活的异化状态。莱辛的《影中漫步》甚至包括元小说的因素，如作者会在小说中介绍以前作品的出版过程及目前的写作进展："我的第一篇小说的手稿《野草在歌唱》已经卖给了约翰内斯堡的一个出版商，他告诉我出版这本书需要很长一段时间……现在，在伦敦，我应该写什么呢？"❷元小说艺术是指现当代小说家为了"提升"叙事内容的"真实性"，常常在小说文本中有意或专门揭示小说的创作过程、思想或艺术方法。拼贴与小说文本故事之间形成反差，更加强化了小说拼贴所产生的杂糅艺术效果。

拼贴叙事成为当代英国小说杂糅城市书写的重要艺术手段。A.S. 拜厄特是 20 世纪英国文坛著名的小说家，其作品《占有》同多丽丝·莱辛的《影中漫步》一样采用了多层、多维度叙述模式。小说的城市书写没有呈现狄更斯式的全景展现或统一线性模式，而是以书信、日记、诗歌、笔记、书稿等多种形式并置在一起，形成拼贴式的杂糅。小说故事情节以主人公罗兰在伦敦图书馆查阅资料开始，在他不经意间发现了诗人鲁道夫·艾许的信件后，小说的叙事并列在两条历史时空之间。一条是 20 世纪的当代，一条是维多利亚时期的 19 世纪。在整部作品中小说以伦敦为背景，城市书写可以看作小说的时空轨迹。《占有》的城市书写中展现了图书馆、博物馆、购物、漫游、聚会、酒吧、教堂、墓地等大量的城市生

---

❶ 莱辛. 影中漫步 [M]. 朱凤余, 译. 西安：陕西师范大学出版社, 2008: 49.

❷ 莱辛. 影中漫步 [M]. 朱凤余, 译. 西安：陕西师范大学出版社, 2008: 4.

活场景，但是小说的城市书写被大量杂乱的拼贴材料分割成一个个的叙事片断，凸显了话语形式的异质性。拼贴材料的异质性与小说城市景观的嘈杂在主题阐释上形成相得益彰的艺术整体。

拜厄特是当代英国小说家，她的作品旨在探寻当代社会的文化困境。小说《占有》(*Possession A Romance*)第一章以"伦敦图书馆的发现"为题展开了城市书写的序幕。拜厄特的城市书写不同于维多利亚时期的狄更斯，其目的并非展现一个伦敦城市景观的"清明上河图"，而是通过这种相互差异化的文体形式和城市空间的拼贴来展现。城市书写中拼贴式的杂糅，使读者在长达几百页的叙事中很难构建起一个完整、精细的伦敦城市图景，凸显了城市书写的碎片化特征。阐释了社会与文化的杂糅。

> **线索**
>
> 昏暗之处
>
> 尼德豪格，鳞片灰黑，匍匐而行，
>
> 巨树之根，啃噬建穴
>
> 蜷居纷乱迷宫，栖息为生
>
> ——R.H.艾许：《北欧众神之浴火重生》第三卷
>
> 第二天早晨，罗兰骑着自行车去了布鲁斯贝利。他离家出门非常早，而瓦尔那时正在为工作日的那张脸化妆。五英里长的车流，如蠕虫一般臭气熏天，危机四伏，罗兰骑车上了普特尼大桥，沿着河堤，穿过议会广场。❶

《占有》第三章在展开罗兰骑车到布鲁斯贝利（Bloomsbury）的城市书写的景观中，借用了艾许（Ash）的诗歌，从文体到叙事内容形成一种异质性的拼贴效果。一边是诗歌的朦胧，一边是臭气熏天的城市街道。不仅如此，这部小说的城市书写聚焦伦敦不同街区的城市景观，每一章都要加入某部文学作品的章节、日记或者文献，形成城市书写嘈杂的异质性。

英国华裔作家毛翔青小说的城市书写主要展现了中国城市中的盎格

---

❶ BYATT A.S. Possession A Romance[M]. London: Vintage, 1991: 53. 译文为笔者自译。

鲁-撒克逊人的生活或者英国伦敦城中唐人街的城市生活。在小说中，毛翔青也深受现代主义和后现代叙事艺术的影响，小说城市书写常常借用拼贴叙事技巧，在城市书写中产生杂糅的叙事效果。毛翔青的《孤岛占有》（An Insular Possession）创作于1986年，小说数次获得英国布克奖提名。这部小说的城市书写以19世纪的广州为主要发生地，在文化方面，小说故事情节并没有聚焦中国人的文化传统，反而聚焦两个美国人在广州开办报馆的工作和生活。为了凸显广州城市书写的杂糅特征，毛翔青在许多章节直接拼贴一些报纸新闻、标题等内容：

> 现在水银温度计达到了华氏90度以上，但是广州的市民无须提醒，闷热的天气与温度计的高低幅度无关。在任何其他情况下，科利奇医生在奈皮尔爵士的领导和安排下，他可能会在澳门逗留，以收集残疾人士的健康资料，但对于奈皮尔爵士来说，离开他现在的地位，在中国人的眼里无异于承认失败。在这里我们祈祷并希望有更好的消息。
> 引自1834年9月25日《广州箴言报》❶

在《孤岛占有》的许多章节中，毛翔青为了凸显两位美国人沃尔特·伊斯曼（Walter Eastman）和吉登·切斯（Gideon Chase）在广州办报馆的"真实"经历，在城市书写中有意拼贴一些当时的新闻和报纸消息等材料。在小说中，《广州箴言报》（Canton Minor）每隔数日或一周的新闻和消息就会出现在小说的故事内容中。换言之，毛翔青将两个美国人在广州办报馆的经历与报纸新闻相融为一体。一方面，拼贴城市书写的报纸消息和标题增强了小说故事层面"办报馆"的真实性与可信度；另一方面，这种拼贴在小说中形成城市书写的杂糅叙事，毛翔青借助这种新闻报纸的拼贴在故事与现实之间形成模糊性，凸显了城市空间材料拼贴的杂糅，降低了现实与故事之间的界限，增强了读者对发生在19世纪的广州城市生活中两位美国人传奇经历的好奇，同时这种叙事也丰富了毛翔青的城市书

---

❶ Mo T. An Insular Possession[M]. London: Paddleless Press, 2002: 55.

写艺术手段。

英国城市小说先后经历了 18 世纪的书信体小说、流浪汉小说、司各特的"历史小说"、维多利亚现实主义小说及 20 世纪后期的元小说等，体裁多种多样。19 世纪末随着现代主义文学的崛起，一些小说家突破传统线性叙事和空间书写模式的惯例，不再遵循传统叙事技巧中的统一原则，在城市书写中融入一些现代主义的话语模式，如意识流与传统话语模式的共存；历史话语模式同当代故事情节模式的并存，以及在叙事话语中混杂进各式各样的外来语模式，进而形成杂糅的语言和文体形式。城市书写中的叙事杂糅体现了小说家对城市空间多维的叙事艺术，英国小说在城市书写中借助蒙太奇式的杂糅和拼贴式的杂糅突破了空间书写模式的局限，清晰地诠释了英国小说家多维的城市书写艺术。杂糅是现代叙事与城市书写的艺术融合与发展，既是城市书写的叙事手段，同时也是小说家借助杂糅阐释主题的艺术手段。

第二节　城市书写的文化杂糅

一、当代文化认同与杂糅

杂糅作为后现代视野下的核心关键词，在当代语境下体现的是一种文化的混杂、融合与交锋并存的状态。文化杂糅主要表示种族和族裔多元化状态下的文化共生状态，一个社会不同族裔或族群的多元文化融合。米哈伊尔·巴赫金、爱德华·萨义德和霍米·巴巴（Homi Bhabha）等学者和批评家都曾对杂糅作过较为系统的理论阐释。在小说文本中，西方和东方呈现出白与黑、"文明"与"未开化"的二元对立，进而成为文化认同的标志。但是，随着全球化的发展和深化，批评家逐渐发现西方与东方的二元对立正在转变为相互融合的过程。尤其到了 20 世纪后 20 年，随着流散文化和移民的不断融入，东西方社会的交流不断加强，文化认同中的二元对立正在变成你中有我、我中有你的杂糅。爱德华·萨义德在《文化与帝国主义》中指出："所有的文化都交织在一起，没有一种是单一的、单纯的。所有的都是混合的、多样的、极端不同的。"❶ 作为后现代文化的标杆，文化杂糅颠覆了西方宗主文化的权威性和欧洲中心主义的优越感，在全球化语境下文化愈发呈现一种融合和混杂的状态，"各个文化彼此之间太过混合，其内容和历史互相依赖、掺杂，无法像外科手术般分割为东方和西方这样巨大的、大多为意识形态的对立情况"。❷ 霍米·巴巴是当代后殖民批评领域内的三剑客之一，对文化的杂糅有着切身的体会和理解。他与萨义德的看法不谋而合，认为东方文化与西方文化的对抗越来越暗淡，日益呈现文化杂糅。霍米·巴巴认为杂糅不再关注二元对立的文化认同，而是一种文化认同的困惑。"既非己也非彼（自我或他者），而是彼此之外的某物"❸，即文化的杂糅，"杂糅包容了差异性，而排斥那种想当然的或者强加的等级观念"。❹

在论述城市空间的杂糅时，霍米·巴巴提出的第三空间为文化研究中空间的认识提供了有效的方法论。简而言之，空间不再被看作同一介质和高度统一性的媒介或场所，颠覆空间作为"过去历经确认的、作为一种同质性的、统一性的文化认同"。❺ 在当代文学作品中的城市书写是一种"矛盾的、模糊的空间"。❻ 文学作品的城市书写中的文化杂糅主要表现在英国少数族裔文学作品中，特别是亚洲、非洲和南美洲到欧洲生活定居下来的流散作家。由于流散作家特殊的身份，其往往对原初文化，即自己的"祖国"有着某种强烈的向往，但是与此同时，由于其长期生活在西方文化的氛围中，流散作家又难免戴着"宗主国"的有色眼镜去观察和审视东方，因此在这些作家笔下的文化认同总是呈现一种杂糅特征。具有明显的杂糅性，这一点尤其体现在英国小说的城市书写中。

伴随着英国的工业革命和城市化进程，城市逐渐成为英国小说的题

---

❶ 萨义德. 文化与帝国主义 [M]. 李琨，译. 北京：生活·读书·新知三联书店，2003: 22.
❷ 萨义德. 知识分子论 [M]. 单德兴，译. 北京：生活·读书·新知三联书店，2002: 3.
❸ BHABHA H. The Postcolonial Question: Common Skies, Divided Horizons[M]. London: Routledge, 1996: 28.
❹ BHABHA H. The Location of Culture[M]. New York: Routledge, 1994: 4.
❺ BHABHA H. The Location of Culture[M]. New York: Routledge, 1994: 37.
❻ BHABHA H. The Location of Culture[M]. New York: Routledge, 1994: 37.

材和背景地。20世纪80年代，英国少数族裔小说家开始崭露头角，"英国出现了一大批跨越两种文化或多种文化的小说家，他们的作品融合了多维文化传统和经历"。❶这些英国少数族裔作家大多出生在英国的殖民地，他们在那里度过童年，长大以后生活在英国并在英国本土接受教育，他们逐渐融入宗主国的社会中并开始了文学创作。少数族裔作家往往是大英帝国的边缘人物，正是由于作家漂泊的人生经历，他们的小说对祖国都有某种特别的情感，他们致力于追寻自己的民族之根，少数族裔作家的作品对空间有一种特殊的关注，即"祖国"成为少数族裔作家小说中的空间关注点。

亚洲和非洲及拉美的异域城市成为少数族裔作家的主要空间背景，他们的城市书写在一定程度上丰富了英国小说的城市书写构成，向英国读者呈现出异域文化色彩的城市空间。然而作为英国公民，少数族裔作家多年来在英国受教育和生活已经使他们融入了英国社会中，根深蒂固的欧洲中心主义思想使这些作家在城市书写中潜移默化地印记下"宗主国思想意识"。迈克·克朗曾指出："东方和西方不仅仅是字眼、名称，而是用来建构身份属性，并能够形成领土的专属名词，西方通过审视东方构建自我，这些领土也只有在西方的审视下才被凸显出来，而东方只有通过这种审视才得以存在。"❷因此，少数族裔作家作品中异域的城市空间或者少数族裔居住的城市空间，经常不可避免地披上一层"他者"色彩。一方面，英国少数族裔作家对民族文化认同有着天然的向往，成为其作品聚焦异域文化的内驱力；另一方面，英国少数族裔作家城市书写中的文化认同难以根除其宗主国意识。二者叠加在一起，少数族裔小说不再简单地显现为东方与西方、自我与他者的二元对立，而是越来越呈现出杂糅的特征。

20世纪后期，英国社会的种族多元化进程进一步加快，来自亚洲、非洲和南美洲的少数族裔大量进入英国社会，并形成各自的生活社区。与此同时，少数族裔作家也开始在英国文坛崭露头角。这些作家的作品在城

---

❶ BRADBURY M. The Modern British Novel 1878-2001[M]. Beijing: Foreign Language Teaching and Research Press, 2005: 473.

❷ CRANG M. Cultural Geography[M]. London: Routledge, 1998: 61.

市书写中不再关注英国主流社会，而是关注自己的祖国或者英国的少数族裔社区，如印裔作家关注在英国的印裔社区、华裔作家关注伦敦的唐人街等，正是由于这些少数族裔作家的流散身份，他们小说的城市书写中往往具有鲜明的文化认同杂糅的特征。英国当代小说的发展恰逢英国多元文化迅速发展与融合阶段，大批少数族裔作家的创作增强了英国文学的多元文化特征，与此同时，英国小说中的城市书写愈发呈现杂糅的文化认同特征。一方面是少数族裔作家作品中留有自身族群文化无法磨灭的标记，另一方面是不列颠文化与民族文化的融合过程中的交锋与冲突在所难免，形成文化认同的杂糅，也清晰地印记在城市书写中。

二、城市书写中的文化杂糅：认同之根

英国小说城市书写中的文化认同杂糅主要出现在英国少数族裔作家的作品中。这些少数族裔作家成名之前，一直处于主流社会的边缘，在英国社会难以得到认可；而另一方面他们又远离自己的原初文化，即使有些作家生活在英国的少数族裔社区，原初文化也是居于次文化地位。因此这些少数族裔作家实际上是处在主流文化和原初文化之间的中间地带，或者说是两种文化的边缘交叉地带。他们游离于主流文化身份之外的这种状态恰恰符合霍米·巴巴在《文化的定位》中提出的"第三空间"，也就是"既不仅仅属于自我，也非仅属于他者，而是居于两者中的一个中间地带，混杂着两种文化特征"。[1]

文学作品城市书写中的杂糅表现为对城市空间景观的一种文化、身份的再认识和重新评判，杂糅在广义的后现代语境下是一种文化现象，它不仅可以指话语模式，如前一节所论述的空间的蒙太奇、拼贴、戏仿等叙事模式的混杂。因此，小说城市书写中的文化认同杂糅是一种"杂混的产物，既不是高声的殖民统治者的权威，也不是无声的土著传统压迫"。[2] 城市书写中的杂糅是指在一部小说的城市书写中被融入文化认同的印记，并且在这些城市空间中身份并没有呈现简单的"欧洲中心主义"，以及简单

---

[1] BHABHA H. The Location of Culture[M]. New York: Routledge, 1994: 28.

[2] BHABHA H. The Location of Culture[M]. New York: Routledge, 1994: 112.

的东方和西方的区别，而是一种混杂的文化认同，即城市空间既表现为对东方文化的向往，同时又有作者对东方文化的排斥与距离感，是"从少数族裔的视角，对社会差异的一种表达展现方式"。❶

杂糅文化语境下，英国少数族裔作家对原初文化及孕育其原初文化的祖国有着一种强烈的渴望和冲动，这种渴望和冲动体现在两点，一方面他们的作品将原本边缘的域外城市推向了文学的中心，出现了一批以亚洲、南美洲等异域城市为特色的域外城市小说。另一方面他们在作品中关注自己的文化之根，致力于追寻自己的民族之根，在对域外城市书写中刻记下深深的文化认同感。

20世纪80年代英国亚裔小说逐渐在英国少数族裔文学中崭露头角，亚裔小说的兴起得益于"二战"后英国工党政府推行的福利国家政策。一方面，这种政策鼓励和刺激了英国前殖民地及亚洲民众到英国移民；另一方面，由于教育政策惠及普通百姓，使得这些移民可以接受英国大学教育，并得益于英国政府大力推行普及的文化和艺术教育。一些亚裔佼佼者纷纷进入英国名牌大学接受英式教育，为英国亚裔小说的兴起奠定了文化和智力基础。

这批亚裔作家大多获得过英国布克奖提名，其中多人荣膺此奖。21世纪以来，先后有两位亚裔小说家荣获世界文坛最高奖——诺贝尔文学奖，他们分别是2001年度诺奖得主印度裔作家维·苏·奈保尔和2017年度诺奖得主日裔作家石黑一雄。这一时期，英国的亚裔小说开始受到更多的关注。当代英国亚裔作家还有华裔作家毛翔青、印度裔作家萨曼·拉什迪、莫妮卡·阿里等。

文学是社会的产物，社会的各种现象必然会印记在文学中，任何一部文学作品都会表征作者文化所体现的文化认同。文化认同是一个疆域内具有相同历史、文化的集体认同，文化认同强调共同的文化和历史记忆及其复制和传承，强调"享有共同的记忆、神话和传统的社会成员所形成的休戚与共的联结"。❷英国亚裔小说中的文化认同是指印记在文学创作和文

---

❶ BHABHA H. The Location of Culture[M]. New York: Routledge, 1994: 2.

❷ SMITH A. Nationalism: Theory, Ideology, History[M]. Cornwall: Polity, 2001: 16.

本中的集体文化认同，英国亚裔小说的文化认同具有其自身的独特特征：文化流散和文化杂糅印记。

越是远离自己本民族的文化，越是有一种期待回归和渴望，这是英国少数族裔作家身上一种共同的身份特征。传统的英国城市小说大多选择伦敦、都柏林、牛津等具有悠久历史传统的欧洲城市为创作背景，而英国少数族裔小说家的城市书写不再选择传统的英国城市小说的选题和背景城市，将原本属于文学边缘的城市拉到了文学的中心，他们往往选择其出生地或者其原初文化的城市为背景城市。这批小说家从20世纪晚期到21世纪初创作了大量的域外小说，其中许多小说以域外城市为书写对象，实际上这些城市在作家心中已经不仅仅是景观象征，而成为一种融入复杂情感的文化象征，即列斐伏尔所说的"表征空间"。这些少数族裔作家将对"祖国"那种复杂的民族情怀深深凝结在异域城市书写中，在作家笔下，"城市"蕴含有作者复杂的文化认同感。英国少数族裔小说家，如奈保尔、拉什迪、石黑一雄、毛翔青、莫妮卡·阿里及查蒂·史密斯等的作品中，城市书写都占有重要位置。他们作品中的城市可以分为两类，一是域外城市，如印度的孟买和特立尼达的西班牙港等城市；二是伦敦的少数族裔社区，如伦敦的印裔社区、孟加拉社区及伦敦的唐人街等。这些作品的城市书写中总是伴随着主人公（通常在一定程度上是作者本人）对原初文化的认同意识，同时这种认同意识也被刻记在小说城市中的各个角落。

印度裔作家奈保尔作为英国少数族裔作家，有一种复杂的文化认同感。奈保尔的父亲是英属殖民地南美洲的特立尼达的甘蔗园里的一名印度工人。奈保尔从特立尼达的一所学校毕业后，到了英国牛津大学开始了大学生活和学习，毕业后留在英国进行文学创作。奈保尔特殊的文化经历，激起了他对自己文化之源的向往和文化认同的思考，他渴望追忆那份封存在记忆中的文化认同感，这一点通过奈保尔的作品目录可见一斑。奈保尔创作了大量作品，其作品大多表现出了对印度裔的文化认同困境，一部分表现了他对印度文明与印度城市的关注，如《幽暗国度》《印度：受伤的文明》（*India: A Wounded Civilization*）、《印度：百万叛变的今天》（*India: A Million Mutinies Now*）和《孟买》（*Bombay*），这充分说明作家对他的祖国有着一种强烈的记忆。

奈保尔之所以如此关注自己的原初文化，是因为奈保尔虽然是英国公民，但是他无法像白人那样轻易地融入英国主流社会中，因此奈保尔对于印度文化有一种本能的认同冲动与期待，对原初文化充满向往和憧憬，这一点在奈保尔的作品《幽暗国度》中表现得非常清晰。在这部小说的序言中，奈保尔用了将近整章的激昂文字描述自己即将回到祖国的心情，同时表达了他对东方的美好憧憬。"希腊的街头到处张贴着印度电影海报——据说，希腊观众最欣赏的是一位名叫娜吉斯（Nargis）的印度女明星。此外，值得一提的是，希腊人热情好客，颇有东方人之风……此后，一幅接一幅景象次第展现在我眼前，让我看到了一千幅在书本上认识的东方世界。在我心目中，每一幅景象都是一个新发现"。❶

奈保尔在抵达印度之前对印度充满了向往和憧憬，哪怕是乘坐汽艇即将抵达印度时，看到孟买街头那些到处都标着英文名字的建筑物和街头褴褛的行人，也没有让主人公扫兴。主人公也认为这些英文名字的城市地标景观虽然拥有"英国印记"，但并不能遮盖城市建筑的内在东方之美，它们只不过是"不吭声、只管蹲伏在主人身后的动物……在孟买，就像在亚历山大港，权力并不值得骄傲"。❷ 由此可见，在真正踏上印度孟买这座城市之前，主人公对这座城市就有一种强烈的认同期待。作为英国作家，奈保尔的大部分小说并没有聚焦伦敦、曼彻斯特等文学特色鲜明的英国城市，反而是关注其本初文化——印度文化。小说中的印度城市孟买在他心目中具有强烈的吸引力，这是英国少数族裔作家对文化认同的追根诉求。

与奈保尔同时期的印度裔小说家萨曼·拉什迪（又译作萨尔曼·鲁西迪）于1948年出生在印度的一个穆斯林家庭中，少年时代在印度接受教育，后来到英国剑桥大学学习历史，随后在英国从事文学创作。1981年，拉什迪凭借小说《午夜之子》（*Midnight's Children*）一举摘得英国文坛布克奖，但其1989年出版的《撒旦诗篇》（*Satan's Verses*）由于被认为存在

---

❶ 奈保尔. 幽暗国度：记忆与现实交错的印度之旅 [M]. 李永平，译. 北京：生活·读书·新知三联书店，2003: 3-4.

❷ 奈保尔. 幽暗国度：记忆与现实交错的印度之旅 [M]. 李永平，译. 北京：生活·读书·新知三联书店，2003: 11.

诋毁伊斯兰教的内容而引起轩然大波，拉什迪一度被伊朗当时的精神领袖霍梅尼下令追杀，为此拉什迪隐姓埋名多年，最后定居在美国纽约。拉什迪同奈保尔一样在小说写作中融入了大量印度元素，这一点也体现在小说的空间书写中。其中《午夜之子》是一部以印度为创作背景同时蕴含复杂文化认同的小说，作品以主人公萨利姆·西奈为叙述者，讲述了一个印度大家庭长达几十年的奋斗史。小说空间书写非常宏大，覆盖了包括当时印度的克什米尔、德里、孟买以及巴基斯坦和孟加拉等地区，内容涵盖这些地区中人们的生活及 20 世纪上半叶印度次大陆发生的种种重大政治事件。拉什迪把主人公的个人家史同印度几十年的国家历史有机地结合在小说的空间书写中，他试图通过一个家族的种种变故展现出印度这个古老的文明国家在英国殖民统治下遭受的物质和精神创伤。在小说伊始，拉什迪就处在对自己原初文化的追忆之中：

> 从前……我生在孟买。不，这可不行，不能避谈日期：1947 年 8 月 15 日我在纳利卡医生的私立医院出生……说真的，正好时钟敲到了十二点……恰恰就在印度宣告独立的那一刻，我一筋斗栽进了人间。❶

与此同时，拉什迪将小主人公萨利姆描写成一位正面的"小英雄"，萨利姆长大成人以后，主张用民主和团结来解决矛盾，可以说拉什迪对印度充满了深厚的感情。而在散文集《想象的家园》中，拉什迪更是道出了自己对印度的渴望："像我这样的流散作家，心头可能总是被失落感所困扰，总想回顾过去，有种对失去岁月的冲动"。❷ 拉什迪在对孟买的空间回忆中融入了自己满满的文化认同感。与奈保尔一样，作为印度裔的少数族裔作家，他对本民族的文化认同的强烈诉求，是其澎湃的文化内驱力，作品中的印度城市成为其作品的文化焦点。

英国 20 世纪文坛还出现了一位颇有才华的华裔作家毛翔青。毛翔

---

❶ 鲁西迪. 午夜之子[M]. 张定绮，译. 台北：台湾商务印书馆，2004: 2.

❷ RUSHDIE S. Imaginary Homelands Essays and Criticism[M]. London: Granta Books, 1991: 10.

青 1950 年出生在香港，父亲是中国人，母亲是英国人，10 岁时移居英国并接受教育，随后进入牛津大学学习。1978 年毛翔青发表小说《猴王》（*Monkey King*），并于次年获得英国文坛费伯纪念奖（Geoffrey Faber Memorial Prize），他凭借《酸甜》（*Sour Sweet*）、《孤岛占有》等作品曾多次入选布克奖提名。虽然最后都与布克奖失之交臂，但其文学成就可见一斑。毛翔青的小说主要跨越亚欧特别是中英两种文化，毛翔青的作品多以英国殖民统治下的亚洲为空间关注对象，其中《猴王》和《孤岛占有》关注的是中国香港古老的中华传统习俗同英国不列颠文明间的冲突，另一部作品《酸甜》聚焦于伦敦唐人街一户陈姓家庭在英国生活中经历的中西文明冲突。"毛（翔青）将现实与虚构、真实的与虚构的书信、记录等巧妙结合，并借助重要的事件生动形象地描绘了这座'翡翠般的殖民地'"。[1]

亚裔作家石黑一雄 1954 年出生于日本长崎，5 岁随父亲移居英国，后就读于肯特大学。1982 年，28 岁的石黑一雄由于出版《远山淡影》（*A Pale View of Hills*）而声名初震，几年后，石黑一雄荣膺英国图书"布克奖"，于 2017 年获诺贝尔文学奖，并被英国皇室授勋为文学骑士。作为亚裔作家，石黑一雄的小说多数以日本或亚洲为故事背景，《远山淡影》讲述了日本女子在"二战"后与丈夫离开日本移居英国的生活。悦子的女儿妮基只有一半日本血统，在英国的生活中，她无法理解日本。悦子的另一个女儿景子具有完全的日本血统，心系记忆中的日本文化，无法融入不列颠文化，最终选择在曼彻斯特的家中自杀而亡，悦子长年为此陷入困惑。小说展现的是身在异国的日本人文化认同的困惑与焦虑。

在英国少数族裔作家的作品中，尽管身为英国作家，时常伴有一种排斥的心理认同，但是其文化之根依然蕴含本初的文化认同。以奈保尔、毛翔青和石黑一雄为代表的少数族裔作家，在创作中聚焦本初文化，聚焦"祖国"的城市或者英国城市中的少数族裔街区，这是在文化全球化语境下，对民族文化的溯源，对文化认同的探寻。英国少数族裔小说家的创作

---

[1] BRADBURY M. The Modern British Novel 1878-2001[M]. Beijing: Foreign Language Teaching and Research Press, 2005: 473.

在英国文坛一度方兴未艾，为英国文坛展现了不同文化认同中的世界各地城市的文化特色，为英国文坛多彩的文化认同增添了浓墨重彩的一笔。城市书写是当代文学界在小说研究中新的研究视角，主要探究小说中的城市空间和景观被作家及其思想意识注入的文化认同，少数族裔作家城市空间中的杂糅体现了全球化语境下英国多元的社会文化认同，丰富了英国小说的研究方法。

三、城市书写中的文化杂糅：认同的交锋

英国少数族裔作家的城市书写所表现的文化认同杂糅实际上是两种文化及价值观念在城市景观中的交锋与冲突。由于这些作家成年后大多生活在英国，欧洲中心主义思想对他们产生了很大的影响，因此在对其原初文化的书写中不可避免地存在着一种独到的"优越感"。小说家的身份使得他们对祖国有种复杂的认同感：一方面，对原初文化洋溢着一种眷恋之情，"保有一种种族、民族或宗教认同感，这种认同感可以超越地理边界，拥有广泛的文化相似性"；❶另一方面，由于他们长期生活在大英帝国的强势文化之中，因此对原初文化又有一定的排斥，这种杂糅情怀形成了文化移植过程中的认同创伤。这种文化认同创伤主要表现为在作品中他们往往以一种"复杂宗主国"的视角审视甚至批判原初文化，进而呈现一种文化认同的差异与断裂❷。这种认同创伤，在作品中被小说家真实地印记在小说的城市书写之中。

英国现代主义小说城市书写中的"杂糅"特征在英国华裔作家的作品中清晰可见，文化认同创伤这一点在他们的作品中同样表现得淋漓尽致。华裔作家毛翔青出生于香港，后到英国牛津大学接受教育，毕业后留在英国从事文学创作。作为一位华裔作家，其小说的空间书写主要集中展现了华人世界，如《猴王》描写的是英国统治时期下的香港，《酸甜》展现

---

❶ PALME C.A. Defining and Studying the Modern African Diaspora[J]. The Journal of Negro History, Vol. 85, No.1/2, 2000: 29.

❷ 霍尔（Stuart Hall）认为文化认同表现为双轴性：一轴为类同与延续；另一轴为差异与断裂。所谓断裂与差异，是指在文化认同中，无法达到认同的统一，在文化认同感、社会归属感等多层面无法达到一致。

了伦敦唐人街内的华人生活状态，《孤岛占有》是关于鸦片战争的一部作品。同大多数华裔作家一样，毛翔青的小说主要徘徊于两种文化的交锋和对峙中，可以说在小说中无论是英国殖民统治下的香港，还是伦敦城内熙熙攘攘的唐人街，城市书写中都渗透出两种文化的杂糅。

在小说《酸甜》中，毛翔青主要叙述了老陈一家人在伦敦唐人街的生活状态。唐人街在小说中充当了容纳华裔作家原初文化的"空间"，作品中毛翔青有着同奈保尔、拉什迪等作家一样的文化认同的杂糅心理。他一方面展现了旅英华人生活中的艰辛和勤劳，小说中老陈一家在唐人街艰苦的生活和辛苦的劳作成为他小说中的重彩。另一方面，毛翔青骨子里还是透露出一种对宗主国文化，即英国文化的认同，他曾多次公开表示自己更加认同自己是一个英国人，在同另一位出生在马来西亚、现在美国加州大学圣巴巴拉分校英文系任职的华裔作家林玉玲（Shirley Geok-Lin Lim）的谈话中，毛翔青说："非常欣慰我抛弃了中文，并融进英语的世界，长期以来我都在说倘若我是在中国的学校培养和教育，我也不可能成为知识分子。"[1]并且毛翔青特意强调他持有英国护照。长期的宗主国思想和欧洲中心主义导致了毛翔青对中国文化的曲解。在《酸甜》中，毛翔青将凝聚有中国文化的"阴阳"写成"the balance of the dualistic"或"female and male principles"，显然这种写法有失偏颇，他并没有完全理解中国文化中"阴阳"丰富的哲学含义。在中国文化中，"阴阳"绝非仅仅是男女这么简单的二元对立，其间蕴含有深刻的哲理思想、天文地理及宇宙观等丰富内容。此外，在这部小说中还大量充斥着华人社区"窝里斗"的现象，以及华人社区中三合会（Triad）黑帮老大等形象，作品显示出华人社区是一个没有合作精神的团体，并对华人充满了鄙夷。

同样，在其作品《孤岛占有》中，毛翔青对殖民统治前后的中国香港进行了细致入微的展现，为了逼真地从城市书写中再现那段历史，毛翔青在"《孤岛占有》中运用了拼贴画（collage）技巧，将竞争性（猎奇）小报报道、书信、期刊、演出节目单、法院副本拼贴在一起，将虚构和现实

---

[1] GEOK-LIN LIM S, Mo T. A Conversation with Timothy Mo[J]. World Englishes, Vol 29, No.4, 2010: 557.

的传记相结合，讲述了一段英国从中国人手中猎取香港的文本化历史"。❶ 毛翔青的小说《酸甜》以伦敦唐人街为背景创作而成，唐人街成为这部小说城市书写的重要内容，也成为展现中国儒家文化的城市空间，毛翔青于20世纪50年代移民并定居英国，他对中国文化持有一种复杂的态度，这部小说以伦敦唐人街陈姓一家人中的生活为叙事主线，小说中的儒家文化与伦敦的不列颠文化在唐人街形成了杂糅的文化叙事。

唐人街建在英国伦敦市中心的街区，这个街区本身就是一个文化杂糅的城市书写范例。唐人街高高的牌楼彰显了中华文化，中国店铺、中国商品，以及装饰风格和语言肤色无不透露出中华文化特色，这里俨然是一个微型的中国城。但是走出唐人街，不远处就是伦敦著名的特拉法加广场和英国国家美术馆，距离英国议会大厦也只有1千米多的距离，唐人街彰显出小说城市空间布局中的文化杂糅特征。小说的故事情节建立在陈先生一家人在伦敦的生活空间，主要建立在唐人街及相近的伦敦城市空间之中，城市书写为这部小说的文化杂糅提供了重要的空间叙事基础。

一方面，在这部小说中，毛翔青融入了许多中华文化。小说中的莉莉和姐姐的名字都带有中华文化特色的"月"（moon）字，姐姐慕伊（Mui）的原名是"月花"（Moon Blossom），莉莉的名字是"月莉"（Moon Lily），在中华文化中"月"除了代表月亮，还象征着美好、团圆和圆满，充满吉祥之意。在文化传统上，一家人传承了中华文化的"阴阳对立统一规律"，小说伊始，莉莉严格要求陈先生遵循"阴阳平衡"的中华饮食传统："吃咸后再吃甜危害身体，她老早就知道这一点。那会打破男女、阴阳相克的规律。"❷ 可见中华文化像一张无形的网，覆盖在毛翔青的小说之上。但是，另一方面，在文化认同上，毛翔青又明显地融入了英国文化的主导地位，这部小说中陈先生一家在伦敦唐人街开了一家中国餐馆，餐馆作为一个重要的城市空间，在这个空间中发生了两种文化之间的交锋，在小说叙事中形成文化杂糅：

---

❶ FINNEY B. Migrancy and the Picaresque in Timothy Mo's Renegade or Halo[J]. Critique: Studies in Contemporary Fiction, Fall 2007.vol 49. No.1: 62.

❷ Mo T. Sour Sweet[Z]. London: Vintage Books, 1985: 2.

他们卖的食物肯定健康无疑，而且营养丰富、颜色鲜艳、味美绝伦，这些陈先生做了相当的研究。但是，这些菜品却与中国菜大相径庭；菜谱反而与英国餐馆的菜谱更为接近，而且千篇一律。莉莉认为，如果不是别的原因，他们的菜品可谓完胜：英国人的味蕾就和他们对父母的照顾一样，相当低级……他们的主食自然是糖醋里脊：在肉块上裹上一层厚厚的面糊，再配上鲜红的面酱汁。到了第二天，这面酱汁对消费者的尿液就会产生意想不到的影响。陈先生知道后果，因为他试着吃过后，第二天早上差点吓晕过去，担心出现可怕的内出血。❶

陈先生的中餐不得不照顾英国人的饮食习惯，他清楚英国人不喜欢猩红的面酱汁。小说中的陈先生居然认为鲜红的面酱汁是造成尿液发红的原因，这说明作者毛翔青对中华文化的误读和误解，有一种戴着傲慢的"东方主义"眼镜，俯视中华文化的意蕴。长期在英国欧洲中心主义文化的"熏陶"和影响下，毛翔青难免会抱有一种"宗主国"的思想意识。毛翔青的这段唐人街叙事中，片面地将其描写华人餐馆书写成一个"他者"的空间，甚至为其贴上了"愚昧""未开化"的殖民地标签。小说中，中国饮食文化被描写成会产生"内出血"、造成尿液"猩红"的荒蛮意象。最终，陈先生不得不更改中国传统饮食中"糖醋里脊"的配料和烹饪工艺，以免引来英国食客的不满。这正如霍米·巴巴指出的那样"杂糅就是殖民权力生产的一个符号"。❷

毛翔青作为一个华裔作家，其作品中对中国文化有一种复杂的情怀，一方面，在小说的城市空间书写中会自然而然流露出自己的文化认同之根，但另一方面，他的作品中也被注入了某种东方主义意识，对民族文化认同的排斥和拒绝，在小说的伦敦城市空间中形成文化认同的杂糅。毛翔青的另一部小说《孤岛占有》中也有文化杂糅：这部小说以鸦片战争时期的广州为创作背景。但是小说的主人公却鲜有中国主人公，小说情节发展

---

❶ Mo T. Sour Sweet[M]. London: Vintage Books, 1985: 105.

❷ BHABHA H. The Location of Culture[M]. London: Rutledge, 1994: 112.

主要建立在两个美国人、一个爱尔兰画家等人在广州的城市生活。在小说的城市书写中，毛翔青时常会流露出对中国文化的一种居高临下的"欧洲中心主义思想"。这部小说中虽然城市空间设定在中国广州，但是主要人物、故事情节和叙述者的"声音"给这部小说的城市书写注入了杂糅的色彩，也为毛翔青杂糅的文化认同观做了清晰的注解。

文化杂糅成为亚裔作家小说城市书写显著的文化认同标记。少数族裔小说家查蒂·史密斯创作了大量以伦敦的孟加拉社区为背景的小说，其中最为著名的当属他的小说《白牙》。在这部小说中，城市书写构建在一个孟加拉裔的家庭中，小说展现了这个家庭始终保持着原初的文化传统，小说中的清真寺及孟加拉习俗传统为这部小说增添了亚裔文化色彩，但是主人公却时刻梦想着脱离孟加拉以家庭和婚姻为纽带的家族社会传统：

> 马吉德很想生活在别人家里。他要的是猫，而不是蟑螂；他希望自己的母亲会用大提琴演奏乐曲，而不是在缝纫机上发出噪音；他希望自己的房屋一侧有一个爬满鲜花的棚子，而不是别人家日渐增高的垃圾；他希望在门厅里摆放一架钢琴，而不是库谢德表哥的破车门；他希望骑车在法国度假，而不是当天回来去布莱克浦（Blackpool，又译作黑池）看姑妈。❶

生活在英国都市的一家人，老一代人在生活习俗上保持着孟加拉的宗教和文化传统，但年轻一代已经接受了英国的生活方式和文化认同，在一个家庭生活中，两种文化交织在一起，形成文化认同的杂糅。显然这种对比深刻揭示了城市社区背后的身份属性，正如霍尔所言，"文化认同应该视为一种永不完结、时刻在进行中的'生产'过程，时刻处在内部而非在外部构成的再现过程之中"。❷

---

❶ 史密斯. 白牙[M]. 周丹, 译. 海口：南海出版公司, 2013: 110-111.

❷ HALL S. Identity and Diaspora[C]// RUTHERFORD J. Identity: Community, Culture, Difference. London: Lawrence & Wishart, 1990: 222.

日裔小说家石黑一雄是一位多产的英国少数族裔作家，他创作了大量反映日本和亚洲生活与文化的小说，其中有《浮世画家》(*An Artist of the Floating World*)、《长日留痕》(*The Remains of the Day*)、《无可慰藉》(*The Unconsoled*)、《上海孤儿》(*When We Were Orphans*)等作品。这些作品有的讲述日本艺术家的生涯，如《无可慰藉》，有的追溯已经失去的遥远的亚洲历史岁月，如《远山淡影》和《上海孤儿》等。总之，石黑一雄的作品杂糅表现为对日本民族文化的强烈认同感。石黑一雄对自己文化认同有着深刻的认识，他表示："尽管我在英国长大，在英国接受教育，但是我看待世界的基本方式、我的艺术手法，是日本的。"❶ 日本文化同我国唐朝文化存在很深的渊源，在日本，姓氏不仅仅是一个人的称呼，还蕴含有深刻的姓氏文化，这也是日本文化的重要组成部分，日本的姓氏集合传承了日本的民族文化。因此，日本人对姓氏非常看重，将其看作传承文化认同的内涵要素，至今，一些著名的企业依然沿用家族姓氏作为公司的名称，由此可见姓氏在日本民族文化中的重要性。在《远山淡影》中，小说主人公给女儿起名时，主人公为了给女儿起一个既有日本文化传统，同时也具备英国的盎格鲁-撒克逊传统的名字，思索万千，最终为女儿起名"妮基（Niki）"，这既避开了日语名字的"某某子"，因为这样的日语名字在英语中的发音非常拗口，但也不想起一个如爱丽丝（Alice）或伊丽莎白（Elizabeth）等过于英语化的名字。

> 我们最终给小女儿取名叫妮基。这不是缩写，这是我和她父亲达成的妥协。真奇怪，是他想取一个日本名字，而我——或许是出于不愿想起过去的私心——反而要坚持起英语名字。他最终同意用妮基这个名字，觉得还是有点东方的味道在里头。❷

石黑一雄的作品总是流淌着一种杂糅的文化认同，一方面，他怀着对

---

❶ 李霄垅，李建波. 石黑一雄日本题材小说对战后日本受害者形象的建构 [J]. 当代外国文学，2018, 39(4): 118-125.

❷ 石黑一雄. 远山淡影 [M]. 张晓意，译. 上海：上海译文出版社，2011: 3.

民族文化的强烈的寻根情结，在他的作品中随时随地注入日本文化要素。但与此同时，石黑一雄长年在英国生活，其生活和文化认同已经注入了联合王国的血液，在其作品中不可避免地会带有"宗主国"的文化认同，如《浮世画家》展现出日裔在欧洲城市的生活困苦和精神失落，这正如霍米·巴巴指出的那样，"杂糅就是殖民权力生产的一个符号。"❶

在英国少数族裔作家的作品中，一种复杂的宗主国身份潜移默化地印记在了小说的城市书写中。"杂糅是一种殖民再现和个性化之间的不确定性，这一不确定性逆转了殖民者否认的效果，因此，另一个被'否认'的认知进入了主宰的话语系统，并且疏离了权威的基础。"❷尽管奈保尔、拉什迪、毛翔青及石黑一雄都是英国公民，但他们在一定程度上还不算是完全的英国人，他们的共同特征就是多年流散的生活经历使得这些流散作家具有了双重或者多重身份，他们在远离养育自己的本土文化后，依然对自己少年时代的本土文化有着某种不可割舍的眷恋，因此他们在作品中特别关注民族文化，体现了作者一直在追寻的文化认同之根，这成为其小说空间书写的重要特征。

城市书写中的杂糅情怀所体现的认同创伤在印度裔作家奈保尔的作品中表现突出。我们从其作品《幽暗国度》这个题目就可以看出奈保尔对印度的定位，小说展现给读者的并不是令人向往的印度文明，而是一个落后、混乱和黑暗的印度大陆。在小说中，奈保尔对于自己与印度人"融为一体"和"毫无差异"显得异常困惑，为自己失去了大英帝国的文化认同而备感失落："如今在孟买，每回走进一间商店或餐馆，我总会期待一种独特的、与众不同的反应和接待，但每回都大失所望，感觉像被人剥夺了一部分自我似的，我的身份一再被人识破。"❸奈保尔在城市景观中的文化认同焦虑与困境是其文化流散与英国欧洲中心文化论的纠结和交锋，彰显出奈保尔城市书写中杂糅的文化印记。

由于多年的不列颠文化熏陶，奈保尔对其印度裔文化认同存在本能抵

---

❶ BHABHA H. The Location of Culture[M]. London: Rutledge, 1994: 112.

❷ BHABHA H. The Location of Culture[M]. New York: Routledge, 1994: 114.

❸ 奈保尔. 幽暗国度：记忆与现实交错的印度之旅 [M]. 李永平，译. 北京：生活·读书·新知三联书店，2003: 31.

抗，潜意识中将印度视为文化"他者"，一种"黑暗"的文明。与不列颠文化相比，印度是一种"脏乱、盲动、喧嚣、突如其来的不安全感"。❶ 相比英国的伦敦，印度的孟买依旧是"幽暗""未开化"与"荒蛮"。奈保尔拒绝接受这种文化，所以他油然而生地产生了文化排斥与对抗。奈保尔身处印度的城市对欧洲身份丧失的一种失落和恐惧感，实际上正是奈保尔自身的"欧洲中心主义"使然。奈保尔小说杂糅的城市书写突出了其文化认同的杂糅。

这是少数族裔作家的民族文化认同创伤。一种憧憬与失落、接受与排斥、文化寻根与宗主国心态之间的碰撞与交锋。在奈保尔心目中似乎本初的"祖国"只是一个遥远的记忆，"印度也仅仅是他在特立尼达和英国独处时的臆想梦境而已"。❷ 实际上奈保尔在他以印度为题材的一系列小说中，几乎都难以避免带有这种文化认同创伤。他的小说《印度：受伤的文明》将空间构建在印度这个他既熟悉又陌生的国度上，展现了印度这个古老的国度和勤劳的人民。但另一方面，印度在他的作品中又总是显得黑暗、落后，特别是叙述者的一种潜在的排斥心理，造成了人物的文化认同危机，显现出文化认同的杂糅特征。正如在《比斯瓦斯先生的房子》中所描述的那样，比斯瓦斯尽其毕生追求的"房子"在小说中不仅仅指的是比斯瓦斯那座简朴的建筑，更多的是精神上和文化上的认同，即他为摆脱社会边缘地位的奋斗历程。事实上，奈保尔也存在这样相似的文化认同危机，奈保尔作为一个少数族裔作家，其一生的大部分作品都是对欧洲之外大陆的书写，他的作品中往往带有明显的殖民印记，其小说中对印度及原初文化的认同有着鲜明的杂糅性，以至于萨义德称奈保尔为"无耻的前殖民地叛教者"。❸ 正是奈保尔这种特殊的经历及身份，使他成为印度人眼中的英国人，英国人眼中的印度人，其对祖国的空间书写展现出一种鲜明

---

❶ 奈保尔. 幽暗国度：记忆与现实交错的印度之旅 [M]. 李永平, 译. 北京：生活・读书・新知三联书店, 2003: 4.

❷ Wimal DISSANAYAKE W, WICKRAMAGAMAGE C. Self and Colonial Desire: Travel Writings of V.S. Naipaul[M]. New York: Peter Lang Publishing, Inc, 1993: 48.

❸ 萨义德. 东方主义在思考 [C]. 后殖民主义文化理论. 罗钢, 刘象愚, 编. 北京：中国社会科学出版社, 1999: 6.

的杂糅特征，形成文化认同创伤。

　　小说城市书写中以这种杂糅性体现文化认同创伤的现象同样出现在印度裔小说家萨曼·拉什迪的作品中。拉什迪出生在印度孟买，14 岁移居英国，由于作者长期生活在英国，远离自己的原初文化，因此那种隐隐的高高在上的"宗主"意识潜移默化地渗透在小说的空间书写中："阿吉兹大夫注意到街上有名军人模样的青年，他想——印度人为英国人打仗，那么多人见过世面，受到外国的影响，他们很难再回到这个旧世界了。"❶ 在小说的空间呈现中，显然印度被叙述者看成了"低等的""落后的"国家，而走出印度为英国打仗，甚至成为大英帝国殖民炮灰的印度人被作者认为是"见了世面"，这正是拉什迪心中复杂的民族情感的体现。小说中拉什迪总是借叙述者之口以宗主国高高在上的语气讲述印度的独裁和暴动，甚至地理位置的差异也成为拉什迪隐藏在内心深处的"宗主国"情结，这一点也表现在其作品《午夜之子》中。印度处于南亚的次大陆，属于热带气候，因此炎热成为印度夏季的特征，这一点与英国比较温和的气候显然不同，因此印度的热带地理特征成为了有别于英国的空间属性。小说中叙述者先是以"在炎热之中什么东西生长得最好"为题展开叙述，并列举了印度所产的一系列奇珍异果，随后叙述者话锋一转，热带就成为了如非洲般的"非理性"的代名词，他在最后指出"在炎热之中生长得最好的，是幻想、非理性、欲望"。由此可见，拉什迪通过叙述者的声音，隐含表达出对印度的"杂糅"情怀。

　　拉什迪的少数族裔身份使得其对原初文化呈现出鲜明的杂糅特征。霍米·巴巴在《文化的定位》中将宗主国文化与殖民地文化的这种杂糅现象称为"发声的第三空间"，即"它是意义和指涉形成模棱两可的过程，它破坏了文化认知的镜像展现过程，传统的文化认知是一种统一的、开放的、外延型的语码，这种介入从根本上改变了我们形成同质的、统一的原初文化，并且在某个民族传统中依然保持这种本初"。❷ 因此少数族裔作家作品中的城市书写所体现出来的文化认同，不再是纯粹的东方主义记忆，

---

❶ 鲁西迪. 午夜之子 [M]. 张定绮，译. 台北：台湾商务印书馆，2004: 34.
❷ BHABHA H. The Location of Culture[M]. New York: Routledge, 1994: 37.

而表现为一种特殊的"杂糅"特征，一种复杂的文化情感。

综上所述，英国小说城市书写中的文化杂糅主要体现在英国社会多民族和多种族的文化认同。20世纪中叶，英国少数族裔日益成为英国文坛的行星作家，这些来自非洲、亚洲或南美洲的作家在经历了艰难的文化融合后，开始在英国文坛崭露头角，成为英国当代文坛一支重要的创作力量。英国少数族裔作家的作品中，由于作家特殊的文化和文化身份，他们在作品的城市书写中往往印记下两种或多民族之间的文化融合与冲突。一方面城市书写中展现了作者对原初文化强烈的认同期待，另一方面又充满着对原初文化的拒绝，这种对原初文化的既渴望又排斥的认同感，就是少数族裔作家深藏于内心深处的文化认同的杂糅特征。这一点充分展示了作者追求文化认同之根的一面，同时也深刻揭示了少数族裔文化认同创伤。英国小说在城市空间中的杂糅特征体现了他们内心深处复杂的"文化认同危机"。

英国小说的城市书写作为一个整体呈现出异彩纷呈的文化杂糅。在早期菲尔丁、狄更斯等作家的伦敦城市书写中，英国的历史、文化和社会传统被深深地印记在每一个城市空间和角落，狄更斯小说中伦敦马车的疾驰、法院监狱的狰狞及伦敦街头的喧嚣，无不渗透着英国小说城市书写中的英国色彩。20世纪的英国文学伴随着城市化和全球化，进入文学创作的多元文化时代，少数族裔作家的城市书写中，一方面在叙述英国城市故事时，少数族裔文化与不列颠文化的融合与交锋在城市书写中形成文化杂糅，彰显全球化语境下杂糅的文化认同；另一方面，英国小说家拓展现代主义创作艺术在城市书写中运用蒙太奇和拼贴等叙事技巧，丰富了城市书写的杂糅创作手段。英国小说城市书写记录了英国城市化进程，彰显出英国社会、文化与小说叙事艺术的发展。英国小说家在城市主体小说中，综合杂糅的叙事技巧和杂糅的文化认同，在英国小说发展史上叙述英国历史上多维度的城市化进程，彰显了英国社会多元的文化认同，丰富了英国小说叙事艺术。

第五章
英国小说城市书写与精神异化

英国的城市化进程对英国传统的家庭关系、社会伦理产生了前所未有的影响。精神异化是英国现代社会精神危机在英国城市化进程中的显现，城市生活节奏打破了传统的时空理念、传统的伦理道德和思想信念，西方社会弥漫着一种失落、迷茫和挫败感，投射在城市空间中的每一个角落。自19世纪末以来，英国传统的伦理道德在城市化进程中不断疏离与异化。

英国小说家，特别是现代主义小说家敏锐地捕捉到城市化进程中的这一社会现象，在创作主题和叙事技巧上突破传统艺术手法，在小说城市书写中细致入微地揭示了这一主题。英国城市小说中的主人公不再围坐在壁炉旁享受家庭美满，而是游走于城市街头，茫然无助。英国小说城市书写中的精神异化表现为异化的城市家庭关系和异化的城市游荡者。英国小说家在传统叙事艺术的基础上，融入现代主义叙事手法，通过漫游式叙事和碎片化叙事诠释城市生活中的精神异化。

第一节 精神异化的表征

精神异化是西方现代社会进程中，特别是工业化和城市化进程中的一种社会现象，它表现为自我疏离和社会疏离，是一种"情感被亵渎的痛苦感、疏离于正常人际关系的孤独感等"。[1]随着19世纪后期流行的以叔本

---

[1] CASTREE N. International Encyclopedia of Human Geography[M]. New York: Elsevier, 2009, V.3: 440.

华（Arthur Schopenhauer）和尼采（Friedrich Nietzsche）为代表的反传统思想、宗教理念及非理性思潮的风行，传统的人本主义和理性主义出现裂痕，致使现代社会充满对传统宗教、道德伦理和理性思维的质疑。加之第一次世界大战彻底动摇了人们对民主、理性、博爱等理念的推崇，因此伴随工业革命高度发达而来的是人们信念的迷失和精神的颓废，西方社会弥漫着一种失落、疏离、彷徨、挫败和异化的精神氛围，所有这些都使20世纪初的欧洲经历了前所未有的精神危机，在文学作品中表现为人物的异化精神世界。

精神异化是西方文学尤其是现代主义文学的重要主题之一。所谓异化，最早可见于《圣经》，是指人与上帝的疏远。在西方社会，异化一直伴随着资本主义社会的发展，马克思从劳动的角度对异化作了精辟阐释，黑格尔等哲学家则从哲学角度对异化作了详尽阐述。总体来说，异化是指人与自身及人与社会的疏离，当"感受到同他的社会地位、认同感、人际关系和事业等之间有意义的联系已经消失的时候，精神异化就出现了"。[1]精神异化具体表现为两个方面：一是人自身的异化，现代社会的人发现生活中很难真正成为自己，人们甚至对自身越来越感到陌生；二是同其他社会成员及社会关系的疏离与扭曲。精神异化具体表现为人们在现代社会的孤独、疏离、迷茫和失落等，是精神危机的个体表征。批评家詹姆斯·雷德（James Reid）提出，精神异化是指"人们无法决定事物的进程而产生的一种挫败感；社会到处弥漫着绝望，他们想当然地认为目标无法决定，也无法实现"。[2]伴随着英国工业化和城市化的发展，精神异化也成为英国小说城市书写的主题，也是西方社会精神危机在文学作品中的直接体现。

英国城市小说更加关注城市化进程中人们精神世界的变化与差异。查尔斯·狄更斯的伦敦系列小说尽管以全景式的叙事来展现充满弊端的城市生活和英国社会中的芸芸众生，但是城市中不同阶层人物的精神世界也是狄更斯细腻描述的内容。进入20世纪，英国小说更加侧重描写西方现代社会病态的精神世界，英国现代主义小说特别关注人物的内心世界，并侧

---

[1] KAPLAN M. A. Alienation and Identification[M]. New York: The Free Press, 1976: 118.

[2] REID J. Alienation[M]. East Kilbride: University Press of Glasgow, 1972: 5.

重表现现代社会中人们思想情感的扭曲和异化，其中具有代表性的有约瑟夫·康拉德《黑暗的心》(*Heart of Darkness*)、戴维·赫伯特·劳伦斯的《儿子与情人》(*Sons and Lovers*)，以及詹姆斯·乔伊斯的《尤利西斯》等。这些小说从不同的角度展现了人物内心的挫败、情感的疏离及精神的异化，进而揭示出现代社会的精神危机。

一、异化的城市家庭关系

在英国小说的城市书写中，精神异化是弥漫在小说每一个城市角落的主题。在英国小说中的伦敦社会及都柏林的家家户户，精神异化是一个普遍存在的现象。异化的城市家庭关系是英国小说的精神异化的主要表现形式。家庭生活与家庭伦理关系的异化制造出更多的"逃离"家庭的城市游荡者；城市的游荡进一步加剧了异化的家庭关系。家在文学空间研究中是一个含义丰富的范畴，家不仅仅是人们生活和居住的场所，"家是一种理念，它展现了空间、场所和情感之间紧密的相互关系。地理学家关注家的方方面面，包括作为家的住所、家的物质文化、作为性别关系场所的家、家与民族认同，以及家对于不同人群的各种意义"。[1] 可见家的含义远远不只是居住空间，它同时也是重要的社会细胞，集中体现社会关系及诸多社会问题。任何一个社会，家都是社会的重要组成部分，家绝非仅仅是一所房子，更重要的是家庭成员及其相互关系。亨利·列斐伏尔指出："房屋因为具有人性（与人类相关，人的居住），其意义如宇宙般广阔，从地窖到阁楼，从地基到屋顶，既充满梦想又不乏理性，既是活生生的现实又是美妙的天堂，家庭与自我的关系近乎具有了身份属性。"[2] 从这个意义上说，家体现了居住者的生活观念、思想情感及家庭成员间的相互关系等。因此，家庭空间成为小说城市书写的一个焦点和热点，"文学家庭空间中的住宅有很多'契入点'，可以以母题、比喻、理论、主题、背景或其他

---

[1] WARF B. Encyclopedia of Geography[M]. Vol.3, London: Sage Publications, 2006: 1439.

[2] LEFEBVRE H. The Survival of Capitalism[M]. London: Allison & Busby, 1976: 121.

多种方式作为契入方式"。❶ 城市书写中的家庭关系成为小说家重要的情节要素和空间展现手段。

家庭关系占据着十分重要的位置，从维多利亚时期的城市小说到现当代的英国城市小说，没有哪一部作品中没有涉及家庭关系的展现，就连意识流小说中的城市书写，家庭关系依然占据重要位置。因此，家庭是英国小说城市书写中的重要组成部分。和谐的家庭生活是英国传统文学作品的主题之一，也是《傲慢与偏见》重要的叙述内容。这部小说是18世纪末英国传统家庭和社会生活的写照。小说中班内特一家的"核心任务"，就是为每位女儿寻找一位门当户对、称心如意的郎君。小说发表于1813年，这一时期英国城市化还处在初级阶段，融洽的家庭关系依然是这部小说的重要主题，全家为了女儿婚事在家中的操劳成为小说重要的情节：

> 班府上不久就发请帖请他吃饭；班内特太太已经计划了好几道菜，每道菜都足以增加她的体面，说明她是个会当家的贤主妇，可是事不凑巧，彬格莱先生第二天非进城不可，他们这一番盛意叫他无法领情，因此回信给他们，说是要迟一迟再说。❷

家庭作为一个社会存在，是人们日常生活、情感交流及思想冲突交锋的重要空间，必然会将这些社会现象印记在其家庭空间中。尽管班内特夫妇为女儿们操心不已，但是家庭成员仍是和谐融洽的关系。家庭是英国城市进程中重要的思想和情感交流空间，在城市化进程中出现的精神危机必然出现在英国小说的城市书写中，而异化的家庭关系则是英国小说城市书写的重要表现主题，尽管这一主题在上述《傲慢与偏见》中还未曾彰显，但是精神异化主题在维多利亚晚期的英国小说中已经开始显现。狄更斯的《远大前程》(*Great Expectations*) 尽管主要背景并非是城市，但是小说中的老妇人郝薇香 (Miss Havisham) 怪癖的个性与情感是英国城市化进程中

---

❶ TSAI Hsiu-Chung. Domestic Space in Virginia Woolf and Eileen Chang[M]. Ann Arbor Mich: UMI, 2000: 5.

❷ 奥斯丁. 傲慢与偏见[M]. 王科一，译. 上海：上海译文出版社，1989: 20.

精神异化的表征。《远大前程》创作于 1860 年前后，此时英国城市化进程正如火如荼地展开，孤独一生的老妇人郝薇香是维多利亚中后期婚姻与家庭关系异化的叙事表征。在此之后英国进入现代主义社会，异化的家庭关系逐渐成为小说城市书写的重要主题。

英国城市小说发轫于工业化进程和城市化发展，在这一过程中，英国田园农村逐渐被城市化所取代。由于城市化的发展，英国传统的家庭模式和家庭观念也逐渐发生了重大变化。传统的英格兰家庭文化中的和谐，逐渐让位于城市与工业化的疏离，这里典型的当属英国现代主义小说家戴维·赫伯特·劳伦斯的系列矿工小说。家庭不再像简·奥斯汀笔下的班内特一家人坐在壁炉旁谈论着家里女儿的美满婚姻，工业化进程中的英国城市小说更多关注城市生活中家庭生活的夫妻精神疏离、家庭关系异化等主题。正如弗吉尼亚·伍尔夫在《现代小说》中所言：

> 生活绝不是一排排对称放置的马车灯，生活是一个闪亮的光晕，是一个从我们有意识产生之初直到意识消失为止一直笼罩我们的半透明的光晕。无论这个光晕展现出什么复杂困难还是什么谬误悖论，小说家的职责难道不是尽可能地不添加外在杂质，并要把这种变幻漂离、无法言说、无法解释的精神描述下来吗？[1]

首先，在英国小说城市书写中，作者擅长通过病态的婚姻和家庭关系揭示现代社会的精神异化。众多小说家通过家庭关系的疏离和人物精神的困顿展现现代社会的精神异化，因此家庭成为众多小说家城市书写的重点。事实上，正如上述《远大前程》中异化的婚姻一样，维多利亚晚期小说中的家庭关系已经开始关注精神异化主题。"很长一段时间以来，作为英国文化生活中遥远和相对非主流的趋势，已经开始描写家庭中强烈的异化感和同主

---

[1] WOOLF V. Modern Fiction[C]// WOOLF V. Collected Essays, vol. 2. London: Hogarth Press, 1972: 106.

流思想的对立。"❶ 翻开《儿子与情人》或者《尤利西斯》，读者在书中看不到《傲慢与偏见》中班内特夫妇同女儿们围坐在一起谈婚论嫁时那眉飞色舞的景象，看到的只是保罗在母亲与女友之间异化的关系，以及布卢姆夫妇之间病态的夫妻关系。家庭关系的疏离正是现代社会人们在物欲下精神空虚的写照，这种病态的、疏离的家庭关系也成为现代社会精神异化的集中体现，同时也成为英国小说城市书写中的重要特征，而这种特征最终以精神异化的家庭印记呈现给读者：

  莫雷尔太太恨她把她的儿子变成这个样子。她眼睁睁看着保罗慢慢变得急躁，一本正经，郁郁寡欢。她觉着这全怪米丽安不好……而且保罗也恨她，因为她破坏了他的闲适和自然，他因此觉得受到屈辱而内心苦恼不堪。❷

  《儿子与情人》中异化的母子关系是作者劳伦斯重要的精神异化主题。小说中的母亲莫雷尔太太婚后因为同丈夫缺少共同的思想情感，所以她将自己几乎全部的情感都投向了自己的孩子。莫雷尔一家疏离的家庭关系是现代社会精神异化的显著表征。小说中的保罗正值年少，同米丽安两情相悦，但是由于母亲的情感负重，导致保罗即使在同女友约会时，总有一种愧对母亲的负罪感。劳伦斯敏锐地感受到英国城市化进程中家庭生活的疏离异化，异化的家庭关系成为英国现代主义小说展现精神异化的重要表征手段。劳伦斯这一时期的小说中，婚姻的不幸及情感的疏离，家庭生活的不和谐成为其作品的重要内容，劳伦斯和福斯特等人创作了一系列的以家庭婚姻为主题的小说，在诸如《霍华德庄园》和《查特莱夫人的情人》（*Lady Chatterley's Lover*）等作品中，病态的家庭关系成为小说重要的主题阐释手段。

  福斯特的小说《霍华德庄园》中，以威尔科斯一家在伦敦郊外宅邸生

---

❶ HATTEN C. The End of Domesticity: Alienation from the Families in Dickens, Eliot and Jame[M]. New York: Delaware UP, 2010: 32.

❷ 劳伦斯. 儿子与情人 [M]. 陈良廷，刘文澜，译. 北京：人民文学出版社，1994: 238.

活为中心，集中展现了英国社会爱情、婚姻间困顿的思想情感。《霍华德庄园》中的家庭成为揭示这一精神异化的重要叙述手段，"这座宅邸是全书的中心，是现代英国社会的象征"。❶ 而另一位著名的意识流作家乔伊斯在《尤利西斯》中更是通过展现一种病态的婚姻关系揭示现代社会挥之不去的精神异化，《尤利西斯》生动地刻画了一位都柏林广告推销员布卢姆。《尤利西斯》中的第四章与《奥德赛》（Odyssey）中的第七章对应，奥德修斯（Odysseus）漂落到了奥杰吉厄岛（Ogygia）并遭遇该岛女妖卡吕普索（Calypso）囚禁而与之同居7年，但是奥德修斯一直思家心切，最终逃离了囚禁并与家人团聚。乔伊斯在《尤利西斯》中将布卢姆比作奥德修斯，布卢姆首次出场设定在他的家中，布卢姆的妻子虽然貌美但是多年来与他人通奸，妻子的不忠、冰冷的夫妻关系折射出病态的家庭关系，加之中年丧子的悲痛，使布卢姆成为了现实生活中的囚徒，布卢姆的家就好比囚禁之岛，这种痛苦的家庭生活成为了布卢姆内心不可磨灭的精神创伤。小说中家庭的重点不再强调写实性的场景描写，而是人物所受到的精神创伤，夫妻疏离的关系在家庭各个角落的投射成为小说重要的情节要素，这种不和谐、疏离的家庭关系致使布卢姆呈现一种极度病态的状态：

> 他侧耳听着它吱吱吱舐食的声音。做火腿蛋吧，可别。天气这么干旱，没有好吃的蛋。缺的是新鲜的清水。星期四嘛，巴克利那家店里这一天也不会有可口的羊腰子。用黄油煎过以后，再撒上胡椒面吧。烧着开水的当儿，不如到德鲁加茨肉铺去买副猪腰子。猫儿放慢了舔的速度，然后把碟子舔个一干二净。猫舌头为什么那么粗糙？上面净是气孔，便于舔食。有没有它可吃的东西呢？他四下里打量了一番。没有。❷

这段家庭空间描写细致入微地展现了布卢姆早晨在厨房无所事事的情景。在欧洲的传统文化中，丈夫是一家之主，常常事业有成，成为家庭的

---

❶ 侯维瑞.现代英国小说史[M].上海：上海外语教育出版社，1996: 165.
❷ 乔伊斯.尤利西斯[M].萧乾，文洁若，译.南京：译林出版社，2002: 118.

核心。显然乔伊斯笔下的布卢姆的人物形象同传统的英国男士大相径庭。布卢姆虽为一位中产阶级，但由于妻子的不忠和早年丧子的悲痛，其内心异常痛苦，家庭关系极度异化，他早晨起来不是设想一天的工作生活，而是完全被厨房里吱吱舔食的猫儿等琐碎的事情所左右。

在叙事中，主人公布卢姆间断、破碎的意识流强化了人物异化的精神世界。这与现实主义小说中成年男子的社会中坚形象相差甚远，家庭空间中妻子在这一章成为可有可无的人物，反而猫儿成为了主人公思想意识关注的对象。乔伊斯通过布卢姆的猥琐、空虚的人物形象和妻子的缺席，旨在揭示现代社会城市生活中异化的家庭关系。这段家庭书写显然有些"异类"，实际上正是布卢姆同妻子疏离的夫妻关系，使得家庭对于布卢姆来说就是一个使其情感扭曲的"牢笼"，布卢姆对家庭有种莫名其妙的排斥感，家庭为布卢姆猥琐的形象和异化的精神世界设下了伏笔。

其次，英国小说尤其是现代主义小说中不和谐的家庭生活也成为揭示精神异化主题的重要素材。家庭是人物相互交流思想和增进感情的重要场所，但是在英国现代主义小说中，家庭的这一功能似乎已经消失，家庭成员之间的矛盾，家庭成员间的不和谐成为关注焦点。英国现实主义小说中的家庭矛盾大多展现社会因素特别是物质财富因素造成的家庭矛盾和对立，与传统的现实主义小说中的家庭不同的是，英国现代主义小说则强调人物个体与个体之间扭曲的相互关系。现代主义小说的家庭传统价值观念往往被颠覆，家庭不再是温馨的港湾，家庭成为彼此之间关系疏离的场所，家庭中的每个人物似乎都有一种无可言喻的孤独感。在伍尔夫的《到灯塔去》(*To the Lighthouse*)中，家庭关系是这部作品的重中之重，小说中家庭关系的疏离表现在夫妻之间和父子之间的异常关系中，其中拉姆齐先生和子女在家中的冲突是小说家庭关系的重点。小说的主要情节建构在拉姆齐一家在苏格兰西北部海滨城市中的一座别墅里。拉姆齐夫人已经同这座房子融为一体，象征着一种和谐的力量，而她的丈夫拉姆齐先生则恰恰相反，小说中的拉姆齐先生终日困顿于深奥晦涩的哲学思考中，这与20世纪初，西方社会各种非理性思想理论的风行不谋而合。拉姆齐先生同子女鲜有情感的交流，因此"他的儿子讨厌他，讨厌他走到他们面前来，停住脚步低头看他们；讨厌他来打搅他们；讨厌他得意而崇高的姿态"。❶拉姆齐先生在这部小说中一直是阻止家庭成员到灯塔去的主要力量，他随口的一句话是"明天天气不会好的"，总是令家庭成员扫兴。拉姆齐先生终日沉浸于自己的哲学思考之中，对自己的子女漠不关心。拉姆齐先生的思想与世隔绝、行为孤独怪癖，似乎要从现象与本质的对立中找寻出世界的规律：

> 他停下脚来点燃烟斗，看了一眼窗内的妻子和儿子，如同坐在一辆特快列车上看书的人抬眼看见了一个农场、一棵树、一片村舍，它们就像一幅插图，证实了书上的某个内容，于是他感到受到了鼓舞或满足，他的目光又回到了书页上……二十六个字母全按顺序排列，那么他那非凡的头脑就能毫无困难地把这些字母一个一个坚定而准确地过到，比如说，字母Q。他到达了字母Q。在整个英国，能到达Q的人是很少的……能够拯救暴露在灼热的海上、只有六块饼干和一瓶水的一船人的品质——耐力和公正，原件、忠诚、技巧——来帮助他了。那么就是R——R是什么？❷

作者通过拉姆齐先生同整个家庭尤其是与儿子之间疏离的家庭关系深化现代社会精神异化的主题。在这段叙述中，家庭空间内的不和谐——拉姆齐先生同子女间的情感交流空白是伍尔夫空间书写展现的重点。家庭是最重要的社会单元，倘若一个社会的家庭各个分崩离析，那么这个社会也必然不复存在。"吴尔夫也加入了家庭生活中异化人物的声音，这种声音反映了世纪末作家对社会的矛盾心理。"❸家庭关系看似展现的是普普通

---

❶ 吴尔夫. 达洛维夫人/到灯塔去/雅各布之屋[M]. 王家湘, 译. 南京: 译林出版社, 2001: 206.

❷ 吴尔夫. 达洛维夫人/到灯塔去/雅各布之屋[M]. 王家湘, 译. 南京: 译林出版社, 2001: 203-204. 关于"Virginia Woolf"的中文译名，本书大部分采用"弗吉尼亚·伍尔夫"，少量涉及相关小说的译作，则采用小说译者所翻译的译名，如"伍尔夫"或"伍尔芙"，以下同。

❸ HATTEN C. The End of Domesticity: Alienation from the Families in Dickens, Eliot and Jame[M]. New York: Delaware UP, 2010: 261.

通的生活，实际上它集中体现了小说中人物之间错综复杂的情感纠葛和思想冲突。在小说中儿子厌恶自己的父亲，因为儿子认为父亲总是干扰自己和母亲到灯塔去。在这部小说中，其实到灯塔去本身已变成一种象征、一种期待、一种希望，甚至变成了一种精神寄托。

小说中拉姆齐先生的深奥哲理同拉姆齐太太富有象征意义的"织袜"及画家的绘画作品成为家庭空间中三种社会思想的代表，即现代社会的哲学思辨、传统的价值观及现代艺术。尽管最终人们如愿到达灯塔，但是小说中象征和谐力量的拉姆齐夫人却已撒手人寰，成为这个家庭永远的伤痛。可见家庭关系为小说的城市书写开辟了一个更加广阔的领域，它将社会的、道德的、个体的、精神的和物质的价值和信仰融为一体，家庭在这部小说中成为一个能动的要素，它一方面提供了小说故事情节的物质场所，另一方面它制造、生产出了一个关系疏离、情感缺失的"小社会"，展现出现代社会精神异化如何体现在家庭这样一个微小的社会细胞中。

乔伊斯的短篇小说集《都柏林人》中的《母亲》中异化家庭生活是西方现代社会精神危机的缩影。小说中的家庭空间不再关注人物成长和家庭和谐的生活，反而通过家庭空间的迷茫、彷徨与挫败，揭示家庭不再是和谐的港湾，而是现代城市书写中异化的空间。这篇故事中的一家人将人们的学习乃至艺术均看作了壮门面、找个好婆家的"敲门砖"，但是最终依然一无所成：

> 德芙林小姐因为赌气才变成了基尔尼太太。她曾在一家高等教会学校接受教育，学了法语和音乐。她天性冷漠，举止矜持，因此在学校没交上什么朋友。到了该结婚的年龄，她经常被送到其他人家里做客；在别人家里，她的演奏和高雅的仪态很受人仰慕。她的才艺筑成了一道很冷的围墙，她端坐当中，等待某个求婚者勇敢地冲破它，使她得到灿烂光辉的生活……然而在她青春即将逝去、朋友们开始对她说三道四的时候，为了堵住人们的嘴，她嫁给了奥蒙德码头上的制靴商基尔尼先生。❶

---

❶ 乔伊斯. 都柏林人 [M]. 王逢振, 译. 上海：上海译文出版社, 2015: 154.

小说中家庭空间的每一分子，每一个家庭成员不再关注实实在在、和谐的家庭生活，而是成为精神异化的表征主体。家庭作为英国小说城市书写中的重要空间内容，它不仅仅是小说家塑造人物的空间景观，家庭空间书写也是文学异化主题的阐释方法，是小说家进行城市书写的方法策略。家庭空间是联系人物生活和社会生活的纽带，英国小说异化的家庭空间和家庭关系是现代西方精神危机和人物异化的精神世界的投射，一个个异化的家庭在英国文学发展史上共同阐释英国城市生活中的精神危机。

英国现代主义小说中的家庭与19世纪现实主义小说相比，其关注点有所转移，家庭成员的精神世界逐渐取代现实生活成为家庭的关注焦点。一无是处、缺乏进取精神的反英雄成为主要家庭空间中的主要内容，如劳伦斯笔下的矿工家庭、乔伊斯笔下都柏林中猥琐的小市民家庭、伍尔夫小说中缺乏家庭亲情的中产阶级家庭，这些小人物的家庭成为英国小说揭示精神异化的重要载体。因此英国小说中，家庭空间借助其社会文化印记功能，成为英国小说中的重要情节要素，也是人物刻画和主题阐释的重要手段。

再次，英国小说尤其是现代主义小说家庭空间集中展现了家庭成员的情感缺失和精神空虚，而且小说人物通常都受到了无法弥合的精神创伤，而这更深刻地揭示出现代社会的精神异化。英国现代主义小说中的家庭更多关注家庭及其成员的精神世界，尤其关注人物某种病态的精神世界。小说中的众多人物缺乏进取精神，而且表现为孤独、失落甚至猥琐，如《尤利西斯》中的布卢姆、《达洛维夫人》中的达洛维夫人等，其中乔伊斯的小说主要展现了生活在都柏林的爱尔兰人20世纪前40年的精神风貌。在他的作品中，尽管多数作品集中展现人物的意识流，但是其作品中的家庭空间通常会刻画一位或几位受到严重精神创伤的人物，这种刻画成为揭示现代社会精神异化主题不可或缺的组成部分。在《都柏林人》15篇小故事中的家庭生活中到处充斥着挫败、孤独和疏离感，其中故事《阿拉比》中的牧师去世后房间内挥之不去的压抑与沉闷一直伴随着主人公的"阿拉比之行"，这一切为这个懵懂少年最后受挫失望的"阿拉比之旅"提前做了注解。

这篇故事中的家庭成员分别是小主人公"我"、叔叔和婶婶,其中叔叔和婶婶两人对"我"的"阿拉比梦想"不仅毫不理解、漠不关心,而且一直试图阻止"我"的阿拉比之行,家庭成员之间的情感缺失是这个故事中家庭空间的显著特征。乔伊斯小说中的家成为一个展现各种冷漠家庭关系的空间,小主人公绵延的思绪充满了整个家庭空间,为他"挫败与失落"的阿拉比之行设下了伏笔。英国后现代小说的城市书写在展现异化的家庭关系中,采用了乌托邦的艺术手法,更为鲜明地凸显精神异化的主题。在《美妙的新世界》中,家成为了极权统治的工具,成为异化人们思想和情感的空间。家在极权统治下成为生育的场所,一个为了集权统治者集中生育生产下一代统治者的车间,一个异化的空间:

> 家,家——几个小房间,一个男人,一个随时受孕的女人和一群不同年龄的娃娃住在一起,挤得透不过气来。没有空气,没有空间,是一个消毒不彻底的牢房:黑暗,疾病,臭气……而家却是一个不但物质上肮脏而且心理上也肮脏的地方。物质上是个兔子洞,是粪堆,好多人紧紧地挤在一起,摩擦生热,动着感情,发着臭气。那亲密的关系多叫人窒息!家庭成员之间的关系又是多么危险,多么疯狂,多么猥亵! ❶

如乔伊斯一样,英国后现代小说家阿道斯·赫胥黎在大洋国的城市家庭中,为了凸显异化的精神世界,不再强调维多利亚式的写实主义家庭特征,小说家庭空间完全不再有家庭成员之间其乐融融的氛围,取而代之的是技术极权主义控制下的异化家庭,家庭成员之间根本不存在情感,彼此之间仅仅是生物层面的遗传关系。《美妙的新世界》与极权统治下的家庭异化虽然是乌托邦式,但是却清晰地诠释了技术的迅猛发展对社会家庭伦理带来的挑战,家似乎愈发变成一个遗传关系的空间而已,这种异化家庭关系令当代读者不寒而栗。应该指出的是,城市书写中异化的家庭关系并非完全出现在现代主义文学中,这一现象在查尔斯·狄更斯晚期的小说中

---

❶ 赫胥黎. 美妙的新世界 [M]. 孙法理,译. 南京:译林出版社,2013: 39-40.

已经有所显现。尽管《远大前程》(*Great Expectations*)中的皮普（Pip）经常受到姐姐的斥责，但是他与姐姐特别是同姐夫乔（Joe）之间总体上是一个和谐融洽、彼此心灵相通的关系。此外这部小说中的那位老妇人郝薇香所生活的阴森恐怖的家庭空间，恰恰说明维多利亚时期的小说意境展现出了现代主义小说家庭异化主题的先兆：

> 这屋子里的一切都好像那只表和那架钟一样，早就停了。又看见郝薇香小姐把那颗宝石照旧归还原处。我趁艾丝黛拉发牌的时候，又瞟了一下那架梳妆台，看清了台上的那只鞋子从来没有穿过，从前是白的，现在已经发黄了。又看了看郝薇香小姐那只没有穿鞋的脚，脚上的丝袜从前是白的，现在也发黄了，袜底也早踩破了。要不是屋里的一切都处于这种停顿状态，要不是这许多褪了色的陈年古董造成屋里这种常年死寂的气氛，那么，即便是这么一个衰朽之躯穿着这么一件干瘪的新娘礼服，也绝不至于这样像穿着一件尸衣，那条长长的披纱也绝不至于这样像块裹尸布了。❶

异化的家庭关系是狄更斯城市小说中重要的叙述内容。多数情况下，狄更斯小说中的家庭生活既有和睦融融的氛围，如《大卫·科波菲尔》中大卫同母亲及皮果提（Peggotty）在一起其乐融融的生活画卷，但同时异化的家庭关系也是狄更斯解释城市生活中的疏离异化的社会关系的重要内容。《董贝父子》中异化的家庭关系和《荒凉山庄》被贪婪所泯灭的亲情均是现代社会异化家庭关系的缩影，是英国小说城市书写中重要的精神异化主题。在《远大前程》中，郝薇香因为被抛弃的婚姻而抱憾一生。她自己的生活彻底破碎，她的情感发生扭曲，思想异化。她总是将自己的生活空间保持在几十年前婚礼时的样子。她没有等来幸福美满的家庭生活，阴森而可怕的家庭空间是异化家庭关系的空间表征。在小说家笔下，家庭不再是一个温馨的精神港湾，反而成为一个令人孤独、压抑的场所。家庭空

---

❶ 狄更斯. 远大前程 [M]. 王科一，译. 上海：上海译文出版社，1981: 70.

间呈现一种无名的挫败感和疏离异化。精神异化是小说城市书写的重要组成部分，英国小说尤其是现代主义小说注重揭示小说中人物的精神世界，其中家庭空间是小说家人物刻画和主题阐释的重要手段。

二、异化的城市游荡者

随着19世纪末到20世纪上半叶英国工业革命的完成、世界大战带来的创伤、反传统的宗教及人文思想对传统价值观念的冲击，给英国社会带来了前所未有的精神危机。人们备感孤独、焦虑与迷茫，这些必然会渗透到包括家庭在内的城市空间中，此时城市在英国小说中变成了一个疏离和冷漠的空间。因此在众多的英国小说中，已经很少见到像狄更斯小说中一家人围坐在一起进餐时的欢笑场景，也不再有奥斯汀笔下父母同子女在起居室一起谈婚论嫁时的热闹场面。英国小说开始展现城市生活中异化的游荡者，这一主题已经隐含地出现在了狄更斯后期的小说中。小说的关注焦点是人物内心深处的精神异化。"文化气候出现了很大的转型，人们质疑传统家庭理念，这使得大批作家和文本包括经典作品和次要作品对家庭异化这一文学传统的发展做出了重要贡献。"[1]

英国小说的城市书写中的城市游荡主要表现了人物由于情感疏离和精神异化，离家游走在城市中或城市之间。在众多英国小说尤其是现代主义小说中，家庭已经变得支离破碎，如伍尔夫的《达洛维夫人》、奥威尔的《向加泰罗尼亚致敬》(*Homage to Catalonia*)、阿都斯·赫胥黎的《美妙的新世界》等诸多小说中，人物大多处于某种精神无家可归的状态。事实上，无家可归并非仅仅是指居无定所，在小说中更多地表现为有家难回，应该说空间批评视角下的无家可归强调的是一种"隐性的无家可归"，即"情感依靠和安全感的缺失，以及对家庭控制感的丧失等"。[2] 家在小说中不再是彼此心灵相互依靠和抚慰的港湾，反而成为令人心痛和焦虑的地

---

[1] HATTEN C. The End of Domesticity: Alienation from the Families in Dickens, Eliot and Jame[M]. New York: Delaware UP, 2010: 33.

[2] CASTREE N. International Encyclopedia of Human Geography[M]. Vol.5. New York: Elsevier, 2009: 185.

方,甚至变成了让人设法逃离的地方。英国小说特别是20世纪上半叶的小说中,出现了以乔伊斯和伍尔夫为代表的一些漫游题材小说,如乔伊斯的《尤利西斯》《都柏林人》、伍尔夫的《达洛维夫人》、伊夫林·沃的《邪恶的躯体》《旧地重游》等。这类小说中的主人公多为传统英国社会的中流砥柱,社会的中坚力量,他们本应是承担家庭重担的顶梁柱,但是小说中的他们却往往缺乏进取精神、毫无建树,整日为不切实际或日常生活的琐事忧心忡忡,成为到处受挫的社会边缘人物。另一方面,英国小说中传统意义上的家庭概念被彻底颠覆,家不再具有凝聚向心力,反而变成一个危机四伏、成员之间相互排斥、令人反感的地方。在这类小说中,现代社会的人们越来越像是工业化进程中的机器,人们情感交流的机会被剥夺,人性被扭曲,家庭关系冷漠,小说中的城市游荡成为贯穿小说重要的情节主线,也成为揭示人物精神异化的重要表现方法。

在英国小说中,有众多表现主人公疲于疏离的家庭生活而离家到城市街区游逛的作品,如乔伊斯和伍尔夫意识流小说中那些终日离家游走于城市大街小巷的小人物,作品通过城市书写中令人窒息的无家可归的氛围,生动展现了这些小人物猥琐、绝望的精神状态。乔伊斯的小说中,从《都柏林人》中15个故事中的主人公到《尤利西斯》中的布卢姆和斯蒂芬,这些人物为了寻找精神家园都在某种程度上逃离自己的家庭,但是重新建立一种新的生活的希望往往会在城市的游荡中夭折。在《伊芙琳》(*Evelyn*)中,主人公伊芙琳和男友正在构想他们逃离都柏林到南美洲阿根廷的布宜诺斯艾利斯的美好前程:

> 在诺斯华尔码头,她站在挤来挤去的人群当中。他拉着她的手,她知道他在对她说话,一遍遍谈着航行的事儿。码头上挤满了带着棕色行李的士兵。透过候船室宽大的门口,她瞥见了巨大的黑色船体,停泊在码头的墙边,船窗里亮着灯。她没有说话。她觉着脸色苍白发冷,由于莫名其妙的悲伤,她祈求上帝指点迷津,告诉她该做什么。大船在雾里鸣响悠长而哀婉的汽笛声。如果她走的话,翌日就会和弗兰克一起在海上,向布宜诺斯艾利斯

驶去。❶

伊芙琳在两难的选择中彷徨，处在一种精神焦虑中，最终她也未能踏上驶往南美洲的轮船。乔伊斯笔下的小市民总是游走在都柏林街头，他们在都柏林的城市空间中无法实现自己的"远大前程"，他们在家庭中得不到任何慰藉，心灵上有一种典型的精神上的无家可归之感，家成为主人公梦想被束缚的地方。故事以主人公试图逃离家庭并到伦敦实现自己远大理想的破灭为情节主线，展现了都柏林中产阶级在现代社会生活中的无奈。小说中的家庭空间成为压抑梦想的场所，揭示了现代社会的挫败和迷茫。

在乔伊斯的《尤利西斯》中，小说中的主要人物大部分时间都在都柏林街头游荡，其中家庭空间主要集中在小说的第一章、第四章和最后一章，分别以斯蒂芬、布卢姆和摩莉为主要人物。其中第一章以斯蒂芬的家——废弃炮塔、第四章和最后一章以布卢姆和摩莉的家为空间书写对象，而最后一章实际上是摩莉躺在床上长达近百页的意识流。小说中的几个人物都失去了情感的依靠和家庭的温暖，他们并非没有家庭，而是失去了精神家园，乔伊斯通过这种疏离的家庭关系凸显了人物的无家可归。《尤利西斯》中的斯蒂芬寄居的炮塔空间内，可以算作他临时的"家"，但是斯蒂芬不断地遭受室友穆利根的嘲讽，并且不得不离开自己的"家"，开始了一天的城市游荡。

  斯蒂芬站起来，走到胸墙跟前，他倚着胸墙，俯瞰水面和正在驶出国王镇港口的邮轮。
  "我们的强有力的母亲。"勃克·穆利根说。
  他那双目光锐利的灰色眼睛猛地从海洋移到斯蒂芬的脸上。
  "姑妈认为你母亲死在你手里，"他说，"所以她不许我跟你有任何往来。"❷

---

❶ 乔伊斯. 都柏林人 [M]. 王逢振，译. 南京：译林出版社，2010: 38.
❷ 乔伊斯. 尤利西斯 [M]. 萧乾，文洁若，译. 南京：译林出版社，2002: 31.

这一段描述源于斯蒂芬在母亲临终前，拒绝了母亲要他皈依天主教的要求，斯蒂芬最终为此遗憾不已，因此穆利根的话深深触痛了斯蒂芬。随后出场的是一位不会说爱尔兰语的爱尔兰送奶老妪，这令斯蒂芬备感沮丧，他为爱尔兰人尴尬的民族窘境感到失望。最终斯蒂芬在穆利根及另一个英国人海因斯的嘲讽下，离开了这个本属于自己的"家"，开始了一整天的"城市漫游"。这段家庭空间展现出斯蒂芬最终离家出走的两个原因：一是他对母亲的愧疚，这种愧疚长期困扰着斯蒂芬，家庭让他备感迷失与困顿，家庭对他来说既是一种痛苦也是一种渴望。在整部作品中，无家可归一直困扰着斯蒂芬，以至于他一直寻找自己精神上的家。这些都使斯蒂芬在住所内备感压抑并深受折磨，因此斯蒂芬午夜后没有返回住所，而是来到了布卢姆的家中，"代德拉斯（斯蒂芬·代德拉斯）也感到同自己的家庭有种强烈的异化感。这种异化感表现为对其自我发展的障碍。与此同时，利奥普德·布卢姆自身的不稳固的男性地位及文化认同感，也表现为他对妻子的不忠有种根深蒂固的恐惧，最终他在与斯蒂芬·代德拉斯的亲密接触中找到了情感的港湾"。❶ 两位难兄难弟在此时相遇，并且他们一整天在都柏林的游荡成为《尤利西斯》的主体叙事情节。乔伊斯通过二位反英雄的都市游荡，将他们所经过的场所、景观和地标在整部小说中形成了主题一致的空间建构。他们所经过的每一处空间场所，比如城市广场、《自由人》报社、街边书摊、博物馆、医院和妓院等都成为揭示人物精神异化的城市书写的空间节点，这些游荡的城市空间节点关联在一起成为乔伊斯小说城市书写的重要手段和策略。

家庭空间作为一个"使用者"或"居住者"的空间是一种"实际的空间（the lived）"，即列斐伏尔所说的"表征空间"。这种空间在使用者的实际居住中必然同社会发生各种关系，一定会体现某种社会意义。家庭空间作为小说中记载人物生活的重要空间，城市书写中的家庭主要表征异化的家庭关系，人物往往由于社会或自身原因，家庭生活呈现挫败、迷茫或疏离的异化特征。家庭关系的异化是英国小说家城市书写的一种空间书写

---

❶ HATTEN C. The End of Domesticity: Alienation from the Families in Dickens, Eliot and Jame[M]. New York: Delaware UP, 2010: 259.

策略。小说家认同异化的家庭关系是西方精神危机的重要表征，在创作中将其纳入小说城市书写体系中。病态和异化的家庭关系成为小说城市书写的重要表现内容，并形成精神异化的城市印记，也成为丰富小说主题的表现方法。

第二节　精神异化的叙事建构

精神异化是城市化和工业化进程中出现的精神危机表征，这一异化在西方进入现代社会，尤其是进入20世纪以后尤为凸显。精神异化是英国小说尤其是英国小说城市书写的重要主题。在英国小说城市书写中，这一主题主要表现在两大空间——家庭空间和城市景观中。英国小说城市书写通过城市空间的叙事建构展现人物内心世界的疏离与压抑，进而深刻揭示了现代社会的精神异化。

在英国文学史上，一些作家有着浓厚的城市情结，他们往往出生在城市、成长在城市，并且成名于城市书写。这些小说家在作品中对某个城市格外青睐，将这座城市的城市景观和历史文化融入小说创作中，并使城市的景观书写成为揭示小说主题的重要元素。英国小说的城市关注同英国社会的城市化进程有着一脉相承的关系，随着英国工业革命和城市化进程的发展，大批出生于城市并成长于城市的小说家越来越关注城市生活。一方面，城市在经济、文化和教育等方面有着先天优势，在这种社会背景下，英国文坛造就了以查尔斯·狄更斯、詹姆斯·乔伊斯、弗吉尼亚·伍尔夫、阿道斯·赫胥黎等为代表的一批主要以城市为题材的小说家。他们的小说不再关注哈代笔下的乡村风光，转而聚焦于现代社会的城市生活。另一方面，城市是现代社会发展的缩影，由于工业化进程的加速，城市中的人们越来越像被一种无形的力量驱使着一样，人们之间的情感交流减少，彼此情感疏离，思想迷茫，这些现代社会中人们的精神异化现象被细心的小说家所感悟到，并被成功地以城市书写的方式构建到了小说的文本中。

狄更斯和伍尔夫的大部分作品以伦敦为背景，乔伊斯的全部作品都构建在爱尔兰首都都柏林。在他们的城市叙事作品中，英国现代社会中的城市不再仅仅是英国工业化和社会生活的缩影，也是戏仿现代精神异化的缩影。"现代主义是一种哀痛文学，缺失了黄金时代那种统一感和归属感，并为之长久地痛心与哀悼。"❶ 狄更斯、乔伊斯和伍尔夫出生于城市也生活在城市，对城市生活非常熟悉，他们关注城市是因为城市生活集中体现了那个时代的精神风貌。

狄更斯虽然出生于19世纪的伦敦，但是正值英国工业化突飞猛进之时，英国社会对金钱的攫取，上流社会的伪善、贪婪成为现代人们精神异化的驱动力。在狄更斯的众多小说中，城市景观不仅仅是小说情节和故事发生的场所，小说中伦敦不同的街道、住所和公共空间都是作者城市书写系统中的叙事要素。我们能够从奥列佛·特维斯特在城市空间活动中发现他所经受的精神压抑或桎梏。奥列佛一出生就是孤儿，他先后游历了社区教堂、救济工厂及棺材铺等城市空间，众多的城市空间都给他的精神世界造成了巨大创伤。奥列佛的游荡是英国19世纪伦敦社会精神异化的一个缩影。

一、漫游式叙述：精神异化的城市印记

在英国小说的创作中，一种艺术手法就是小说家通过人物城市漫游的方式展开城市书写。本雅明（Walter Benjamin）指出这种城市漫游可以看作一种对阅读功能的模仿："漫游者有一双洞察秋毫的双眼，时常游走在城市的大街小巷，漫游者不仅仅享受到了眼前所呈现的一切重要的内容，同时也经常捕获纯粹的知识、已消失的数据和生活经历，并且他就是在这堆数据中生活的。漫游者要认真地倾听各种声音、故事，哪怕是只言片语，还要在都市的已消失的数据中搜寻各种信息。"❷ 因此，正是小说中的这种漫游式叙述构成了城市文本的一种书写方法。

---

❶ WALMSLEY C. S. Literary Theory and Criticism: An Oxford Guide[C]. Patricia Waugh, Oxford UP, 2006: 410.

❷ FRISBY D. The Metropolis as Text: Otto Wagner and Vienna's Second Renaissance[C]// LEACH N. The Hieroglyphics of Space: Reading and Experiencing the Modern Metropolis, New York: Routledge, 2002: 14.

在小说的城市书写中，英国现代小说家詹姆斯·乔伊斯、弗吉尼亚·伍尔夫和伊夫林·沃等都善于在作品中运用主人公的城市漫游来展开故事情节，并在城市漫游中巧妙地将城市景观、人物塑造和主题阐释融合在一起。但事实上，英国小说家的漫游式叙事早在18世纪就已初见端倪。丹尼尔·笛福的小说也常常运用人物在城市漫游的方式进行城市空间书写。在小说《摩尔·弗兰德斯》中，笛福清晰地将主人公在伦敦城市街头的游走融入小说的城市书写中："一天我经过亚尔德斯盖特街时，我看见一个美丽的孩子，她在一个跳舞学校里上学，正独自回家去……等我走到一条通往巴塞罗缪胃肠的铺砖的小巷，我引她到巷里去……走进查土荷斯广场，出来走到圣约翰街。然后穿过斯密士飞鲁，走下七克巷，经过飞鲁巷，直抵荷努倍恩桥，那时跟常走过那里的一大群人混在一起。"❶笛福所处的18世纪，英国正处在城市化进程的初级阶段，精神危机等系列思想意识问题还不尖锐，所以笛福小说中的城市漫游虽然也是重要的叙事技巧，但较少用来揭示精神危机主题。

在展现城市书写中揭示精神危机主题上，漫游式叙述则是英国现代主义小说家常用的创作手法。小说家往往借用漫游者在城市的所见所闻及感受深刻揭示现代社会的精神异化。例如《都柏林人》中，乔伊斯以15篇故事的主人公在都柏林城区不同地点的漫游作为小说主要的叙述方式。《都柏林人》在小说的城市空间布局上做了巧妙安排，小说中的15篇故事，除了分别象征少年、青年、老年和都柏林社会外，这15篇故事的发生地分别位于都柏林市区的不同方向。在小说的城市书写中，乔伊斯以利菲河为界，其中《阿拉比》中的北里士满街、《寄宿舍》中的哈德威克街、《一片浮云》中的国王宿舍等是在利菲河北面，而《两个街痞》中的巴戈特街、《委员会办公室里的常春藤日》中的威克洛街、《死者》中的厄舍岛则位于利菲河南面。从整部小说的空间布局来看，这些场所和地点再加上其他故事的地点和场所，如《姐妹们》中的不列颠街等，构成了一幅涵盖东南西北全方位的都柏林城市地图。乔伊斯如此进行空间布局，其目的在于形成一个比较全面的都柏林的城市书写。

---

❶ 笛福. 摩尔·弗兰德斯 [M]. 梁遇春, 译. 北京：人民文学出版社, 2017: 156.

《都柏林人》的 15 篇故事中，乔伊斯以人物的漫游记录了都柏林城市的大街小巷。在人物所到之处，乔伊斯不仅对城市景观进行书写，更重要的是通过空间内的衰败零乱和支离破碎、通过人物猥琐的言行和失落绝望的神态展开详细的空间扩展，进而深入人物内心世界揭示其情感的扭曲异化，深刻展现出都柏林的一种令人窒息、失望挫败的社会精神氛围，其中的《一片浮云》在这方面表现得最为淋漓尽致。《一片浮云》通过钱德勒（Chandler）这位小职员在都柏林的街头漫游展开城市书写。他热切地渴望能像朋友加拉赫（Gallaher）一样一举成名。"如果你想出人头地，毫无疑问必须离开这里，留在都柏林，你将一事无成。"❶乔伊斯在城市书写中，详尽地叙述了钱德勒的漫游。在他离开自己在国王宿舍的办公室后，走向亨利埃塔街、经过克里斯饭店，向右拐向教堂，经过格拉顿大桥，向酒店走去，他的城市漫游成为这篇小故事的重要部分。不仅如此，在他的城市漫游中，乔伊斯在对城市景观的展现中，每到一处都对人物的内心思绪进行细致的描写。他边走边想，觉着自己的每一步都是在向伦敦迈进，离自己的梦想越来越近，同时他感到"一生中第一次高人一等"。钱德勒甚至想象出自己成名后的情景，"钱德勒先生颇具诗歌天赋，文笔简洁优美……这些诗歌中的笔调多显忧愁伤感……这符合凯尔特派的特点"。❷钱德勒陶醉于城市漫游中的浮想联翩，以至于最后都走过了头，不得不向回折返。钱德勒期待与老朋友的再次会面，并将此次会见视为飞黄腾达的契机。但是当他见到朋友加拉赫后，才发现自己的希望只不过是一场梦而已，钱德勒的梦想最终以破灭告终。正是小说中主人公城市漫游中希望的破灭使漫游者的挫败感无以复加，这种充满挫败感的城市书写展现给读者一种现代都市的疏离感，进而展现出一个精神瘫痪的都柏林。乔伊斯曾多次指出："我要写一部我们国家的道德史，我之所以选择都柏林为背景，是因为我觉得这座城市是瘫痪的中心。"❸

---

❶ JOYCE J. Dubliners[M]. New York: Oxford UP, 2000: 55.
❷ JOYCE J. Dubliners[M]. New York: Oxford UP, 2000: 56.
❸ JOYCE J. Letter to Grant Richards, 5 May, 1906[C]//. ELLMAN R. Letters of James Joyce.Vol. 2, New York: Viking Press 1966: 134.

《尤利西斯》作为西方意识流小说的经典,小说中人物的自由联想和内心独白占据故事主要内容。这部小说的物理空间主要建构在三个主要人物十几个小时内的城市空间之中。乔伊斯在这部小说中的城市书写广泛运用了漫游式叙述。《尤利西斯》中布卢姆的城市漫游从小说第五章开始一直持续到第十七章:在漫游过程中布卢姆经过了都柏林的主要街道,早晨布卢姆离开艾克尔街 7 号自己的家,首先到墓地参加了朋友的葬礼,然后依次到达市中心的报社、伯顿餐馆、图书馆、都柏林市井、奥蒙德酒吧、巴尼·基尔南酒吧、海滩、妇产医院、妓院、路边小吃摊,最后又回到艾克尔街 7 号的家。此后,布卢姆还在街头的书摊上对一本低级趣味的图书产生了兴趣,匆匆经过书摊,行走在都柏林幽暗的街道。而斯蒂芬不久后也经过了这个书摊,不同的是斯蒂芬对低级趣味的图书嗤之以鼻。两个人在夜晚时分来到都柏林的红灯区,最终斯蒂芬也来到了布卢姆的家中。小说的主体情节建构在斯蒂芬和布卢姆的街头漫游。

在《尤利西斯》的整体情节设计中,布卢姆的都柏林城市漫游构成了整部小说的主体情节框架。乔伊斯通过布卢姆在都柏林城市漫游中的所见、所闻和所想为框架进行城市书写充分展现出布卢姆在都柏林时刻感受到的伤感、嘲弄、轻视甚至是侮辱,从而表现了都柏林现代社会是一个孤独异化的世界,一个令人挫败的世界。作品中布卢姆是一个犹太裔爱尔兰人,其卑微的社会地位和懦弱猥琐的个性使其身受爱尔兰人的轻视和英国殖民统治的压迫,这种双重的歧视与压迫使其在都柏林的漫游历程中备受压抑,漫游者的挫败感在这里表现得淋漓尽致,而这正是现代社会精神异化的缩影,其中最具代表性的当属布卢姆参加朋友葬礼的前后及在博物馆遭遇情敌博伊兰的经历。

《尤利西斯》的城市漫游主体始于第五章。主人公布卢姆离开家后沿着利菲河畔的马路,穿过韦斯特兰横街到邮局取了玛莎给他的情书,之后到墓地参加了朋友的葬礼。在这一漫游过程中,乔伊斯详尽叙述了布卢姆参加帕狄·迪格纳穆的葬礼途经的每个地名和街道。他先后经过爱尔兰小区、煤气厂、纳尔逊纪念柱、敦菲角等地标,最后抵达格拉斯内文墓地。在葬礼上布卢姆对死亡大发感慨:"此地到处都搁着这类器官:肺、心、肝。生了锈的老泵，仅此而已。复活与生命。人一旦死了，就是死了。末日的概念。"❶此后，布卢姆在漫游过程中遇到多位老相识，多次受到奚落。中午他来到位于市中心的《自由人报社》，遭到了《电讯报》主编克劳福德的奚落与轻视："他可以吻我高贵的爱尔兰屁股，迈尔斯•克劳福德回过头来大声嚷道，'告诉他吧，随便什么时候来都行。'"❷可以说失落、感伤和痛苦一直充斥在布卢姆的城市漫游中。而这些正与乔伊斯对都柏林的城市书写相互印证。早在布卢姆漫游之初乔伊斯就对都柏林城市景观进行了概括："一片荒原，不毛之地，火山湖，死海，没有鱼，也不见杂草，深深地陷进地里，没有风能在这灰色金属般的、浓雾弥漫的毒水面上掀起波纹……一片荒芜。"❸此外，布卢姆在漫游过程中先后经过中心广场、报社、博物馆，随后来到都柏林海滩：

> 夏日的黄昏开始把世界笼罩在神秘的拥抱中。在遥远的西边，太阳沉落了。这一天转瞬即逝，将最后一抹余晖含情脉脉地投射在海洋和岸滩上，投射在一如往日那样厮守着湾水傲然屹立的亲爱的老霍斯岬角以及沙丘海岸那杂草蔓生的岸石上；最后的但并非微不足道的，也投射在肃穆的教堂上。从这里，时而划破寂静，倾泻出向圣母玛利亚祷告的声音。她——"海洋之星"，发出清纯的光辉，永远像灯塔般照耀着人们那被暴风颠簸的心灵……合唱声和风琴奏出的嘹亮圣歌声从空中传来。这是耶稣会传教士约翰•休斯所主持的成人戒酒活动，他们在那里静修，诵《玫瑰经》倾听布道并接受圣体降福。❹

布卢姆在这里领略着"夏日的余晖"，沉浸在教堂仁爱的布道钟声里。在四周环顾之际，布卢姆瞥见在海滩不远处与他凝眸相对的少女格

---

❶ 乔伊斯.尤利西斯[M].萧乾，文洁若，译.南京：译林出版社，2003: 194.
❷ 乔伊斯.尤利西斯[M].萧乾，文洁若，译.南京：译林出版社，2003: 257.
❸ 乔伊斯.尤利西斯[M].萧乾，文洁若，译.南京：译林出版社，2003: 125.
❹ 乔伊斯.尤利西斯[M].萧乾，文洁若，译.南京：译林出版社，2003: 635-643.

蒂（Girty）。小说到此像是在以言情小说的风格诠释了城市生活中的"偶遇"。但是，接下来布卢姆在与格蒂的对视中浮想联翩，产生了猥琐的念头，而格蒂也不是简·奥斯汀笔下矜持的少女，做着挑逗的动作。乔伊斯巧妙地将布卢姆猥琐、压抑和失落的精神状态标记在城市漫游叙事中，凸显弥漫于都柏林城市的精神异化。在这段城市海滩空间中，布卢姆站在海滩的大桥上，带着调情的目光凝视着海滩上席地而坐的格蒂，本来"举止优雅"的格蒂似乎看出了布卢姆内心的猥琐，她也"情不自禁地"撩拨着布卢姆凝视的目光：

> 她瞥了他一眼，视线同他相遇。那道光穿透了她全身。那张脸上有着炽热的激情，像坟墓般寂静的激情。她遂成为他的了。终于只剩下他们两个了，再也没有人刺探并叽叽喳喳。而且她晓得他是至死不渝的，坚定不移，牢固可靠，通身刚正不阿。他的双手和五官都在活动，于是，她浑身战栗起来。她尽量仰着身子，用目光寻觅那焰火，双手抱膝，免得栽倒。除了他和她而外，没有一个人在看着，所以她把她那双俊秀而形态优美、娇嫩柔韧而细溜丰腴的小腿整个儿裸露出来。她似乎听到他那颗心的悸跳，粗声粗气的喘息，因为她也晓得像他那样血气方刚的男人，会有着怎样的情欲。❶

《尤利西斯》的城市书写主要建构在漫游式叙事之上，其中布卢姆一天内的都柏林街头游荡构成揭示精神异化的情节主线。布卢姆的妻子摩莉同他人有染，但是作为丈夫的布卢姆却始终不敢正视这个问题，他清晨便离开家门，开始了一天的游荡。正处在壮年的布卢姆，在博物馆居然遇到了与妻子通奸的人，但是猥琐怯懦的布卢姆却采取逃避的态度，视而不见。在《尤利西斯》的一天的城市漫游中，乔伊斯以精准的文字追踪记录了都柏林城市的大街小巷，在人物所到的每一处，布卢姆总是受人奚落、精神不振或者举止猥琐。在这段海滩偶遇中，乔伊斯为了深刻揭示精神异

---

❶ 乔伊斯. 尤利西斯 [M]. 萧乾，文洁若，译. 南京：译林出版社，2003: 655.

化的主题，为布卢姆"介绍"了一位少女——"格蒂"，格蒂的举止行为并不比布卢姆优雅，反而显得更加"豪放"和挑逗。在爱尔兰的文学传统中，少女常常被喻作爱尔兰母亲的民族形象❶，但是此处的格蒂明显有挑逗的意味。最终，布卢姆面对妖娆的格蒂，做了不雅的手淫。城市漫游本是展现城市风貌景观最直接的艺术手段，乔伊斯通过人物形象再现人物猥琐的行为和心态，将人物内心世界扭曲异化的情感呈现在城市书写的空间中，深刻揭示了《尤利西斯》精神瘫痪的主题。托玛斯·斯特恩斯·艾略特在分析詹姆斯·乔伊斯的《尤利西斯》时就指出这部小说展现出"一幅当时社会混沌、失败感的历史性全景图"。❷

此外，伍尔夫的小说主要记述了中产阶级的社会生活，尤其关注其精神世界。伍尔夫《达洛维夫人》在城市书写中表现出人物强烈的挫败感，小说中克莱里莎·达洛维和赛普蒂姆斯·史密斯都是反英雄人物，都是社会中的边缘者和失意者，值得注意的是，伍尔夫的两位主人公彼此毫不相识，他们之间唯一的联系是在伦敦街头的同一时刻听到了街头的汽车爆炸声。其中克莱里莎一直沉浸在对往事的回忆中，想起昔日情人彼得，她质疑自己对生活和婚姻的选择，对自己的生活现状颇为不满，感到生活毫无意义和人生的徒劳。在为晚会作准备而上街买鲜花的途中，她思绪万千，横跨30年的时空，她感到自己"栖避在树叶浅浅凹处的一只小鸟……无依无靠，被一个冷漠世界中的大树、团团乌云包围着，没有遮挡、受着折磨"。❸而赛普蒂姆斯·史密斯是一位"一战"退伍兵，他始终无法从战争的阴影中走出来，深受战争的创伤，同时他还有同性恋的经历，"他在战场上同军官伊文思的同性恋经历使得他相信他自己违反了英国标准的男性行为规范，必受惩罚。因此赛普蒂姆斯认为自己的欲望是对女性的犯

---

❶ WALTER K. From Aisling to Chora: Female Allegories of the Nation in Contemporary Irish Women's poetry[J]. Irish Studies Review 21: 3(2013), p. 314.

❷ Frank KERMODE F. Selected Prose of T.S. Eliot[C]. London: Faber, 1975: 177.

❸ 吴尔夫. 达洛维夫人/到灯塔去/雅各布之屋[M]. 王家湘, 译. 南京：译林出版社, 2001: 58.

罪"。❶赛普蒂姆斯总是有一种失败感，这与卡莱丽莎作为妻子的疑虑是相一致的。伍尔夫和乔伊斯正是通过城市书写中漫游者留下的印记，深刻地揭示了现代社会是一个充满挫败感的精神荒原。

同样，伊夫林·沃的小说《邪恶的躯体》(*Vile Bodies*) 也是城市漫游题材小说，作者同样以城市书写中的漫游式叙述揭示了现代社会的精神异化。《邪恶的躯体》以两个主要人物在伦敦的漫游为主线，一条是主人公亚当·赛姆斯的财富与婚姻的旅程，另一条是神父罗斯柴尔德的宗教布道之旅，小说分别以他们各自在伦敦的漫游为城市书写主线，并相互交错。小说城市书写主要集中在渡船、海关、牧羊人旅店、梅特罗兰德夫人晚会和埃斯皮诺萨饭店等地。在亚当的漫游中，其目的很简单，他没有狄更斯笔下科波菲尔的雄心伟图，只想早日娶到自己的未婚妻妮娜，但最终妮娜虽然有了亚当的骨肉却依然远嫁他人，自己则意外邂逅已沦为妓女的"贞节女神"，小说中人物的良好愿望被现实无情地击碎。与此同时，小说中罗斯柴尔德神父的布道之旅显得更加荒诞，这位神父非常虚伪，他经常染指政治阴谋，其最大的嗜好不是传经布道，而是"记住每一个有可能成为重要人物的一切事情"。❷《邪恶的躯体》旨在说明现代社会所剩下的只有对金钱、利益的追逐，展现了现代社会面临的信仰危机。作者伊夫林·沃旨在告诫人们只有通过重新树立宗教信仰，才能引导人们走出现代社会的精神危机。

英国小说城市书写往往以这些边缘小人物的城市漫游展开一幅幅现代都市的空间地图。乔伊斯笔下的布卢姆、斯蒂芬和伍尔夫笔下的达洛维夫人、史密斯，以及伊夫林·沃笔下的亚当和罗斯柴尔德等都是城市中典型的漫游者，小说中的城市书写恰恰是以他们的运动轨迹展开的，这些人物通常不是社会的精英，而是社会的小人物，他们的生理或心理往往处于典型的"亚健康"状态，尽管如此，他们并不一定值得同情，因为他们往往精神萎靡、缺乏进取心和正义感，甚至一些人物具有某种病态的道德观和

---

❶ NESBITT J.P. Narrative Settlements: Geographies of British women's Fictions between the Wars[M]. Toronto: University of Toronto Press, 2005: 35.

❷ 伊夫林·沃. 邪恶的躯体 [M]. 胡南平，译. 南京：译林出版社，2003: 35.

价值观。小说家正是通过这些社会边缘人物的城市漫游,以他们的视野观察和记录来书写这座城市,最终形成精神异化的城市印记。

二、碎片化展现：支离破碎中的精神异化

城市书写的碎片化展现是英国小说家表现精神异化主题的重要叙事手段和技巧。城市书写的碎片化展现是指作家有意将完整的空间事件打碎,以增加形式和内容上支离破碎的质感,包括借用各种艺术形式将城市景观进行碎片化描写,凸显城市的支离破碎和异质性特征,从而揭示现代社会的精神异化。克朗评论现代主义文学的空间书写时指出,"文学空间处理方式也发生了重要的变化,即城市空间的碎片化"。❶ 英国小说中,表现城市空间碎片化的作品并不多见,其中比较典型的当属作家詹姆斯·乔伊斯。《尤利西斯》中的碎片化都柏林城市空间、《芬尼根的守灵》中主人公的碎片化思绪在爱尔兰郡城空间的投射等,它们从不同角度展现了现代主义作家借助城市书写的碎片化和异质性,揭示出现代社会的精神异化。

城市书写的碎片化主要借助现代主义叙事手法。在《尤利西斯》第七章,乔伊斯艺术地戏仿报纸标题的文体,将布卢姆的城市漫游分解成 63 个片段,并给每一章赋予一个新闻标题。这一章讲述布卢姆先是来到《自由人》报社讨论广告业务,离开报社后,布卢姆开始了百无聊赖的都市游荡,在上午一个小时里,他先后经过了编辑部、城市广场、邮局、印刷厂、酒吧等地,布卢姆在经过每一个城市空间和场所时,总是受到人们的奚落、嘲讽或者自己做出猥琐的行为。乔伊斯没有简单地以线性顺序呈现每一个城市景观,而是将其排列成 63 个叙述碎片,然后给每一个片段贴上一个标题。一方面,这 63 个城市空间来自都柏林不同的角落,人物和事情各不相同;另一方面,乔伊斯给出的 63 个标题语言文体千差万别,有的仅仅由问号组成,如"在希勃尼亚首都中心""新闻界人士""讣告""韵律与理性""韦瑟厄谱如是说""罗马往日的辉煌""K.M.A"(吻我的屁股)门徒表示对魔鬼的顺从的方式、"K.M.R.I.A."(吻我高贵的爱尔兰屁股)"亲爱而肮脏的都柏林""了不起的圆柱""轻佻的老妪"等。

---

❶ CRANG M. Cultural Geography[M]. London: Routledge, 1998: 55.

这 63 个标题既有英语也有大量外来语,既引经据典又汇入俚语和俗语,乔伊斯将它们以碎片化的方式拼贴在一起,暗喻都柏林乃至整个西方社会恰似一张杂乱的报纸,将本来以时间为顺序的城市漫游分割成数十个新闻片段,并贴上千差万别的报纸标题,以形式上的杂乱和破碎凸显生活在其中的都柏林市民彼此疏离孤独,拥挤在一起却毫无生机。

为了在城市空间中深刻揭示爱尔兰人民的精神异化,在这一章的第 56 个标题下的城市空间书写,乔伊斯为之冠以"了不起的圆柱"的标题。这里的圆柱是指英国殖民者在都柏林市中心建造的"纳尔逊纪念柱",是为英国海军将军霍雷肖·纳尔逊(Horatio Nelson)而建,纳尔逊曾战胜西班牙联合舰队,如果建在英国代表英国民族英雄,建在爱尔兰的都柏林则成为英国殖民统治的图腾。纳尔逊纪念柱出现在这一章的开头,并且在这一章被数次提及,"'她们都害怕柱子会倒下来,'斯蒂芬接下去说。"❶这段空间描写精准地点出精神异化主题:爱尔兰市民对于殖民者的图腾——纳尔逊纪念柱地标已经习以为常,而且"害怕纪念柱倒下来"。这是乔伊斯多次提及的麻木的民族精神,都柏林市民在心理上已经接受了被殖民的生存状态,这是民族精神的异化与消逝。报纸在 20 世纪初逐步成为西方社会重要的精神食粮,折射出社会的精神世界。《尤利西斯》的 63 个新闻片段各自讲述着不同的故事,五花八门的标题形式拼贴出碎片化的都柏林城市空间,折射出都柏林城市生活恰似一张支离破碎和杂乱喧哗之感的报纸,"整座城市犹如使用现代材料拼贴在一起的一张宽大的报纸(一天社会生活集合)"❷。乔伊斯通过碎片化的城市空间揭示了都柏林市民精神异化的实质:个人的迷茫失落和民族精神的消逝。

《尤利西斯》的城市书写是对同一时间都柏林不同地方的城市景观和人物的活动从空间广度上进行的碎片化叙述。乔伊斯通过文体上的异质性,不仅在叙述形式上强化了城市书写的碎片化特征,同时也凸显了都柏林城市生活中的精神异化。同样乔伊斯在《芬尼根的守灵》的最后一章中

---

❶ 乔伊斯. 尤利西斯 [M]. 萧乾,文洁若,译. 南京:译林出版社,2003: 258.

❷ BUTLER C. Joyce's Modernism and Postmodernism[C]. ATTRIDGE D. The Cambridge Companion to James Joyce. Shanghai Foreign Language Education Press, 2000: 267.

巧妙地利用碎片化描写构建了爱尔兰 32 个郡城的历史发展。这一章叙述了小说主人公伊厄威克（Humphrey Chimpden Earwicker）在梦境中追忆有关爱尔兰 32 个郡城的历史。

  For korps, for streamfish, for confects, for bullyoungs, for smearsassage, for patates, for steaked pig, for men, for limericks, for waterfowls, for wagsfools, for louts, for cold airs, for late trams, for curries, for curlews, for leekses, for orphalines, for tunnygulls, for clear goldways, for lungfortes, for moonyhaunts, for fairmoneys, for coffins, for tantrums, for armaurs, for waglugs, for rogues comings, for sly goings, for larksmathes, for homdsmeethes, for quailsmeathes, kilalooly❶

  在这段引文中，乔伊斯首先用来自不同国家和民族的 32 个词语指涉爱尔兰的 32 个郡及其城镇，首个词 Korps，音同考克郡（Cork），接下来是和食品相关的 6 个词，这些词大多为乔伊斯借用其他民族的语言或自己创造的词，如"confects"为瑞典语中的"konfekt"，意为"美味肉食"；"bullyoungs"音同瑞典语中的"buljiong"，意为"清汤"；"smearsassage"在瑞典语中是"smorgas"，即三明治的意思；再加上淡水鱼（streamfish）、马铃薯（patates）以及烤猪（steaked pig）等，它们分别指代德里（Derry）、唐（Down）、都柏林（Dublin）、肯尼（Kilkenny）、梅奥（Mayo）和蒂珀雷里（Tipperary）6 个郡，❷ 因为这 6 个郡"分别以盛产鱼、肉食、清汤、三明治、马铃薯和烤猪而闻名。"❸ 在后面的叙述中，乔伊斯则模仿地名的发音，借用其他名词来指涉爱尔兰的郡名，如 waterfowls 指沃特福德郡（Waterford）；wagsfools 指韦克斯福德郡（Wexford）；goldways 指戈尔韦郡（Galway）；kilalooly 指基尔肯尼郡（Kilkenny）等。在这段几十个字组成的饶舌叙述中，呈现给读者的是一个错乱的、碎片化的郡城空间。读者感受到的不是一个历史悠久的国家，

---

❶ JOYCE J. Finnegans Wake[M]. London: Penguin Books, 2000: 595.

❷ MCHUGH R. Annotations to Finnegans Wake[M]. London and Henley: Routledge & Kegan Paul, 1980: 595.

❸ BERNARD B. Cataloguing in *Finnegans* Wake: Counting Counties[C]. Cheng V.J. and MARTIN T. Joyce in Context[M]. Philadephia: Cambridge UP, 1992: 268.

而是一个个莫名其妙的烹调食品和外国文字，国家成为一个支离破碎、异质性的超空间，令人费解。这段文字中所展现的郡城的空间碎片揭示了爱尔兰社会弥漫混沌的民族精神。碎片化的空间建构旨在揭示国家、民族和郡城在人物心理中变成了没有意义的碎片，变成了充满乱码的空间，人物不禁对自己生养将息的国家、民族和郡城产生了质疑。

乔伊斯小说城市书写中的碎片化叙事打破了传统意义上的统一叙述方法和文体风格，小说通过空间书写中的碎片化展现，将发生在爱尔兰各个郡城纷乱、压抑的城市生活景观，采用并置、拼贴等手法展现给读者，凸显出爱尔兰支离破碎的郡城历史。爱尔兰的32个郡城在历史上形成不可分割的、统一的爱尔兰国家。空间书写叙事形式将爱尔兰历史上的32个郡城分割成语言不一、文化渊源各异的32个碎片，揭示了爱尔兰现代社会对历史和民族发展认同的碎片化和异质感。一个民族倘若对自己的民族历史、现状和发展持有虚无的态度，那么这个民族必然失去民族自觉，必定没有未来。乔伊斯借助碎片化的城市书写，揭示在英国殖民统治下，爱尔兰人民民族意识的消逝。乔伊斯为了深刻揭示小说精神异化主题，借助现代主义手法，在叙事中进行爱尔兰民族精神异化的碎片化建构。

城市书写中精神异化的碎片化建构能够从叙事技巧上揭示现代社会的精神异化。城市书写的碎片化强调文学叙事中空间的并置的破碎化和异质感。这本是现代主义绘画技巧，最初由现代主义画家毕加索的立体化绘画艺术产生灵感，现代主义作家为了在作品中突出现代社会的精神危机，突破了传统叙事技巧的束缚，在创作艺术上不断创新，标新立异。以詹姆斯·乔伊斯为代表的小说家在创作中更加精细深入地展现了现代社会的精神危机，运用空间并置、碎片化叙事进行现代主义文学创作。

综上，精神异化是西方现代社会精神危机的直接表现。20世纪的西方现代社会在哲学、心理学及自然科学等领域的飞速发展，在社会掀起一个又一个思想波澜。第一次世界大战的惨烈捅破了西方社会鼓吹的所谓民主与精英的泡沫。西方现代主义社会正在经历一场前所未有的精神危机，人们对传统的宗教、伦理和文化产生了强烈的质疑；英国的城市化进程迅猛发展，城市的运作方式从根本上改变了传统的生活方式、家庭理念，以及人与人之间的交流沟通方式，也从根本上改变了人们的家庭伦理和道德意识。失去了传统思想伦理的精神护卫，西方社会开始经历一次史无前例的精神危机。

精神异化是精神危机在人类社会生活中的投射。小说家借助异化的家庭关系和城市漫游者为城市书写的主要故事情节，在叙事中借用蒙太奇叙事和碎片化叙事建构多层次、多维度的城市书写，运用这些叙事技巧塑造城市化中异化的市民，揭示现代社会精神异化的主题在城市空间中的投射。城市生活集中反映了现代人们的社会生活和精神世界，英国小说家准确地把握了这一时代脉搏，通过展现城市中的家庭书写和城市书写，将人们内心世界情感的疏离、生活的挫败感，以及对未来的迷茫表现得淋漓尽致，并以此深刻揭示了现代社会的精神异化。

结语

  英国小说的发展与英国城市化进程在一定意义上是并驾齐驱，英国城市化进程中出现的问题被准确地叙述和表征在英国小说中。英国小说自18世纪丹尼尔·笛福的《鲁滨逊漂流记》出版以来，在城市化进程的推动下发展迅速。一方面，城市成为英国社会更适合中产阶级快节奏生活的地方，英国城市数量和人口迅速增长，到了维多利亚时期后期，英国成为欧洲城市化程度最高的国家。另一方面，城市的发展推动了英国小说的发展。城市提供了优质的工作、教育和生活，城市提供了大学、图书馆、报社、音乐厅和咖啡馆等公共空间，这些城市空间对于提升英国民众的文化素养和认识世界起到了重要的推动作用，为英国小说的发展提供了物质基础和众多优质的读者群。

  英国发达的报纸和印刷业为英国小说发展提供了快捷方便的媒介载体，包括查尔斯·狄更斯在内的英国小说家的经典之作大多首先在报纸杂志上连载，在报纸读者的推送下，英国小说发展势头强劲。读者为英国小说发展奠定了最坚实的基础。伦敦市民在咖啡馆里谈论世界各地、文学雅士，为英国小说家提供了丰富的创作素材，对推动英国小说的发展也起到了一定的作用。据说笛福的小说出版后，小说中鲁滨逊在异域荒岛的奋斗史一度成为18世纪伦敦市民在咖啡馆的谈资。狄更斯等小说家是咖啡馆的常客，可以设想他小说中那些风趣幽默的语言对话和曲折动人的情节，一定有些出自咖啡馆的"见闻"。英国的城市化进程并不是孤立的，它是英国工业化进程和英国资产阶级革命推动下，英国社会形态和社会发展的结果。英国城市的发展在给英国人民带来社会进步的基础上，也必然会产生各种复杂的社会问题、精神问题和文化认同等问题。

伴随着英国城市化进程，英国小说家开始更多地关注城市，英国文坛产生了一大批成长于城市的小说家，这些作家出生并生活、工作在城市，并且以城市为创作素材。丹尼尔·笛福、亨利·菲尔丁、查尔斯·狄更斯、詹姆斯·乔伊斯、弗吉尼亚·伍尔夫、乔治·奥威尔和多丽丝·莱辛等众多作家生活在城市，对英国城市生活和城市化进程中出现的社会问题以及社会矛盾，有清晰的洞察和深刻的理解。

英国城市题材的小说众多、作者众多，城市书写艺术各有千秋。英国作家笔下的城市社会与创作艺术向世界读者展现了英国社会的发展。与此同时，英国小说家敏锐地发现英国城市中存在的社会不公、上流社会的伪善、对金钱的攫取欲，同时也发现城市中的善良与美德。英国小说家在创作过程中发现，城市的各种场所、地点、街道、地标及各种机构如政府、法院和监狱等城市空间与小说的情节发展、人物刻画和主题阐释已经融为一体。英国小说城市书写关注小说城市空间中蕴含的权力机制。英国小说叙述城市发展中的各种社会矛盾，必然涉及英国社会的权力运作机制。英国作家小说中的城市空间不再只是空洞的"容器"和背景发生地。小说家将城市空间视为书写的策略与手段，将城市中的法庭、监狱、工厂、救济院等城市空间融入小说情节发展和主题阐释中。狄更斯等维多利亚时期小说家笔下的权力运作机构和空间塑造出奥列佛、皮普和法庭律师等众多形象鲜明的人物，小说中的人物语言、叙事风格与权力空间相得益彰。英国当代反乌托邦小说中的极权统治通过空间规训约束并限制人们的社会行为和心理。

在全球化语境下，英国社会少数族裔作家在英国文坛崭露头角，成为英国当代文坛一支不可小觑的作家群。英国小说的城市书写在全球化语境下呈现出多姿多彩的文化认同，城市书写中的边缘和少数族裔文化彰显英国小说的城市文化认同的杂糅性。英国少数族裔作家为英国小说带来了异域文化特色的城市空间，他们笔下的印度城市、英国城市中的唐人街为英国小说的城市书写注入了多元的城市文化色彩，丰富了英国小说城市书写的文化认同。

精神异化是西方现代城市中精神危机在人们行为、情感和心理上形成的疏离之感。英国小说家聚焦英国现代城市家庭关系的异化和城市异化的漫游者。小说叙事将人物内心世界异化的思想情感投射到家庭空间和城市街道，城市景观街道与人物异化的心理成为小说情节发展的重要书写手段。此外，现代主义和后现代小说运用蒙太奇和拼贴叙事技巧，在叙事层面深化城市书写的精神异化主题。

城市书写研究是20世纪文学界"空间转向"语境下，文学研究与空间批评等学科交叉融合下的跨学科批评方法。城市书写在雅克·德里达"书写"理念的影响下，将空间批评中的"空间表征""空间生产""空间书写"等理论和批评方法纳入小说城市书写之中。小说中的城市书写是小说中城市的文本化研究。城市空间是所有场所、地点和景观的集合。城市书写研究关注小说的空间和景观布局在情节发展中的作用，分析各种空间和场所对人物刻画所具有的主题阐释意义。在后现代主义视野下，城市书写研究聚焦现代主义和当代英国小说中城市作为一个后现代空间集合体，融入了全球化、杂糅化的多维文化要素，英国小说城市书写呈现出多元文化认同，丰富了英国小说的文化认同。在城市书写策略与方法上，英国小说家在创作中运用了城市漫游、蒙太奇及碎片化城市书写技巧，并通过这些技巧的创新揭示城市化进程中异化的精神世界、文化认同的多元与杂糅，诠释了城市书写的多元创作方法，丰富了英国小说的创作艺术。

近些年，英国小说研究在理论和研究方法上不断发展和创新。在传统研究中原本被看作"了无一物"的城市景观和地方，在空间批评的影响下，逐渐引起学界重视。本书聚焦英国小说中的城市空间，结合空间批评与叙事等理论，对英国小说进行了研究探索，将城市作为一个空间整体，阐释其在情节发展和主题阐释中的重要作用，希望能够给英国小说研究呈现一个新的研究视角。由于作者研究水平和知识储备有限，本书在研究深度和广度上存在一定程度的差距和不足，希望学界同仁不吝赐教，促进英国小说研究不断发展。

参考文献

中文参考文献

奥斯丁. 傲慢与偏见 [M]. 王科一, 译. 上海：上海译文出版社, 1989.

奥威尔. 动物农场 [M]. 傅惟慈, 译. 北京：北京十月文艺出版社, 2004.

奥威尔. 向加泰罗尼亚致敬 [M]. 李华, 刘锦春, 译. 南京：江苏人民出版社, 2005.

奥威尔. 巴黎伦敦落魄记 [M]. 胡仁鹏, 译. 南京：江苏人民出版社, 2006.

奥威尔. 我为什么写作 [M]. 刘沁秋, 赵勇, 译. 南京：南京大学出版社, 2008.

奥威尔. 一九八四 [M]. 董乐山, 译. 上海：上海译文出版社, 2011.

巴赫金. 陀思妥耶夫斯基诗学问题 [M]. 白春仁, 等, 译. 石家庄：河北教育出版社, 1998.

巴赫金. 小说理论 [M]. 白春仁, 晓河, 译. 石家庄：河北教育出版社, 1998.

拜厄特. 占有 [M]. 于冬梅, 宋瑛堂, 译. 海口：南海出版公司, 2012.

波布克. 电影的元素 [M]. 伍菡卿, 译. 北京：中国电影出版社, 1986.

包亚明. 后现代性与地理学的政治 [M]. 上海：上海教育出版社, 2001.

包亚明. 游荡者的权力：消费社会与都市文化研究 [M]. 北京：中国人民大学出版社, 2004.

波伏娃. 第二性 [M]. 陶铁柱, 译. 北京：中国书籍出版社, 1998.

戴利, 汤米迪. 伦敦文学地图 [M]. 张玉红, 杨朝军, 译. 上海：上海交通大学出版社, 2011.

丹纳赫, 斯奇拉托, 韦伯. 理解福柯 [M]. 刘瑾, 译. 天津：百花文艺出版社, 2002.

狄更斯. 博兹特写集 [M]. 陈漪，西海，译. 上海：上海译文出版社，1998.

狄更斯. 董贝父子 [M]. 薛鸿时，译. 北京：人民文学出版社，2012.

狄更斯. 荒凉山庄 [M]. 黄邦杰，陈少衡，张自谋，译. 上海：上海译文出版社，1979.

狄更斯. 荒凉山庄 [M]. 张生庭，张宝林，译. 广州：花城出版社，2015.

狄更斯. 大卫·科波菲尔 [M]. 石定乐，石定柔，译. 长沙：湖南文艺出版社，1999.

狄更斯. 雾都孤儿 [M]. 荣如德，译. 上海：上海译文出版社，2010.

狄更斯. 雾都孤儿 [M]. 方华文，译. 南京：译林出版社，2012.

狄更斯. 双城记 [M]. 石永礼，赵文娟，译. 北京：人民文学出版社，2018.

狄更斯. 小杜丽 [M]. 金绍禹，译. 上海：上海译文出版社，1993.

笛福. 摩尔·弗兰德斯 [M]. 梁遇春，译. 北京：人民文学出版社，2017.

洛奇. 好工作 [M]. 蒲隆，译. 上海：上海译文出版社，2007.

洛奇. 小说的艺术 [M]. 王峻岩，等，译. 北京：作家出版社，1997.

福柯. 权力的眼睛：福柯访谈录 [M]. 严锋，译. 上海：上海人民出版社，1997.

福柯. 规训与惩罚 [M]. 刘北成，杨远婴，译. 北京：生活·读书·新知三联书店，1999.

福柯. 福柯读本 [M]. 北京：北京大学出版社，2010.

福斯特. 印度之行 [M]. 杨自俭，邵翠英，译. 南京：译林出版社，2003.

福斯特. 霍华德庄园 [M]. 苏福忠，译. 北京：人民文学出版社，2009.

冯季庆. 劳伦斯评传 [M]. 上海：上海文艺出版社，1995.

吉尔伯特. 后殖民批评 [M]. 杨乃乔，等，译. 北京：北京大学出版社，2001.

哈维. 后现代的状况 [M]. 阎嘉，译. 北京：商务印书馆，2003.

赫胥黎. 美妙的新世界 [M]. 孙法理，译. 南京：译林出版社，2010.

侯维瑞. 现代英国小说史 [M]. 上海：上海外语教育出版社，1996.

霍默. 弗雷德里克·詹姆森 [M]. 孙斌，等，译. 上海：上海人民出版社，2004.

蒋洪新. 庞德研究 [M]. 上海：上海外语教育出版社，2014.

康拉德. 黑暗的心 [M]. 孙礼中，季忠民，译. 北京：解放军文艺出版社，2005.

克朗. 文化地理学 [M]. 杨淑华，宋慧敏，译. 南京：南京大学出版社，2005.

莱辛.影中漫步[M].朱凤余,译.西安：陕西师范大学出版社,2008.
劳伦斯.儿子与情人[M].杜瑞清,方华文,译.南京：译林出版社,2003.
劳伦斯.儿子与情人[M].张禹九,译.上海：上海译文出版社,2011.
利罕.文学中的城市：知识与文化的历史[M].吴子枫,译.上海：上海人民出版社,2009.
李赋宁.英国文学论述文集[M].北京：外语教学与研究出版社,1997.
李赋宁.英语史[M].北京：商务印书馆,1999.
李霄垅,李建波.石黑一雄日本题材小说对战后日本受害者形象的建构[J].当代外国文学,2018,(4).
李蕾蕾.当代西方新文化地理学知识谱系引论[J].人文地理,2005,(2).
李维屏.乔伊斯的美学思想和小说艺术[M].上海：上海外语教育出版社,2003.
李维屏.英美意识流小说[M].上海：上海外语教育出版社,1996.
陆建德.现代主义之后：写实与实验[M].北京：中国社会科学出版社,1997.
鲁西迪.午夜之子[M].张定绮,译.台北：台湾商务印书馆,2004.
陆扬.析索亚第三空间理论[J].天津社会科学,2004,(4)：32-37.
陆扬.空间理论和文学空间[J].外国文学研究,2005,(2)：31-37.
罗钢、刘象愚.后殖民主义文化理论[C].北京：中国社会科学出版社,1999.
洛奇,戴维.小说的艺术[M].王峻岩,等,译.北京：作家出版社,1997.
马克思、恩格斯.德意志意识形态[M].马克思恩格斯选集.(第一卷上)中共马克思恩格斯著作编译局,译.北京：人民出版社,1972.
奈保尔.毕司沃斯先生的房子[M].余珺珉,译.南京：译林出版社,2002.
奈保尔.幽暗国度：记忆与现实交错的印度之旅[M].李永平,译.北京：生活·读书·新知三联书店,2003.
罗经国.新编英国文学选读[M].北京：北京大学出版社,1996.
钱兆明.二十世纪英美短篇小说选[C].北京：外语教学与研究出版社,1987.
乔伊斯.尤利西斯[M].萧乾,文洁若,译.南京：译林出版社,2002.
乔伊斯.都柏林人/一个青年艺术家的肖像[M].徐晓雯,译.南京：译林出版社,2003.
乔伊斯.都柏林人[M].王逢振,译.南京：译林出版社,2010.

萨义德.文化与帝国主义 [M].李琨,译.北京:生活·读书·新知三联书店,2003.

萨义德.知识分子论 [M].单德兴,译.北京:生活·读书·新知三联书店,2002.

萨义德.东方学 [M].王宇根,译.北京:生活·读书·新知三联书店,1999.

萨迪奇.权利与建筑 [M].王晓刚,张秀芳,等,译.重庆:重庆出版社,2007.

萨迪奇,琼斯.建筑与民主 [M].李白云,任永杰,译.上海:上海人民出版社,2006.

索亚.第三空间——去往洛杉矶和其他真实和想象地方的旅程 [M].陆扬,等,译.上海:上海外语教育出版社,2005.

盛宁.人文困惑与反思:西方后现代主义思潮批判 [M].北京:生活·读书·新知三联书店,1997.

石黑一雄.远山淡影 [M].张晓意,译.上海:上海译文出版社,2011.

史密斯.白牙 [M].周丹,译.海口:南海出版公司,2013.

唐麦迪.都柏林文学地图 [M].白玉杰 豆红丽,译.上海:上海交通大学出版社,2011.

陶东风,周宪.文化研究 [C].北京:社会科学文献出版社,2010.

陶家俊.思想认同的焦虑:旅行后殖民理论的对话与超越精神 [M].北京:中国社会科学出版社,2006.

汪民安.福柯的界限 [M].北京:中国社会科学出版社,2002.

汪民安.身体、空间与后现代性 [M].南京:江苏人民出版社,2006.

汪民安,陈永国,马海良.城市文化读本 [M].北京:北京大学出版社,2008.

王佐良,周珏良等.英国20世纪文学史 [M].北京:外语教学与研究出版社,1994.

沃.邪恶的躯体 [M].胡南平,译.南京:译林出版社,2003.

吴尔夫.岁月 [M].蒲隆,译.北京:人民文学出版社,2003.

吴尔夫.达洛维夫人/到灯塔去/雅各布之屋 [M].王家湘,译.南京:译林出版社,2001.

吴庆军.《尤利西斯》叙事艺术研究 [M].北京:北京理工大学出版社,2006.

吴庆军.英国现代主义小说空间书写研究 [M].天津:南开大学出版社,2016.

殷企平，高奋，童燕萍. 英国小说批评史 [M]. 上海：上海外语教育出版社，2001.

詹明信. 晚期资本主义的文化逻辑 [M]. 陈清侨，译. 北京：生活·读书·新知三联书店，1997.

詹姆逊. 后现代主义与消费社会 [M]. 胡亚敏，译. 北京：中国社会科学出版社，2000.

张德明. 旅行文学、乌托邦叙事与空间表征 [J]. 国外文学，2010，30（2）：58-65.

赵一凡等. 西方文论关键词 [M]. 北京：外语教学与研究出版社，2003.

赵炎秋. 狄更斯长篇小说研究 [M]. 北京：社会科学文献出版社，1996.

赵炎秋. 文学批评实践教程 [M]. 长沙：中南大学出版社，2007.

外文参考文献

BAIROCH P., GOERTZ G. Factors of Urbanisation in the Nineteenth Century Developed Countries: A Descriptive and Econometric Analysis[J]. Urban Studies, 1986, (23): 285-305.

BAKHTIN M. M. The Dialogic Imagination[M]. Austin: University of Texas Press, 2008.

BAUDELAIRE C. The Painter of Modern Life and Other Essays[M]. Trans. MAYNE J. New York: Phaison, 1995.

BHABHA H. The Location of Culture[M]. New York: Routledge, 1994.

BHABHA H. The Postcolonial Question: Common Skies, Divided Horizons[M]. London: Routledge, 1996.

BRADBURY M. The Modern British Novel 1878-2001[M]. Beijing: Foreign Language Teaching and Research Press, 2005.

BRADBURY M. Modernism 1890-1930[M]. Harmondsworth: Penguin Books, 1981.

BRADBURY M. The Modern World: Ten Great Writers[M]. London: Secker and Warburg, 1988.

BREWSTER D. Virginia Woolf's London[M]. New York: New York UP, 1960.

BRIDGE G, WATSON S. The Blackwell City Reader[M]. Malden: Wiley-Blackwell, 2010.

CAIN W. E. Between the Angle and the Curve: Mapping Gender, Race, Space, and

Identity in Willa Cather and Toni Morrison[M]. London: Routledge, 2006.

CASTREE N. International Encyclopedia of Human Geography[M]. vol. 3. New York: Elsevier, 2009.

CHATMAN S. Story and Discourse[M]. Ithaca and London: Cornell University Press, 1978.

CHENG V. J. Joyce in Context[M]. Philadephia: Cambridge UP, 1992.

CORBETT M. J. Family Likeness[M]. London: Cornell University Press, 2008.

CORIALE D. Sketches by Boz, So Frail a Machine[C]//KENOEPFLMACHER U. C, BROWING L. D. Victorian Hybridities. Baltimore: The John Hopkins UP, 2010: 56-85.

CRAMPTON J, ELDEN S. Space, Knowledge and Power: Foucault and Geography[M]. Burlington: Ashgate Publishing Company, 2007.

CRANG M. Cultural Geography[M]. London: Routledge, 1998.

CUDDON J. A. A Dictionary of Literary Terms[M]. London: Andre Deutsch, 1979.

DANIELS P. An Introduction to Human Geography: Issues for the 21st Century[M]. Madrid: Pearson Prentice Hall, 2004.

DERRIIDA J. Of Grammatology[M]. Trans. Gayatri Chakravorty Spivak. Baltimore and London: The John Hopkins University Press, 1997.

DICKENS C. Hard Times[M]. New York: Random House, 2005.

DICKENS C. Little Dorrit[M]. New York: Penguin, 2012.

DICKENS C. Sketches by Boz: Illustrative of Every-Day Life and Every-Day People[M]. London: Chapman and Hall, 1850.

DICKENS C. The Pickwick Papers[M]. New York: Random House, 2006.

DISSANAYAKE W, WICKRAMAGAMAGE C. Self and Colonial Desire: Travel Writings of V. S. Naipaul[M]. New York: Peter Lang Publishing, Inc, 1993.

DRABBLE M. The Oxford Companion to English Literature, Beijing: Foreign Languages Teaching and Research Press, 1993.

DUNCAN J. S. The City as a Text: The Politics of Landscape Interpretation in the Kandyan Kingdom[M]. Cambridge: Cambridge UP, 1990.

DURING S. The Cultural Studies Reader[M]. London: Routledge, 1993.

Edel L. The Middle Years[M]. New York: J. B. Lippincott Company, 1962.

ELDEN S. Between Marx and Heidegger: Politics, Philosophy and Lefebvre's Production of Space[J]. Antipode. 2004, 36 (1): 86-105.

ELLMAN R. James Joyce[M]. New York: Oxford University Press, 1983.

ELLMAN R. Letters of James Joyce[C]. New York: Viking Press, 1966.

FIELDING H. Amelia[M]. London: Clarendon Press, 1984.

FINNEY B. Migrancy and the Picaresque in Timothy Mo's Renegade or Halo[J]. Critique: Studies in Contemporary Fiction, 2007, 49(1): 61-75.

FORSTER E. M. Aspects of the Novel[M]. New York: Harcout, 1955.

FORSTER E. M. A Passage to India[M]. Beijing: Foreign Language Teaching and Research Press, 1992.

FOUCAULT M. Discipline and Punish: The Birth of Prison[M]. Trans. Alan Sheridan, New York: Vintage, 1977.

FOUCAULT M. The History of Sexuality[M]. Vol. I. Trans. Robert Hurley. New York: Vintage Books, 1990.

FOUCAULT M. The History of Sexuality[M]. New York: The Penguin Books, 1978.

FOUCAULT M. The Incorporation of the Hospital into Modern Technology[C] // CARMPTON J, ELDEN S. I Space, Knowledge and Power: Foucault and Geography. Burlington: Ashgate Publishing Company, 2007: 141-151.

FOUCAULT M. Power/Knowledge: Selected Readings and Other Writings 1972-1977[M]. New York: Patheon Books, 1980.

Genett G. Narrative Discourse[M]. Ithaca and London: Cornell University Press, 1980.

GIFFORD D, SEIDMAN R. J. Ulysses Annotated[M]. London: University of California Press, 1989.

GOLDING W. Lord of the Flies[M]. New York: Penguin Books, 2006.

HALL S. Identity and Diaspora[C]// RUTHERFORD J. Identity: Community, Culture, Difference. London: Lawrence & Wishart, 1990: 222-237.

HARVEY D. The Condition of Postmodernity: An Enquiry into the Origins of Cultural Change[M]. Oxford: Blackwell, 1992.

HATTEN C. The End of Domesticity: Alienation from the Families in Dickens, Eliot and Jame[M]. New York: Delaware UP, 2010.

HICKS J, GRAHAME A. A Century of Change: Trends in UK Statistics since 1900[R]. Research Paper, 21 December, 1999: 99-111.

TSAI Hsiu-Chung. Domestic Space in Virginia Woolf and Eileen Chung[M]. Madison: The University of Wisconsin Press, 1999.

HUSAIN M. Cultural Geography[M]. New Delhi. Anmol Publications, 1994.

JAMES H. The Princess Casamassima[M]. London: Penguin Books, 1987.

JAMESON F. Postmodernism or The Cultural Logic of Late Capitalism[M]. Durham: Duke Univeristy Press, 1991.

JAMESON F. The Cultural Turn: Selected Writings on the Postmodern 1983-1998[M]. New York: Verso, 1998.

JOHNSON J. Literary Geogrophy: Joyce. Woolf and the City[J]. Analysis of Urban Trends, Culture, Policy, Action, 2000, (4): 199-214.

JOYCE J. Dubliners[M]. New York: Oxford University Press, 2000.

JOYCE J. Finnegans Wake[M]. London: Penguin Books, 2000.

JOYCE J. The Portrait of an Artist as a Young Man[M]. Oxford: Oxford University Press, 2008.

JOYCE J. Ulysses[M]. Oxford: Oxford University Press, 2008.

KAPLAN M. A. Alienation and Identification[M]. New York: The Free Press, 1976.

KEARNS G. The Spatial Politics of James Joyce[J]. The Spatial Imaginary. No. 57, Winter 2005/6: 107-125.

KENAN S. R. Narrative Fiction: Contemporary Poetics[M]. London: Methuen, 1983.

KERMODE F. Selected Prose of T. S. Eliot[C]. London: Faber, 1975.

KERN S. The Culture of Time and Space: 1880-1918[M]. Cambridge, Massachuswtts: Harvard UP, 1983.

KERN S. The Modernist Novel: A Critical Introduction[M]. New York: Cambridge University Press, 2011.

KRAIDY M. Hybridity, or the Cultural Logic of Globalization[M]. Philadephia: Temple

UP, 2005.

KUMAR K. The Making of English National Identity[M]. Cambridge: Cambridge UP, 2003.

LEECH G. N. A Linguistic Guide to English Poetry[M]. London: Longman, 1979.

LEACH N. The Hieroglyphics of Space: Reading and Experiencing the Modern Metropolis[M]. New York: Routledge, 2002.

LEFEBVRE H. The Survival of Capitalism[M]. London: Allison & Busby, 1976.

LEFEBVRE H. The Production of Space[M]. Donald Nicholson-Smith. Trans. Massachusetts: Blackwell, 1991.

LEFEBVRE H. Reflections on the Politics of Space[C] // PEET R. Radical Geography. London: Methuen & Ltd. 1978: 339-352.

LEFEBVRE H. Writings on Cities[M]. Trans. KOFMAN K, LEBAS E, Oxford: Blackwell, 2000.

LEFEBVRE H. The Survival of Capitalism[M]. London: Allison & Busby, 1976.

LESSING D. Five Short Novels[M]. London: Granada, 1982.

LESSING D. Collected African Stories[C]. Vol. 2. New York: Harper Collins, 2008.

LIM S, Mo T. A Conversation with Timothy Mo[J]. World Englishes, 2010, 29, (4): 557-570.

LIZ A. W. James Joyce[M]. New York: Twayne Publishers, 1996.

MARCUSE H. One-Dimensional Man[M]. Boston: Beacon Press, 1964.

MCHUGH R. Annotations to Finnegans Wake[M]. London and Henley: Routledge & Kegan Paul, 1980.

MICHAEL B. Joyce and the City[M]. New York: Syracuse University Press, 2002.

MILLER G. Political Repression and Sexual Freedom in Brave New World and 1984[C] //Huxley's Brave New World: Essays Eds. IZZO D. G, KIRKPATRICK K. London: McFarland and Company, 2008: 17-25.

MO T. Insular Possession[M]. London: Chatto & Winds, 1986.

MO T. Sour Sweet[M]. London: Vintage Books, 1985.

NAIPAUL V. S. A House for Mr. Biswas[M]. Harmondsworth: Penguin, 1964.

NAIPAUL V. S. India: An Area of Darkness[M]. London: Harcourt, 1970.

NAIPAUL V. S. India: A Wounded Civilization[M]. New York: Penguin, 1977.

NELSO L, SEAGER J. A Companion to Feminist Geography[M]. Oxford: Blackwell, 2005.

NESBITT J. P. Narrative Settlements: Geographies of British women's Fictions between the Wars[M]. Toronto: University of Toronto Press, 2005.

ORWELL G. Nineteen Eighty-four[M]. Harmondsworth: Penguin Books, 1962.

ORWELL G. A Collection of Essays[M]. New York: Harcourt, 1981.

PALME C. A. Defining and Studying the Modern African Diaspora[J]. The Journal of Negro History, 2000, 85, (1&2): 27-32.

PANICHAS G. A. Virginia Woolf's Mrs. Dalloway: A Well of Tears[J]. Modern Age, 2004, (46): 234-245.

PEET R. Radical Geography[M]. London: Methuen & Ltd. 1978.

PORTER R. London: A Social Society[M]. London: Penguin, 1996.

RIACH A. Representing Scotland in Literature, Popular Culture and Iconography[M]. New York: Palgrave Macmillan, 2005.

RABINOW P. Space, Knowledge and Power: An Interview with Michel Foucault[C]// DURING S. The Cultural Studies Reader, London: Routledge, 1993: 161-187.

REID J. Alienation[M]. East Kilbride: University Press of Glasgow, 1972.

RUSHDIE S. Imaginary Homelands Essays and Criticism[M]. London: Granta Books, 1991.

RUSHDIE S. Midnight's Children[M]. London: Jonathan Cape, 1981.

SAID E. Orientalism[M]. New York: Vintage Books, 1979.

SCHWART D. R. Reading Joyce's Ulysses[M]. London: The Macmillan Press, 1987.

SEIBEL K. Hybridisierung Metzler Lexikon Literatur-und Kulturbeoie[C]// Ansgar Nunning. Stuttgart, Weimar: Metzler, 2004: 260-281.

SMITH A. National Identity[M]. Harmondsworth: Penguin Books, 1991.

SMITH A. Nationalism: Theory, Ideology, History[M]. Cornwall: Polity, 2001.

SMITTEN J. R. Spatial Form in Narrative[M]. Ithaca and London: Cornell University

Press, 1981.

SNAITH A. Virginia Woolf: Public and Private Negotiations[M]. New York: Palgrave, 2000.

SNAITH A, H. WHITWORTH M. H. Locating Woolf: The Politics of Space and Place[M]. New York: Macmillan, 2007.

SOJA. E. W. Thirdspace: Journey to Los Angeles and Other Peal-and-Imagined Places[M]. Oxford: Blackwell, 1996.

TANER J. A. Self and Space, Resitance and Disciplne: A Foucauldian Reading of George Orwell's 1984[J]. Social and Cultural Geography, 2004(5): 129-149.

TOYNE A. An English Reader's History of England[M]. London: Oxford UP, 1971.

TSAI Hsiu-Chung. Domestic Space in Virginia Woolf and Eileen Chang[M]. Ann Arbor Mich: UMI, 2000.

Urbanisation: 1700-1870. Http: //www. cepr. org/meets/wkcn/1/1679/papers/malanima-VolCkart-Chapter. pdf. 2011-7-10.

VALE L. J. Architecture, Power and National Identity[M]. London: Routledge, 2008.

WALMSLEY C. S. Literary Theory and Criticism: An Oxford Guide[M]. London: Oxford UP, 2006.

WALTER K. From Aisling to Chora: Female Allegories of the Nation in Contemporary Irish Women's poetry[J]. Irish Studies Review, 2013, 21, (3): 313-325.

WARF B. Encyclopedia of Geography[M]. Vol. 3, London: Sage Publications, 2006.

WILLIAMS R. The Politics of Modernism[M]. London: Verso, 1989.

WOLFREYS J. Introducing Criticism at the 21st Century[M]. Qingdao: China Ocean UP & Edinburgh UP, 2006.

WOOLF V. Collected Essays[M]. vol. 2. London: Hogarth Press, 1972.

WOOLF V. Mrs. Dalloway[M]. London: Penguin Books, 1996.

ZUKIN S. Landscape of Power[C]// BIRDGE G, Sophie WATSONS. The Blackwell City Reader. London: Blackwell, 2010: 289-321.

后记

本书是在北京市社科基金项目"英国小说城市书写研究"的研究基础上经过进一步梳理、补充和完善创作而成。多年来，我一直从事英国小说的研究，在英国留学期间，英国城市中那些蕴含历史文化的场所、街道和建筑吸引了我的注意。威斯敏斯特教堂背后的英国社会发展、大本钟响声中回荡的政治权力交锋、布卢姆斯伯里的哲理与艺术沙龙、利兹城郊柯克斯托修道院的历史倾诉、爱丁堡大象咖啡馆里的笔下生辉，它们或已经进入到英国小说之中，或是英国小说家的光顾之地，或等待新的作家携手进入文学艺术的殿堂。这些地方不仅是一个个景观，也是一个个沉默的叙述者。它们同时更像是一个个浸入历史文化的空间，期待人们去认识、去探索它们在英国文学创作和文学发展中的意义。正是基于这样的想法，我以此为研究对象申请了北京市社科基金项目，在此，感谢北京市社科基金的评审专家们给予的肯定和支持。

对英国文学的热爱一直推动着我的英国小说研究，每当想起小说中一行行的文字，我就能感受到英国小说家在城市街头的匆匆、文案前的沉思与出版后的欣狂。英国小说相较于欧洲大陆，起步较晚，但是其创作思想和艺术影响令人赞叹。维多利亚时期城市的运作机制、现代主义小说家标新立异的城市书写方法，以及全球化时代杂糅化的文化认同均绽放出灿烂的光芒。狄更斯坎坷波折的童年经历、乔伊斯为民族觉醒在创作艺术上的探索、当代作家创作中的多元文化色彩丰富了英国小说城市书写艺术，同时也是促进我在英国文学研究中努力前行的动力。

本书在完成过程中，正值外交学院一流学科建设步入新的发展阶段，我谨以此书为外交学院的学科发展贡献自己的力量，感谢外交学院给予我在科学研究中的大力支持。同时感谢我的妻子和女儿，她们的支持和笑容给我的研究增添了无尽的力量与快乐。我要真诚地感谢清华大学出版社的王琳女士，感谢她专业化的指导和辛勤的付出，使本书得以圆满出版。

吴庆军 2024 年仲春于北京